勇者たちへの伝言

いつの日か来た道

増山 実

ハルキ文庫

角川春樹事務所

〈目次〉

勇者たちへの伝言

いつの日か来た道

ふたつの夏

1

朱色のトンボが女の眉間にとまっている。

トンボは突然女の顔から離れるや急旋回し、夕刻の空を映す私鉄電車のガラス窓めがけて何度も体をぶつけた。徹夜明けの朦朧とした頭で、工藤正秋は吊り広告の女の顔から飛び立ったトンボの軌跡をぼんやりと見つめた。

どこからか車両に紛れ込んだアキアカネの災難に気を留める者はほかに誰もいなかった。

しばらくはその行方を目で追っていた正秋も、すぐに飽きて視線を落とした。

まだ陽の高い七月の斜光が、部活帰りの女子高生たちの白い制服を照らしている。

かすかに石鹸の匂いがする。

彼女たちは、昨日観たテレビの話をしている。

「『タンス転がし』っていう妖怪、知ってる？」

「何？　ダンス転がし？」

「ダンス転がしやなくて、タンス転がし。夏の夜に子供が寝ていると、家の外からどーんどーんて音がする。子供が怖がって『お母さん、あれ、何の音？』『あれはね、妖怪タンス転がしよ。夜更かししている子のところに来て、ああやってタンスを転がしながら驚かすのよ。窓の外は絶対見たらだめよ。早く寝なさい』」

「どこの話？」

「山陰か北陸か、どこかの海沿いの町の話。で、ある夜のこと、お母さんが寝たあと、また遠くの方からあの音が聞こえてきた。どーんどーん……。子供はお母さんの言うとおり、布団をかぶって寝てたんやけど、その夜はなぜか、どうしても窓の外が見たくなってん。お母さんが言うてるのは、きっとうそや。妖怪なんか……。そしたら、だんだん音が近づいてきた。勇気を出してそっと窓のカーテンを開けて外を見てみると……ただ暗闇が広がるばかりで、誰もおらん。目を凝らしてもう一度じっと見てみる……。やっぱり妖怪なんかおらん。きっとあの音は海鳴りや。ほっとしてカーテンを閉めて寝ようとしたそのとき。暗闇の道の角から、かっと目を見開いた腰の曲がった老婆が現れて、二人掛かりで抱えんと持てんような大きなタンスを両手で転がしながら、海へと続く坂道を、まっすぐ前を見据えて通り過ぎていった。子供が唖然としてると、老婆はその大きなタンスを転がしたまま、海の中に消えていったって。老婆の姿が海に消えても、タンスを転がす音だけが、ずうっと聞こえてた。どーんどーんどーん……」

女子高生たちが盛り上がる。

「えーっ、ほんまの話？」

正秋の脇の下に汗が流れた。効きの悪い冷房のせいではない。その話は自分が苦し紛れに「ワケわからない怖い話」という深夜番組の台本に書いて女性タレントにしゃべらせたのだ。

「ほんまなわけないやん、ネタに決まってるやん」

「うん。だって、テレビやもん。ヴァラエティやもん」

「台本のあるお約束の世界やもん」

「でも、ちょっとウケた」

褒められたのか。見下されたのか。たぶんその両方だろう。女子高生たちはおもしろがって女性タレントが口にした「どーん、どーん」という音を何度も大声で繰り返す。目的の駅まで、あとどれくらいだろう。

とにかく眠りたい。だがタンス転がしのタンスの音が正秋の睡眠の邪魔をした。

大阪でラジオやテレビのヴァラエティ番組の台本を書くようになって二十年と少し。放送作家だと言えば、世間では芸能人とつきあったり派手な車を乗り回したり、華やかなイメージがあるようだ。実際は忙しいばかりで地味なものである。

三年勤めた製薬会社を辞めたばかりの正秋に、やってみないかと声をかけてくれたのはFMラジオ局で働く高校の同級生のKだ。心配するな。誰でも食べていける、そう言ってビール会社がやっている十五秒CMのコント台本の仕事を回してくれた。最初に書いたコントは今でも憶(おぼ)えている。駆け出しの営業マンが取引先に渡した名刺を、靴べら代わりに使われて嘆くという、会社員時代に実際に経験したことを書いたものだ。誰でも食べていけるというKの言葉は正しかった。これまでなんとかやってこられたのは、才能というよりも時代が良かったせいだろう。放送作家よりも番組の数の方が多かった。放送局は遊んでいても番組のCM枠が飛ぶように売れる。そんな時代だった。

日本じゅうがしぼんだバブル崩壊のときも、この業界はさほど影響を受けなかった。ところがこのところの不況はわけが違う。確実に風向きが変わった。慌てた局は番組予算を大幅に縮小した。もっとも正秋の場合は、そんな世界経済の動きよりも一年早く仕事の潮は引きはじめていた。番組が何本か打ち切りになった。それで時間に余裕ができたかというと事態は逆で、手間ばかりがかかる下調べのような仕事が増えた。

そんな折に夕方の生放送のニュースワイドショーから声がかかって飛びついた。仕事はその日の夕刊の三面記事からめぼしいものをピックアップし、アナウンサーがなぞって読む箇所に赤ボールペンで傍線を引くというもので、それは本来なら放送作家の仕事とはいえない種類のものなのだが、むろん仕事を選んでいる場合ではない。

　いつの頃からか、テレビのワイドショーは画面に新聞記事を映して、さらに記事をそのまま読むという、新聞におんぶにだっこの手法がもてはやされるようになった。これ以上手軽な方法はなく、それはつまりこれ以上安易な方法はないということなのだが、それで視聴率が取れるのだから、誰もやめようとしない。

　あの日も黙々と新聞に線を引いていると、作業用のテーブルに、どんと花輪とお菓子が届いた。「祝　高視聴率達成！」と書いてある。

　前日の昼間、秋葉原で通り魔による男女七人の殺人事件が起こった。現場に中継を出して生放送したところ、番組放送開始以来の高視聴率を取ったのだ。

　人が七人死んで「祝」の花輪が出るのは放送局だけだろう。それを誰も異常と思わない。続けているとおかしくなる。やめよう。そう思ったのが三年前。正秋は今もその番組で夕刊の記事に赤線を引き続けている。

「工藤さん、これ、ちょっと、調べてきてもらえませんか。できれば明日の昼までに」

　自分よりも十歳以上は若いはずのプロデューサーが正秋に言った。

　関西の高級住宅街として知られる駅界隈で「かわいいお嬢様」が働いているパン屋やケーキ店を紹介する、という正秋がこれも苦し紛れで出した番組のコーナー企画が通ったのだ。ただし「かわいいお嬢様」は「イケメン」に換えられてしまったが。その一回目のリサーチとして、発案者の正秋自身が阪急神戸線の夙川駅に、イケメンの店員がいる店があるか下調べに向かうことになったというわけだ。

「リサーチなら、もう少し若い作家に……」

喉まで出かけた言葉を呑み込んだ。本来そういった仕事はブレーンとよばれる若い行動力のあるスタッフの持ち分なのだが、放送局には彼らを雇う余裕がなくなっていた。自分がクビにならないだけ、ましと思わねばならない。

梅田から阪急神戸線の電車に乗り込んだ。

十三大橋の脇を渡る車両の中で正秋は目を閉じる。

五十歳。

放送作家の旬は、もうとっくに過ぎている。

今日も会議で若い女性のディレクターにつっこまれた。

「『パン屋』って言うの、やめてもらえません?」

「え? なんで」

「『ベーカリーショップ』です。あと『ケーキ職人』も違います。『パティシエ』です」

「どっちでも、ええんやないか」

「昭和な人にはよくても、この番組のターゲット的にはよくないです。狙いは平成育ちの

Ｆ１層ですから」

　Ｆ１とはテレビの視聴者層を表す呼び方で二十歳から三十四歳までの若い女性層を指す。

「昭和な人で悪かったな。おれもそろそろこの仕事、お払い箱かな」

「通販番組の構成とかどうですか。今は番組がたくさんあるし、紹介しますよ。狙いはがっちりＦ３層ですし」

　Ｆ３とは五十歳以上の年配の女性層だ。

「一度やったことあるよ。けど、あれはあれで独自の細かなノウハウがあって、ある程度の経験が必要なんや。ものになるには何年かかかるし専門のライターも余るほどいてる」

「でも、『パティシエ』を『ケーキ職人』と言ってるようじゃ、情報番組やヴァラエティの作家としては、この先、つらいんじゃないですか」

　思ったことをはっきり言う子だ。返す言葉はなかった。

　四十歳がテレビでヴァラエティ番組の仕事をやれる限界。

　三十代の頃、仲間や先輩たちから幾度となく聞いたその限界点から、もう十年過ぎた。

　目端の利く者はとっくに新しい食い扶持を見つけてうまくやっている。あるいは悄然と消えて行方が知れない。噂で聞いた一番の成功者は、バブルの頃に東京に出て荒稼ぎした金で千葉のどこかにラブホテルを二軒建て、その上がりで悠々自適という。

　当時彼よりも売れていたＳという男は、コンビニでいなり寿司を買ってくると言ったまま局の会議室から姿を消し、二度と戻ってこなかった。ずいぶん経って新宿の職安通りでホームレスになっているのを見かけたという噂がたった。笑いながら何かぶつぶつとつぶやいて歩いていたという。

どちらでもない自分は、あと何年保つか判らない「お約束」の世界を書き散らしたり、テレビ映えしそうな「イケメンのパティシエ」を探したりしながら、やはりできるだけ長く、「ここ」にしがみついているしかない。

正直、疲れているのだ。

妻とは四年前に別れ、子供もいなかった。

仕事が忙し過ぎて向かい合う時間を持てなかった。なぜ離婚したと訊かれるとそう答えることにしている。うそではないが言い訳にすぎない。ふたりでいる孤独より、ひとりでいる孤独を選んだのだ。たまに気取ってそう答える。耳当たりはいいが芝居じみている。実際の離婚はそんな判りやすい言葉では割り切れない。とにかくふたりは違う道を歩くことに決めたのだ。

いくらでもないが、中古のマンションだけを残して貯金のあらかたは妻に渡した。

仕事を断れない理由はそんなところにもある。

とにかく、今はわずかでも睡眠をとりたい。

女子高生たちもいなくなった。目的の駅まではまだ少しある。ようやく眠れそうだ。

うたた寝していた正秋の耳に、車内アナウンスが聞こえてきた。

「次は……いつの日か来た道。いつの日か来た道」

いつの日か来た道？

もちろんそんな駅はない。空耳だった。

アナウンスは「西宮北口（にしのみやきたぐち）」と告げているのだった。


「にしのみやきたぐち」

「いつのひかきたみち」


ぷしゅっと気の抜けた音を吐いてドアが閉まる。

再び電車が動き出す。

やはり疲れている。夙川駅に着いたら栄養ドリンクを飲もう。

そういえばあのトンボはどこへ行ったのか。

夙川での用事は思いのほか早く片付いた。

しかし家に帰って台本を書かなければならないと思うと気が滅入る。

梅田に戻る電車は来たときよりもやや混んでいた。

夙川の次が西宮北口。正秋のマンションはそこからさらに先の十三駅で乗り換える。十三駅まではおよそ十五分。少し歩いたせいか眠気は消えていた。

持て余した気分で車内広告を眺めてみる。近視矯正手術の広告だった。

ずいぶんと視力は衰えた。

二十代には1・5あった視力がこの仕事を始めたあたりから衰えはじめ、パソコンを使うようになってさらに拍車がかかり、今はおそらく0・2ぐらいか。老化を認めたくない気分があってずっと眼鏡をかけないでいるが、最近は乱視が急激に進み、夜、満月を見上げると五つに割れて見えてしまう。人に言うとそんなバカなという顔をされるが、このシュールな症状は乱視の人間にしかわからない。

いや。眼だけでなく、耳も衰えはじめたのかもしれない。

正秋は、さっきの空耳のことを考えていた。

テレビでこんな実験を観たことがある。

天気予報を読んでいるアナウンサーの音声に一秒ごとにわずかな空白を入れ、ぶちぶちに分断して流す。すると何をしゃべっているのか、まったく意味が聴き取れなくなる。

次に、分断された部分に、ザーッというノイズを埋めて聴いてみる。すると、今度は何をしゃべっているかがはっきりと聴き取れるのだ。

つまりこういうことだ。

現実の社会でも、人間の耳はしょっちゅう本当の音や声を聴き逃している。たとえば電車の中なら、他の乗客同士の会話や電車の走行音などに掻き消され、耳に届く言葉が部分的に遮断される。しかしそれで意味が通らなくなることはない。耳は、ノイズによって遮断された部分を穴埋めクイズのように類推して、意味のある言葉に置き換えている。かなりうるさい雑踏でも会話が成立するのはそのためだ。

もしかしたら、人生も似たようなものではないか。

人は人生のよくわからない部分を、適当に、何かそのときに都合のいい、意味のある言葉で埋め合わせ、なんとか脈絡をつけながら、毎日をつなぎあわせて生きているのだ。そうしないと生きていけない。いや、それでなんとか、生きていける。

正秋の頭の中で、何かがひっかかった。

意味のある言葉？

「西宮北口」ではなく、それよりも、今の自分に意味のある言葉……。

そうだ。

あのとき、誰かがそれをささやいたのだ。

「いつのひかきたみち」と。

梅田行きの車内アナウンスが、今度はちゃんと聞こえた。

「次は……西宮北口……」

ドアが開いた。

正秋は反射的に電車を降りた。

歩こうと思ったのだ。「いつの日か来た道」を。

2

かつて、この街には野球場があった。

正秋は今でも不思議に思う。父はなぜあの日、自分を野球場に連れてきたのだろうか。

父は、それまで野球というものにまったく興味を示さない人だった。

若い頃に能登(のと)半島の片田舎から大阪に出て洗濯屋を始めた父は、北陸の男らしく家族に対しても寡黙だった。正秋は父と深く話した記憶がほとんどない。

正秋の幼い頃の父の記憶といえば、白い背中だ。スチーム・アイロンの蒸気がたちこめる仕事場をのぞくと、メリヤスの白い半袖(はんそで)シャツ一枚の父の背中があった。頭に手ぬぐいを巻き、背中を丸めてアイロンを当てながら、父は小さなトランジスタ・ラジオでいつも歌謡番組を聴いていた。

酒も飲めず、ギャンブルにも手を出さなかった。ラジオを聴く以外、ほかに趣味といえそうなものはなかった。そのラジオも夜、野球中継が始まると、すぐにダイヤルを回して別の番組に替えた。

ことさら野球を遠ざけようとする父が、正秋には不可解だった。父のその行為には、無関心という以外の、何かが潜んでいるような気がした。

昭和四十年代半ば。あの頃は日本人の誰もがプロ野球に熱中していた。巨人の王、長嶋が全盛時代を迎えていたし、関西では阪神がなかなか勝てないにもかかわらず圧倒的な人気を誇っていた。パ・リーグの南海も阪神に劣らず人気があった。そんな時代が放射する熱を、当時まだ小学校三年生だった正秋もごく自然に浴びていた。あの頃の子供がほとんどそうであったように、正秋は上級生たちに交じって空き地で草野球に熱中した。

クラスメートは全員阪神ファンと南海ファンだった。父親に甲子園球場に連れて行ってもらったことがあるんやでと、いつも鼻の穴をふくらませて自慢していたのは牛乳屋のマサシだった。「ほんまの野球場で観る野球はな、テレビで観る野球とは、ぜーんぜん違うんや」

正秋はうらやましかったが、父に「野球場に連れて行ってほしい」とは言えなかった。

ラジオから野球中継が聞こえてくると必ずダイヤルに手を伸ばして他の番組に替えていた父の姿が、正秋の心にブレーキをかけていた。

正秋の背中を押してくれたのは、家の向かいの府営住宅に住む江藤のおっちゃんだ。

江藤のおっちゃんはひとり暮らしで、川向こうの阪急電車の車両工場で働いていた。

夕暮れどき、家の近くの堤防から口笛が聞こえると、それがおっちゃんの帰ってくる合図だった。西日を背に受けて堤防の階段を下りながら帰ってくるおっちゃんは、近づくと油の匂いがした。

府営住宅の小さな庭で、いろんな色のバラや見たことのない形の花を育て、夕食が終わる時分になると、おっちゃんの家の窓からは必ずアコーディオンを弾く音が聞こえてきた。

なぜだか泣きたくなるような、子供心にもせつない音色が、正秋は好きだった。その旋律は幼稚園の頃、テレビの劇で観たオオカミが口ずさむ歌のメロディに、とてもよく似ていたからだ。

当時NHKで放映していた「ブーフーウー」という名の番組だ。

童話の「三匹の子豚」をモチーフとした、三匹の子豚と彼らを食べようとするオオカミが織りなす着ぐるみ劇だった。

お姉さんが、最初かばんの中からブー、フー、ウーという名の三匹の子豚の小さな人形を取り出す。その人形をテーブルの上の小さな家のセットの前に置くと、突然人形が生き生きと動き回り、しゃべりだす。今でこそそれは人形のシーンと着ぐるみのシーンを巧みにつなげたものだと理解できるが、子供の頃は不思議で仕方なかった。お姉さんが魔法をかけたようにしか見えなかった。正秋にとって、それが夢の世界の入口だった。

いつもぶーぶー不平ばっかりの長男のブー。ふーふーといつも疲れている次男のフー、うーうーと頑張る三男のウー。

その誰よりも、正秋は、三匹を食べようとするオオカミが大好きだった。オオカミの計略はいつだって哀しいほどにことごとく失敗するのだ。

メキシコ風の衣装を着て、サボテンの生えた砂漠でギターを弾きながらオオカミは歌う。

おつきさまはあおいよ
あおい　おつきさまは
かなしいよ
かなしいから　おれはなく
ウオー　ウオー　ウオー
ウオー　ウオー　ウオー
おつきさまを　みて
なくんだよ

ウォー　ウォー　　ウォーと
なくんだよ
ウォーー

歌声は幼い正秋の心をいつも揺らした。オオカミの声は、ほんとうに泣いていたからだ。江藤のおっちゃんの家から聞こえてくるアコーディオンの音も、まるで泣いているようだった。いつか江藤のおっちゃんから聞いたことがある。若い頃、仕事でどこだかの外国に渡り、アコーディオンはそのとき手に入れたんだと。

江藤のおっちゃんも、サボテンの生えた異郷の砂漠の地で、あおい月を見上げながらアコーディオンを弾いていたのだろうか。

ときどき遠くを見つめるようなおっちゃんの目には、どこか遠い国の砂漠の空が映っているような気がした。

「正秋君、阪急ブレーブスって知ってるか」

夕方、いつものように油の匂いをつけて帰ってきた江藤のおっちゃんが、板塀にボールを当てて遊んでいた正秋に言った。

「強いんやで。二年連続パ・リーグで優勝したんや。阪神よりも、ええ選手おるんかってか？　当たり前や。阪神よりも巨人よりも南海よりも、ええ選手いっぱいおるんやで」

　そのあと江藤のおっちゃんは、とびきりかっこいいことを言った。

「ブレーブス、いうのはな、勇者たち、いう意味や。勇ましい者と書いて、勇者や。正秋君には勇気はあるか？　勇気を持ちや。生きていくのには、勇気が必要や。勇気が欲しかったら、いっぺんお父さんにブレーブスの試合連れてってもらい」

「そのチームの球場、どこにあるの？」

「西宮北口。阪急ブレーブスの本拠地。西宮球場や」


　かつて駅前の線路沿いの道は、野球場へと続く道だった。

　父に連れられてはじめてその道を歩いたのは、小学三年生の夏だ。

　西宮北口。阪急京都線沿線の小さな町に住む正秋にとって、同じ阪急とはいえ神戸線のその駅まで行くことは、りっぱな旅行だった。

　それは父とふたりきりでどこかに出かけた、最初の記憶でもある。

　父と並んで駅を降りる。道には観戦客相手の食堂や喫茶店がひしめいていた。

　野球場の姿はまだどこにも見えない。大人の人いきれと食い物の匂いが正秋を包む。

　今でもはっきりと憶えているのは、どこからか立ちのぼるカレーの匂いだ。

　まだ外食など一般的でなかった時代で、カレーといえば家で母が作るカレーの味しか知らなかった。ところがそのとき鼻先をかすめたカレーの匂いは家のカレーとまるで違い、正秋の幼い想像力を刺激した。

きっと店の奥では頭にターバンを巻いた謎(なぞ)のインド人たちが、よくわからない不思議な道具をぐるぐる回しながら魔法のカレーを作っているのだ。

ああ食べたい。どんな味だろう。

道の上で正秋は陶然とし、小さな腹はぐうと鳴った。

気がつくと、一緒に歩いていたはずの父の姿が見えない。

球場へと続くはずの道のずっと先を、父はまっすぐに歩いていた。

夕闇にまぎれて消えそうな父の影を、正秋は追いかけた。

あの夏、父と歩いたはずの線路沿いの道は、もうどこにも見当たらない。

もちろんカレーの匂いもしなかった。

大規模な駅前の再開発があったのだ。あの夕暮れの魔法めいた街は、謎のインド人のカレー屋もろとも、跡形もなく消し去られていた。そこには小型飛行機なら着陸できそうなほど幅の広い、まるでアウトバーンのような立派な道路ができあがっていた。

あの日から四十年以上経ったのだ。

思い出の欠片(かけら)すら消えてしまった街を歩きながら、正秋は頭の中で、夏の日の遠い記憶をもう一度たどってみる。

「阪急の試合？　なんでや」

江藤のおっちゃんに阪急のことを聞いたその日、息子の突飛な要請に、父はアイロンを当てる手をとめて訊き返した。

「江藤のおっちゃんが父ちゃんに連れてってもらえって言うてんねん」

阪急の試合を観に行ったら「勇気」をもらえる、そこまでは父に言わなかった。

「それやったら江藤のおっちゃんに連れてってもらえ」どうせそんな答えが返ってくるんだろうと思っていた正秋にとって、父の答えは意外だった。

「いつ試合あるんや」そう言って背中を向け、またアイロンを当て出した。


球場へと続く線路沿いの道を、父は黙って歩いている。

メリヤスのシャツから白い開襟シャツに着替えた父の背中は汗で濡れている。

家を出てから、父と子はほとんど何もしゃべらなかった。

それがいつもの父なのだけれど、正秋は少しばかり後悔していた。

……江藤のおっちゃんに連れてきてもろたらよかった。

もし江藤のおっちゃんに連れてきてもらっていたら、今ごろは、なぜ投手の投げたカーブはあんなふうに曲がるのか、とか、ストライクとボールのカウント・コールの順はなぜ日本とアメリカで逆なのか、とか、明日学校で誰かに言いたくなるような話をいっぱいしてくれたに違いない。いつも窓から聞こえてくるあのアコーディオンの話も聞けたかもしれない。江藤のおっちゃんはとにかく物知りで、話がおもしろいのだ。

今日は、生まれてはじめてプロ野球を観に行くんや。もっと楽しくてもいいんと違うか。

父は、やっぱり野球を観るのがつまらないのだろうか。

線路沿いの道に延々と続く食堂や喫茶店には脇目もふらず、父は球場があるはずの方向を目指して急ぎ足で歩く。

見失いそうになる父の背中を、正秋は追いかける。

そうだ、あの日、自分は父の背中を必死で追いかけていた。

正秋は記憶の中で立ち止まる。あの日あの道で、幼い心をよぎったかすかな疑念……。

父はなぜあのとき、沿道の店には目もくれず、子供には追いつけないほどの早足で球場を目指したのだろう。

野球同様、飲食店なんかには興味がなかったといえばそれまでだ。

しかし野球にまるで関心のない父が、そこまで急いで球場を目指す理由もない。あの日の父の足取りは、いつもの父とは、何かが違っていた。そして正秋は結局最初の疑念に立ち戻る。

父はなぜあの日、自分を野球場に連れてきたのだろうか。

息子は父の背中に追いつく。無言のまま、小さな店の軒先をいくつもやり過ごす。しばらく歩くとそれまでの店よりも大きめのグリルがあった。その角を左に曲がる。

巨大な野球場が突如として目の前に現れた。

天空を仰ぎ見るほどの高さに、正秋は圧倒された。

外壁が夕陽の色と溶け合って、オレンジ色に染まっている。

阪急ブレーブスの本拠地、西宮球場。

生まれてはじめて目にした野球場は、まるで西洋のおとぎ話に出て来る城塞だった。

NISHINOMIYA STADIUMと刻まれたその正面の壁面から、兜をかぶった巨大な勇者の横顔が正秋を見下ろしている。

正秋は身震いした。

「一塁側一階内野席、大人一枚、子供一枚」

父が切符を買い、一塁側のゲートをくぐる。

はじめて足を踏み入れた球場の内部に、正秋は息を呑む。通路の天井が驚くほど高い。

ここはやっぱり城塞なのだ。

一階の内野席へと通じる階段を、父と上がる。

階段を上り詰めた瞬間のあのなんともいえぬ胸のときめきを、正秋は今もありありと思い出せる。

目の前に広がったのは、六基の照明塔が放つカクテル光線を浴びて鮮やかに光る芝生の緑だ。

まぶしいほど白い二本のラインが、ホームベースから両翼までまっすぐに走る。

スコアボードにはためく、三本の旗。

土色のダイヤモンドを巨大な両腕で抱え込むようにして伸びるのは二層式の内野席。

そのなだらかな傾斜は、すべてある一点になだれ込む。五角形のホームベースだ。

父はすぐに二人の座席を見つけ、一緒に座る。

やがて夕闇がカクテル光線の中に掻き消える。

縦縞（たてじま）の白いユニフォームを着たブレーブスの九人の選手たちがグラウンドに散った。

それまで見た大人の誰よりも、読んだ本やマンガのどの主人公よりも、彼らはずっとかっこよかった。今、グラウンドに立つ九人は、正秋がはじめて目にした「勇者たち」なのだ。

その日阪急のマウンドに立ったのは、梶本という名のサウスポーのベテラン投手だった。

背番号は33。

ウォーミングアップが終わり、いよいよプレイボール。

短い静寂の後、主審がポケットに納めていた真新しいボールを梶本に投げた。ボールは奇妙なほどゆるやかな軌跡を描いて、梶本のグローブに収まった。

綿のかたまりのようなその白いボールの残像を、正秋は鮮烈に憶えている。

対戦相手は西鉄だった。

試合は終始西鉄のリードで進んだ。稲尾というベテラン投手の調子がすばらしく、一塁側の大人たちはため息をついた。

ときどき、父の横顔を盗み見る。その表情は動かない。

阪急は九回二死、塁上に二人の走者を残して代打にルーキーの加藤秀司が送られた。本塁打で同点のチャンスに、左打者の加藤は初球を強打し右に引っぱり、ファウル。その後もしぶとくファウルボールでねばり、フルカウントの末、十球目で空振りの三振を喫した。

観客がどよめいた。父の顔を盗み見た。残念、といった表情で父は顔をしかめた。

試合中ただ一度、父が表情を崩した瞬間だった。

試合には負けたが、正秋は父が一瞬見せたその表情がうれしかった。

正秋の目の前のネクスト・バッターズ・サークルには、背番号35番、野球選手としてはかなり太っちょの選手がいた。しかし試合は彼まで打順が回らずに、ゲームセット。35番はサーカスで曲芸の出番が回ってこないまま幕を下ろされた熊（くま）のように背中を丸め、バットを左手でつかんでベンチに下がった。

スコアボードの時計を見上げると午後九時三十分。小学生にすればかなりの夜更かしだった。試合が終わり、出口へと向かう大人たちの群れに交じって歩いている自分がなんとなく誇らしかった。

階段で、父が訊いた。

「おもしろかったか？」

「負けたけど、おもしろかった。父ちゃんは、おもしろかった？」

うん、と言ったような気がしたが、飛び交う周りの大人たちの声に掻き消され、はっきりとは聞こえなかった。


父と西宮球場に行ったのは、あの夜の一度きりだ。

翌日から、父はそれまでと何も変わらない、野球にはからきし無関心な父に戻った。いつものように、仕事場のラジオから野球中継が流れるとダイヤルを替えた。

しかし正秋の生活はその日を境に大きく変わった。勇者たちが正秋の心を射抜いたのだ。

試合があった翌日の新聞に載った阪急の選手たちの記録をすべて拾い出し、ノートに書き写した。自転車で駅前の本屋まで行って「週刊ベースボール」を立ち読みした。そうして阪急のすべての選手の背番号を憶えた。

あの夜、ネクスト・バッターズ・サークルから背中を丸めてベンチに下がった背番号35番は高井という名前の選手だった。一軍と二軍を行ったり来たりしているような、代打専門の選手だ。

後に日本球界を代表する選手となる山田、福本、加藤秀司は、まだこの年入団したばかりのルーキーで、加藤秀司以外はあの日のベンチにも入っていなかった。

阪急は二年前に初優勝を飾って以来、パ・リーグの覇者として毎年日本シリーズに出場し、巨人と対戦しては負けていた。

当時、阪急は完全な悪役だった。少年マガジンに連載されていた『巨人の星』はマンガもテレビ・アニメも子供たちに大人気だったが、日本シリーズのシーンになると、憎たらしい顔つきで描かれた西本監督や阪急の選手たちが考えた打倒・星飛雄馬(ほしひゅうま)の作戦はことごとく失敗するのだ。まるで「ブーフーウー」のオオカミの計略がことごとく失敗するように。『巨人の星』は大好きだったが、阪急が悪役として描かれるシーンだけはどうにも納得がいかなかった。ほんとうの阪急はもっとかっこええんや。正秋はますます勇者たちにのめりこんだ。

妹が近所の川原で白い子犬を拾ってきたことがある。どうしても飼いたいと言う妹に援軍し、親を納得させた。名前は当時ブレーブスのレフトを守っていた外国人選手の名前を付けた。

ウインディ。

背番号は27。一番か五番を打った。大きなストライドでバッターボックスに入る姿がかっこよかった。個人タイトルとは無縁だったが、昭和四十二年、悲願の阪急初優勝の年には大活躍し、優勝の影の立役者といわれたことも「週刊ベースボール」を立ち読みして知った。

しかし正秋が阪急ファンになった昭和四十四年には、矢野という選手が急成長し、レフトの定位置をしばしば明け渡していた。

シーズンが終わると、彼はその名の通り、風のようにひっそりと日本を去った。

歩きながら正秋は考えた。なぜ自分はあの頃、そこまで阪急ブレーブスに肩入れしたのだろうか。

ひとつの光景がよみがえる。

二年生の、冬のあの日……。それは正秋にとって、地獄のはじまりだった。

クラスの友達と廊下ではしゃいでいたとき、正秋はちょっとした拍子に廊下の痰壺(たんつぼ)を踏んで割ってしまった(まだそんなものが学校の廊下にあった時代なのだ)。それを悪ガキのヒトシに付け込まれた。

「おまえ、えらいことしたな。先生が知ったら、むちゃくちゃ怒られるぞ」

そう、今から考えれば、たかが痰壺を割っただけのことなのだ。ところがそのときの正秋にはヒトシの言葉がなぜかとても恐ろしく聞こえ、本当に取り返しのつかないえらいことをしてしまった、という気になった。

「先生に黙っといてほしかったら、俺の家来になれ」

その日から正秋は、ヒトシの言うことをなんでも聞いた。近所の駄菓子屋で万引きもしたし、クラスの女の子のランドセルに牛乳を流し込んで泣かしたりした。ヒトシは毎日思いつくかぎりの理不尽な命令を正秋に下しておもしろがっていた。意味なく毎日サンドバッグ代わりに殴られた。放課後、ズボンを脱がされ、そのまま家に帰った。川にはまった、と母にはうそをついた。こんな奴隷のような毎日が一生続くなら、死んだ方がましかな、そんな思いさえ頭をよぎった。抜け出したい。しかし勇気が出なかった。

阪急の試合を観に行った翌日から、正秋の頭の中では、あの江藤のおっちゃんの言葉がぐるぐる回っていた。

「正秋君には勇気はあるか？　勇気を持ちや」

それから数日経ったある日のことだ。花壇を踏み荒らして遊んでいたヒトシが正秋を見つけ、いつもと同じことを言った。

おまえも一緒にやれ。やらんと、あのこと先生に言うぞ。

そのとき正秋の頭には、阪急ブレーブスの帽子があった。

正秋が父に欲しいとねだり、洗濯物の配達の途中に買って来てくれたものだ。最初、父は間違って色とマークがよく似た南海ホークスの帽子を買ってきた。無理もなかった。当時大阪ではホークスの方がはるかに人気があった。人気のない阪急の帽子などどこにも置いていなくて、次の日わざわざ三駅向こうの大きな商店街まで単車を飛ばして、ようやく探し当てたと父は静かにぼやいた。

しかし、阪急は、強かったのだ。ヒトシが応援するホークスよりはるかに。江藤のおっちゃんの言葉がよみがえる。「勇気はあるか? 勇気を持ちや」

正秋は阪急の帽子をぐっと目深にかぶった。

「もうぼくはおまえの子分をやめる。先生に言うなら勝手に言え」

ヒトシは黙っている。ちらと帽子のHのマークを見たような気がした。

正秋は、ゆっくりとその場を去った。怖くて逃げている、と思われないように、ゆっくりと。

給食室の角を曲がって、ヒトシから見えなくなると一目散に駆け出した。

それからヒトシは何も言ってこなくなった。

帽子の効果がどれだけあったかは判らない。ひとつこれだけは確実だった。

阪急が正秋に勇気をくれたのだ。

多くの人にとって中学三年の秋といえば、人生の中でもっとも悩ましい季節のうちのひとつだろう。まず受験という一大事がすぐそこにひかえている。にもかかわらず秋の風は多くの中学生男子の扁桃体（へんとうたい）、それは脳の中で恋の本能を司（つかさど）っている部分なのだそうだが、とにかくそのアーモンド形の小さな突起物を刺激して彼らを色気づかせ、悩ませる。

むろん正秋とて例外ではなかった。しかし正秋にとって受験と恋の行方と同じぐらい気になったのが、中学三年の秋、阪急が広島と争った日本シリーズの行方だった。

国語の授業中、「走れメロス」を読む女の先生の目を盗み、トランジスタ・ラジオのイヤホンから聞こえてくる実況放送にかじりついていた。

メロスが妹のいる村に向けて走り出したそのとき、加藤秀司がタイムリーを打ち、山賊の襲撃に出くわしたとき山田が衣笠（きぬがさ）を三振に打ち取った。セリヌンティウスを助けるために間一髪で城門をくぐった瞬間、福本がセンターフェンス際の超ファインプレーで危機を脱し、阪急は勝利をおさめた。

第六戦は日曜日。ライトを守るウイリアムスが最後の打者の打球を捕り、初の日本一が決まった。ウイリアムスはボールを持ったまま何度も飛び上がって喜んだ。正秋も家のテレビの前で彼に負けないぐらい飛び跳ねた。

翌昭和五十一年の日本シリーズの相手は巨人。

阪急はそれまで巨人相手に日本シリーズを戦うこと五度、そのいずれも苦杯を飲まされていた。

阪急は三連勝し王手をかける。ところがそこから三連敗。しかも第六戦は、五回表まで七対〇と大きくリードしながら、七対八という信じられない大逆転を許して負けた。

やはり巨人には勝てないのか。

しかしこれではマンガの『巨人の星』と同じではないか。いくら策略をめぐらせても永遠に子豚をつかまえることができないオオカミと同じではないか。

第七戦。日付ははっきりと憶えている。本来なら日曜日となる第七戦は、第二戦・四戦が雨で順延したため、十一月二日の火曜日だった。その日正秋は学校を休んでテレビの前にいた。

正秋は未だかつてあんな異様な雰囲気に包まれた試合を観たことがない。

戦いの場は敵地、後楽園球場。平日にもかかわらず超満員の球場は九割九分以上が巨人ファン。五万人近く入るといわれるスタンドに阪急ファンは三百人ほどだった。

阪急は七回表に森本の逆転2ランで三対二と逆転。一階三塁側の阪急の観客席に、二階席の巨人ファンからみかんの皮やらゴミが大量に投げ込まれる。異常な光景だ。たしかに球場を埋め尽くす九割九分の巨人ファンにとって阪急は憎き悪役だ。しかしだからといって応援するファンにこの酷い仕打ちはないだろう。

九回裏。阪急のマウンドは先発の足立。二死一、二塁と一発逆転のピンチを背負う。巨人ファンのゴミ攻撃はいっそう激しくなる。足立からもその光景は見えていたはずだ。四万九千七百の巨人ファンの怒号のようなヤジの中、しかし足立だけが冷静だった。彼は二十七個目のアウトを三振で取り、阪急は日本一を決した。

ついに日本シリーズで宿敵巨人を倒したのだ。正秋は最高に晴れがましかった。

こんな日には何をやってもうまくいくような気がする。

高校一年の秋だった。受験に没頭するにはまだ余裕がある。しかも悩ましいことにこの年の秋の風は前の年よりもなお強く正秋の扁桃体を刺激した。次の日は文化の日で祭日だ。好きだったクラスの女の子の家に電話して、明日、映画を観に行かないかとデートに誘うことにした。阪急がまたしても勇気をくれたのだ。ダイヤルを回す。彼女が出る。

「西梅田に大毎地下劇場っていう名画座あるやろ？　あそこで『ある愛の詩』と、ダスティン・ホフマンの『卒業』の二本立てをやってるんや」

デートには絶好の二本立てだ。山田久志と山口高志の黄金の継投リレーのように完璧だった。

彼女の答えはNOだった。黄金リレー破れる。恋は阪急の野球のようにはうまくいかない。

大学時代の夏は、決まって西宮球場で売り子のアルバイトをした。

売り子にはコーラとアイスクリームの二種類があったが、正秋はコーラを選んだ。

この球場で、あの夜、父にコーラを買ってもらった記憶があったからだ。

コーラを売りながら阪急の試合が観られるのも楽しかったが、正直言ってこの頃は阪急の試合より、バイトで稼いだ金をどう使おうかと考える方に関心があった。

球場へと続く道も、子供の頃はじめて歩いたときとはずいぶん店が入れ替わり、古い食堂などは姿を消していた。

それでも西宮北口駅を降り、あの線路沿いの道を歩いて角を曲がり、球場が目に飛び込んできた瞬間、正秋はいつもあの日の少年に戻った。

ここは特別な場所なのだ。

そして、あの二十七歳の秋がやってきた。そう、また秋だった。

三年勤めたサラリーマンを辞め、放送作家になったばかりの正秋はラジオ局の片隅で台本を書いていた。突然スピーカーから阪急ブレーブスが「身売り」するというニュースが聞こえてきた。

耳を疑った。阪急ブレーブスがこの世から消える……。うそだろう。でなければ何かの聴き間違いだろう。誰か自分にそう言ってくれ。

通りかかったディレクターが正秋に言った。「阪急身売りやて。びっくりやな」

ほんとうなのだ。

選手たちは、今、どこでこのニュースを聴いているだろう。

仕事を放擲(ほうてき)し、西宮球場に向かった。

球場は、いつもと変わらずそこにあった。

曇り空に、スタジアムが滲んで見えた。

球団はオリックスに買収され、阪急ブレーブスの名前はこの世から消える。

オリックスはやがて本拠地を神戸に移し、ブレーブスの名前と共に、この球場も姿を消す。

勇者の球場が消えるのだ。

正秋は球場の周囲を何周も何周も、ただひたすらさまよい歩いた。


あれから、四半世紀近くが過ぎた。そして今、自分はまたこの街を歩いている。

いったい、誰の声に引き寄せられて?

ふと父の顔がうかんだ。

父はもうずいぶん前に死んでいた。

単位不足で大学を留年した年の五月だった。単車で洗濯物を配達した帰り、信号無視して突っ込んで来たトラックとの交通事故だった。

四十九歳だった。気がつけば自分は、父が死んだ歳をひとつ追い越して生きている。

ずいぶんと早く、父は死んだんだな。

かつて父と歩いたはずの道を記憶でたどりながら、正秋は汗に濡れた父の白い背中を思い出した。

3

球場は、跡形もなく消えていた。

ここに来ても、もう何もないことは最初からわかっていた。

取り壊し中の西宮球場の写真を、正秋は一度だけ新聞で見たことがある。いたたまれなくて、すぐに新聞を閉じた。

伊丹空港から飛行機に乗るときは、右側の窓際を避けた。飛行機が離陸した直後、姿を消した西宮球場の広大な跡地が、眼下に見えるからだ。永遠に埋まることのないジグソーパズルの一片のように。

しかし、欠けたピースの場所には、やがて別の模様をした真新しい一片が補充された。

球場の跡地には、五階建ての巨大なショッピング・モールが建設されたのだ。

オープンしてまもなく三周年を迎えるショッピング・モールは、絶対に沈むことのない巨大な軍艦のようだった。

巨大な軍艦の威容はあの日とは別の威圧感をもって正秋に迫ってきた。

正秋は、そこに足を踏み入れた。

夏休みに入ったばかりの土曜日の宵だった。一階から五階までのフロアには有名なテナントがぴかぴかに輝いて並び、どの店舗も客でごった返していた。このショッピング・モールの一日の来客数はどれくらいだろう。あの頃のブレーブスの試合の観客の数よりもはるかに多いのは確実だった。当時の阪急は勝っても勝っても球場に客が入らない、不思議なほど人気のない球団だったのだ。

最上階の五階のシネコンのフロアは、若い客であふれていた。いくつもの入り口から終わった映画の客が吐き出され、新しい客が吸い込まれていった。

ほんとうに、かつてここに、球場があったのだろうか。

梶本が投げ、長池が打ち、福本が走り、ウイリアムスやウインディが守った、あの球場が……。

阪急の思い出が、ショッピング・モールの巨大なモップで跡形もなく拭き取られて消えたのだ。まるで最初からそんなものは存在しなかったかのように。

言いようのないむなしさがこみ上げた。

もう帰ろう。

そう決めたとき、シネコンのフロアの傍らの、そこだけ時間が止まったようにひっそりとした、ガラス張りの小さな空間が目に留まった。

まだ出店の決まらない空きテナントだろうか。

通り過ぎようとすると、不意に自動ドアが開いた。

そこは、巨大なモップが拭き残した跡だった。

『阪急西宮ギャラリー』

四、五十坪ほどの静かな空間に、見物人は誰もいないようだった。

足を踏み入れると入り口の正面には、十三のレリーフが飾られていた。野球殿堂入りしたブレーブスの選手と関係者のレリーフだった。

こんな場所があったのだ。胸が躍った。偶然開けた引き出しの奥から、ずっと昔になくした宝物を見つけた子供のような気持ちだった。

しかし、弾んだ心はすぐにしぼんだ。ギャラリーの壁面に並んでいるのは、阪急電車や阪急沿線の歩みを展示した年表パネルだ。ここはブレーブスの記念スペースというより、阪急という企業グループの足跡や記念物を展示した場所なのだ。入り口正面の選手たちのレリーフの傍らには、阪急電車の小豆色の模型。そしてその隣りには、一行の解説もなく、唐突にブレーブスのユニフォームが二点。その足下に、いくつかの盾とトロフィーが飾られていた。

盾とトロフィーに刻まれた名は、山田久志、福本豊、加藤秀司。

ブレーブスの選手たちの、他の展示物を探した。

せめて写真一枚でもいい。

しかし何もなかった。

この空しい気持ちは、何だろう。

かつての阪急ファンがこのギャラリーにたどり着き、ユニフォームや盾やトロフィーを発見する。彼はなつかしいと思うだろうか。正秋は違うと思った。

たしかに山田久志、福本豊、加藤秀司の三人は阪急ブレーブスの大功労者だ。それは間違いない。しかし、この三人の盾やトロフィーをもってブレーブスの歴史、いや思い出のすべてを代表するのは、あまりにも乱暴すぎないか。

たとえどんなにささやかなスペースでも、そこにファンの思い出の残り香が少しでもあれば、どれほど救われただろう。ファンの思い出とは、大記録の盾やトロフィーではない。球場のざわめきや、人いきれ。大歓声。ため息。打球音。選手たちの喜ぶ顔。悔しい顔。ファンの記憶の襞に刻まれているのは、そういうものだ。

正秋はあらためて入り口の文字を見直した。

そこは『阪急ブレーブス記念ギャラリー』ではなく、『阪急西宮ギャラリー』だった。

そういうことなのだ。

要するに、この新しく生まれた巨大ショッピング・モールに、ブレーブスの記憶をことさら大きく残したくはないのだろう。

ここは、かつて殺めた我が子が怨霊となって厄災をもたらさぬように作られた祠なのだ。

目立たなくて良い。いや、目立ってはならぬのだ。

「かけがえのないチームがひとつ消えて、日本のどこにでもあるショッピング・モールが、ひとつ増えた」

老人が突然話しかけてきた。話しかけたのではなく、彼の独り言だったのかもしれない。

まっすぐに背筋を伸ばした彼の視線は、飾られた展示物に注（そそ）がれたままだ。

白髪と生成（きなり）色の麻のジャケットが、日焼けした精悍（せいかん）な顔を引き立たせている。

寒竹の杖（つえ）をついているが、その腕はたくましい。甘い整髪料の匂いが鼻をかすめた。

手入れの行き届いた老人の端正な細い口髭（くちひげ）には、見覚えがあるような気がした。

「どこにでもある、とはいささか失礼かな。広さは日本最大規模。野球場をひとつ潰（つぶ）して作ったんやからな」

喉の奥から絞り出すような、張りのあるだみ声。正秋の耳は、かつてこの声に、どこかで出会っている。

夕闇に包まれたスタジアムのカクテル光線が、一瞬脳裏によみがえる。

思い出した。

「団長さん」

「今坂（いまさか）と呼んでくれるか。今はもう、団長やない」

西宮球場の一塁側スタンド。その特設ステージの上で、いつも独特のだみ声を飛ばしていた、阪急ブレーブスの応援団長。トレードマークの端正な細い口髭。阪急ファンでこの団長の存在を知らない者は誰もいない。正秋が父とブレーブスの試合を観に行った昭和四十四年、すでに団長は、フェンスにまたがって勇者たちを応援していた。当時の阪急ファンにとっては、グラウンドの選手と同じぐらい強いオーラを放った、カリスマ的存在だった。

その団長が、今、目の前にいる。

彼の視線は、阪急のユニフォームに注がれている。

「お変わりありませんか」

「このとおり、だいぶ太ったよ。頭も真っ白や」

はじめてスタンドで団長を見かけたのは、今から四十年以上も前のことだ。球場をショッピング・モールに変えるほどの歳月は、もちろん人をも大きく変える。

「でも、声でわかりました」

「若い頃のような声は、もう出てないはずやがな」

「なつかしいです」

「君は、いつからのファンや」

「昭和四十四年。小学校三年でした」

「おれが応援を始めて、三年目やな。なんで阪急ファンになったんや」

「父親に連れられて西宮球場に試合を観に行きました」

「試合は、勝ったか、負けたか」

「負けました。けど、おもしろかった。団長の応援も」

「そこが阪急のええとこや」

老人は目尻にシワを寄せ、はじめて正秋に顔を向けた。

かつて球場があったこの場所で、今、正秋が向かい合っているのは、誰よりも阪急を応援し、愛した男だ。

「ひとつ、訊いていいですか」

「なんや」

「今坂さん、いや、団長と呼ばせてください。団長は、なんで阪急ファンになったんですか」

「ホームランボールやな」

「ホームランボール？」

「おれが生まれたんは終戦の年や。生まれは大阪の大正区。家の近所には、大阪球場があった」

「南海の本拠地ですね」

「そうや。当時のあのへんの大阪の子供はほとんどが南海ファンや。強かったからな。あれは小学校四年のときやったか、ある日、近所のおっちゃんに連れられて大阪球場のレフトスタンドに座ってたんや。なんでレフトスタンドかというと、ライトスタンドは南海ファンで埋まってたからや。当時、阪急を応援してるヤツなんか、レフトスタンドにもおらんかった。そしたら、たまたま阪急の選手が打ったホームランボールが飛んで来た。誰も座ってない、前の客席でバウンドしたボールを、夢中でつかんだ。試合後、拾ったボールを持って行ったら、サインしてくれた。そこからや。おれはこのチームを応援していこう。そう心に決めたんや。中学卒業したら、すぐに阪急電鉄に就職した。夜間高校に通いながらな。別に電車が好きなわけやない。とにかくブレーブスが好きやった。それだけの理由や。夜間高校卒業してからは、阪急応援するために、無理言うて勤務が夕方で終わる西宮の工場の車両修理に配属してもろた。結婚してからは阪急沿線の箕面(みのお)に住んだ。西宮球場で阪急の試合のある日は、すべて応援に行ったな」

人生とは、なんと不思議なものだろうか。たまたま飛んで来たボール一個が、この人の人生を変えた。

「君もよう知ってるとおり、当時の阪急は人気無(の)うてな。けど、せめて球場に来てくれたファンには、楽しい思いをしてもらお、と思て、頑張って応援したよ。応援に合(お)うた声にするために、会社の帰りに武庫川(むこがわ)の川べりでウワーッと大声出して、声をつぶしてな」

「阪急の試合を観るのも楽しみでしたか」

「試合中はほとんど、観客が座るスタンドの方を向いてたから、試合の内容は、ちゃんと観てないんや。それでも、野球を知ってたら、客の反応で内容は判る。そんなもんや。西宮球場だけやない。大阪球場や日生球場はもちろん津和野(つわの)や米子(よなご)、仙台とか、地方での試合も阪急の主催なら追いかけて応援した。一応サラリーマンやったから、財布はいつも苦しかったけどな」

これほどまでに阪急というチームを愛した人がいる。そんな人が、あの日を、どう迎えたのだろうか。

「昭和六十三年、十月十九日を、どう迎えましたか」

「うそやと思た。身売りやなんて……。絶対うそや。その日から三日間、おれは行方不明やったらしい。おれ自身も記憶がない。なんか、日本海の海をぼんやり眺めてたことだけを、かすかに憶えてる。記憶がちゃんとあるのは、その四日後や。阪急の最終試合を応援するために、西宮球場の一塁側スタンドに立っとった。ただ、茫然(ぼうぜん)とな」

「そして、阪急ブレーブスは、この世から消えたんですね」

「阪急が好きで阪急を応援してたんや。阪急という名前もブレーブスという名前もなくなった以上、もう応援する理由がない。引退したよ。しばらくして阪急電鉄も辞めた。阪急が好きで入った会社や。そこからは、不思議なもんや。どこかに、阪急みたいな、おれの応援するチームがあるんと違うか、と思て、草野球も含めて、全国、あちこちの球場を放浪した。あるわけもないのにな。まるでふるさとを失(うしの)うた難民や」

「奥さんや、ご家族は?」

「さすがに愛想つかされて、別れてしもうた。子供ふたりも、むこうについた。観客を喜ばすために、ずっとスタンドの方、向いてたら、試合は思わぬ方向に進んどった。野球を知っとるとうぬぼれてたおれは、妻の心を何も知らずに、気がつけば、ゲームセットや」

　自分も同じだった。妻の心を置き去りにしたまま、自分もまた「仕事」という名のあてどない荒野を彷徨(ほうこう)していた。

　妊娠検査薬を片手に持って居間に走り込んで来た妻の顔を今も忘れられない。

　あれは結婚三年目だっただろうか。

　自分が父親になる。面映(おもはゆ)いような、晴れがましいような、不思議な気分だった。

　妻はフリーのアナウンサーでラジオのDJなどをしていたが、妊娠を理由に仕事を辞め、出産準備に専念した。

　しかし妊娠後の経過が思わしくなく、大事を取って近くの産科に入院することになった。

「ハーブの水やり、よろしくね」

　趣味で育てていた幾種類かのハーブの鉢植えをベランダに残し、妻は家を出た。

　その間も、正秋は仕事に追いまくられた。

　病院へは、二度ほど顔を出しただろうか。いや、それも記憶は定かではない。

ある日の深夜、病院の妻から、電話があった。

「赤ちゃんが……」

流産だった。

病院に駆け込んだ正秋に、妻は言った。

「今日も仕事でしょ。行って来て」

何日かして、妻が家に帰ってきた。

思ったよりも気丈な様子に安堵(あんど)を覚えたが、ベランダの窓をあけた妻の言葉は、正秋の心を突き刺した。

「ハーブ、全部枯れてるよ。水、やらなかったんやね」

その言葉に、非難のニュアンスは微塵(みじん)もこもっていなかった。それがよけいに正秋の心を刺した。自分のこれまでの態度のすべてを、そのとき、見透かされたような気がした。

ふたりの未来を紡(つむ)ぐ糸がほつれた最初の瞬間があったとすれば、あのときかもしれない。

「もし、もう一度、生まれ変わったら、阪急を応援しますか」

ふたり以外、誰もいない部屋の沈黙を埋めるために、正秋は団長に訊いてみた。

「わかりきったこと、訊くなよ」

つまらぬ質問をしたことを後悔した。

「ただ、その人生は、一生、阪急ブレーブスを応援できる人生であってほしいがな」

自分はどうだろう？　もしもう一度人生を歩み直せたとしたら、同じ人生を選ぶだろうか？

家庭を壊し、妻を悲しませ、それでも自分の「好きな」人生を。

団長の横顔を盗み見た。

彼の視線の先は、やはりブレーブスのユニフォームだ。

背番号は付いていない。このユニフォームがあの球場のダイヤモンドを駆けることはなかった。

何を思って、今日、彼はここに来たのだろうか。

「西宮球場の跡地にできたこの場所の名称は、『阪急ブレーブス記念ギャラリー』ではなく、『阪急西宮ギャラリー』です。なんだか寂しくはありませんか」

団長は正秋の問いには答えなかった。そしてユニフォームからゆっくりと視線を移し、再び静かに正秋の方を向いて言った。

「君はここの展示物、すべてごらんになったかね」

「いえ。でも、見渡したところ、ブレーブスの展示物は、このあたりだけのようですね」

「ひとつ、君が見落としてるものがあるよ」

団長は踵を返し、正秋を促すように、持っていた杖でギャラリーの傍らを指した。

人けのないギャラリーの中で、ひときわひっそりとした、その空間にあったもの……。

気づかなかった。

あの西宮球場の、巨大なジオラマだった。

ジオラマは球場だけでなく、西宮北口駅を含んだ周辺の街も再現していた。

あの球場が、そのまま、ここに残っていた。

父と一緒に観戦した一塁側スタンドも。俊足のウインディが駆け回ったレフトも。

そして、父と歩いた、あの街並みも。

正秋の心は現実から一気にあの日に引き戻された。

なつかしい。ひたすらなつかしい。

抑えきれない感情がとめどなくこみ上げてきた。

「このギャラリーは、確かにクズかもしれん」団長が言った。「血というものがまったく通ってない。しかし、では君に訊きたいが、どんなギャラリーなら満足できる？」

答えられないでいる正秋に団長が続ける。

「たとえどんなギャラリーを作ろうと、結局、血の通った思い出というものは、ひとりひとりの記憶の中でしか生き残ることはできん。記憶はひとりひとりすべて違う。すべて違うものを一枚の写真などに表すことはできん。逆に言うと、思い出はそれぞれ違った記憶の中でこそ永遠に生き続けることができる。あの頃ブレーブスを応援した、すべての人々のかけがえのない、自分だけの記憶をよみがえらせてくれるもの。それは……」

団長は、再びジオラマに杖を向けた。
「この球場なんや」
団長と並んで、ジオラマを見つめた。
たしかにそのとおりだと思った。
この球場の姿に、正秋の、そして父と息子だけの、あの日の思い出のすべてがある。
そして、おそらくは、団長の思い出のすべても。
しかし……。
違うのだ。
子供の頃見たあの球場と、何かが違う。
幼い自分に、西宮球場はこんなふうには見えなかった。
正秋の心を見透かしたように団長が言う。「しゃがんでみたら、答えがわかる」
言われたとおりその場にしゃがみ込んだ。
すると、突然現れたのだ。
子供の頃と同じ目の高さで見た、あの西宮球場が。
それはたしかに道の向こうに仰ぎ見た、あの日の西宮球場だった。
いつの日か来た道が、目の前にあった。

4

「お客様。申し訳ありませんが、まもなく閉館のお時間です」

振り返ると警備員が立っていた。

閉館？　そんなにも長い間、ここでしゃがんでいたのか？

声をかけられる直前までの記憶が飛んでいた。夢中になって、このジオラマの世界の中に遊んでいたのだろうか。

立ち上がってギャラリーの出口に向かった。

「これは、お客様の忘れ物ではないですか」

警備員がさきほどの団長の杖を持ち、正秋に向けて差し出した。

団長の姿は消えていた。

彼とはもう会えそうもなかったが、正秋は杖を受け取り、ギャラリーを出た。

シネコンの人ごみを避けて反対側の出口を抜けると、屋外駐車場に出た。ギャラリーのある五階のフロアは四階までの建物から突き出す形で、この屋外駐車場と隣接していたのだ。

すっかり夜になっていた。

ショッピング・モールの中を歩いているときはまったく感じることができなかったが、屋上に漂う夏の夜の空気は、かつてここに球場があったのだという事実を、ほんのかすかだが正秋に想起させた。

六甲山頂の灯(あか)りが遠くに見える。稜線(りょうせん)が夜の空を縫っていた。

あの山なみは、父の背中を追ったあの日と同じはずだ。

手前には新しくなった西宮北口の駅ビルが見える。

かつての西宮球場は駅の南に位置し、バックネット側が北西、バックスクリーン側が南東にあった。

駅の位置から判断すると、今、自分が立っている場所は、ちょうどバックスクリーンの手前、センターの守備位置があったあたりだ。

センターの守備位置……。あの日、ここに立っていたのは大熊という外野手だ。堅守を誇る、通好みの選手だった。背番号12。彼の守備位置からも、あの六甲の稜線が見えたかもしれない。

正秋は夜の駐車場を彷徨した。

六甲を正面に見て東側に歩く。

赤いボルボが停(と)まっているこのあたりは、レフトが守っていた位置。

あのウインディが立っていた場所だ。妹が拾ってきた子犬のウインディはずいぶん長生きした。彼もまた元気でいるならば、ふるさとイリノイ州の青い空の下で、かつてここにあったあの球場をなつかしく思い出すことがあるだろうか。

サードベースはもう少し前。ワーゲンのワゴンのあたりだ。五番打者、森本が守っていた。

巨人を破って日本一になったあの日本シリーズで、逆転2ランを打った選手だ。

長髪でヒゲをはやし、サングラスをかけた不思議な選手で、サードゴロを逆シングルで捕球すると、銀色のグローブがカクテル光線を反射させ、まるで水の中で反転する魚のウロコのように美しく光った。

サードの守備位置あたりの駐車場の階段を下りると、そこは四階の屋外ガーデン広場につながっている。この階段の下あたりにホームベースがあったはずだ。

熱血漢のキャッチャー、岡村が座っていた。

正秋はバッターボックスがあったあたりに立つ。杖をバット代わりにしてスイングする。

びゅんと風を切る音がした。

ピッチャーズマウンドは、その十八メートル向こう。ゆっくりと歩く。

梶本、足立、米田、山田久志、綺麗星(きら)のごとく輝く名投手たちがここに立った。彼らが投球の合間に見上げた空が、いま、正秋の頭上にある。

ファースト、石井晶。今、噴水があるあたりだ。

セカンドを守っていたのは、背番号1、山口。彼がいたポジションは、今、エスニックレストランだ。階上には携帯ショップが並んでいる。

その隣り、ショートのポジションは、俊足巧守の阪本が鉄壁の守りで固めていた。背番号4。三塁寄りの強い打球を捕らえながら、二塁のベースカバーもこなす。「遊撃手」という美しい言葉はこの阪本のためにある。

ライトは南駐車場の手前あたりだ。ミスター・ブレーブス、長池の定位置。

そしてここは、あの昭和五十年の日本シリーズで、ウイリアムスが悲願の日本一を決めるウイニング・ボールをキャッチし、飛び上がって大喜びした場所……。

正秋はそこに立ち尽くした。


「もうすぐ閉店のお時間です。お客様は、どうぞお気をつけてお帰りください」

そのアナウンスで我に返った。

気がつくとそこはやはり球場ではなく、車が並べられた屋上駐車場なのだった。

夜空を見上げる。

きれいな満月が、いつものように五つに割れて見えた。

ふと、あの歌が口をついて出た。

おつきさまはあおいよ
あおい　おつきさまは
かなしいよ
ウオー　ウオー　ウオー

なぜ突然そんな古い歌を思い出したのだろう。今日はおかしな日だ。

子供の頃、この歌を歌うたび、変な歌、歌わんといて、と母は気味悪がった。その母も、もういない。

正秋は出口を探した。

目の前の中央出口から出るのが一番近道のようだった。だがすぐに帰る気にはなれず、もう一度広い駐車場を見渡した。駐車場の奥に、出口が見えた。一塁側の内野スタンドがあったあたりだ。はじめて父と野球を観た場所が一塁側の内野スタンドだった。背番号35の太っちょの選手が、ゲームセットの後、ベンチに下がった場所だ。

あの出口から帰ろう。

階段へと続く降り口は狭く、電球が切れているのか、ずいぶんと薄暗かった。中に一歩入ると薄暗さはさらに増した。白色の蛍光灯ではなく、橙(だいだい)色の灯が階段をほのかに照らしていた。

ひんやりとした風が吹き抜けた。

どうやら出口を間違えたようだ。客用の出口がこんなに暗いわけがない。ここはきっと倉庫か何かにつながる通用口だ。

戻ろうか。そう思ったときだった。

階段の下からざわめきのような声が聞こえた。

声は一瞬正秋の耳をかすめてすぐに消えた。

また、空耳か。

やはりどうかしている。

しかし考えてみれば、あの電車の中で聴いた空耳に連れられて、ここまで来たのだ。

老人が残した杖をつきながら、正秋はゆっくりと、仄暗（ほのぐら）い階段を下りていった。

目の前が、すうっと暗くなったような気がした。

5

気がつくと、階段の踊り場に座っていた。

天井が、やたらに高い。

階段を下りた最初の踊り場で、照らしていた灯がふっと消えた。そこまでは憶えている。

気を失っていたのだろうか。

急に高くなった天井も不思議だが、もうひとつ奇妙なことがある。眼に見えるものが妙にくっきりとした輪郭を持って鮮明なのだ。まるで視力が落ちる前に戻ったような……。

「おーい、ぼく」下から声がする。

「そんなとこ、上がったらあかん。そこから先は立ち入り禁止やで」

ぼくって誰だ。どこかに子供がいるのだろうか？　あたりを見回す。誰もいない。

声の主が姿を現した。

ずいぶん大きな人だ。警備員らしい。

「ここは入ったらあかん。さ、はよ戻り」

警備員が正秋の手を取った。

引っ張られて立ち上がる。

驚いた。何なのだ。この身の軽さは。

「ぼく、名前は？　どこの小学校や？」

ぼくって、おれのことなのか？

自分の身体(からだ)を見渡した。

その瞬間、恐怖とも、なんともつかぬ感情が全身を突き抜けた。

小さな細い手。半ズボンからむき出しになった細い脚。これは自分の身体ではない。

わあっと叫んで正秋は警備員の手を振り払い、狂ったように階段を駆け下りた。

トイレが見えたので駆け込んだ。

大きな鏡に映る自分の姿を見る。

背筋に悪寒が走った。

見覚えのある少年がそこにいた。

古い家族のアルバムの中で見たことのある、子供だった頃の、自分の姿だ。

いったいどうしたというのか？

そしてここは？

そのとき、大歓声が聞こえた。

歓声の方向へ走る。

階段の向こうから明るい光が漏れている。

一気に階段を駆け上がる。

まったく息が切れない。

階段の上までやってきた。

突如として目の前に広がったのはカクテル光線を浴びて鮮やかに光る芝生の緑だ。ホームベースから両翼まで二本の白いラインがまっすぐに走る。土色のダイヤモンドを抱え込むようにして伸びる二層式の内野席。スコアボードにはためく三本の旗……。

息を呑んだ。
あの日と同じ光景が、そこに広がっていた。
ここは、今あるはずのない、西宮球場だ。
スコアボードの阪急のオーダーを見た。

一番　大熊
二番　阪本
三番　長池
四番　矢野
五番　森本
六番　山口
七番　石井晶
八番　岡村
九番　梶本

昭和四十四年の、ブレーブスのラインナップだった。
ダイヤモンドに目を移す。

梶本がファウルボールを打たれた後、主審がポケットに納めていた新しいボールを投手に投げた。ボールは梶本のグローブに収まった。

あの日とまったく同じ、奇妙なほど、ゆるやかな軌跡を描いて。

「おーい」

さきほどの警備員が追いかけてきた。手に杖を持っている。

「これ、忘れとるやろ。ぼくは誰と来たんや？　席、見つかれへんのか？」

警備員は正秋の右手に杖を握らせ、空いている左手を引っ張って一塁側ダッグアウト裏のフェンス際まで連れていった。

「団長、よろしゅう頼む」

阪急と縫い込まれた陣羽織を着た口髭の男は、正秋の身体をひょいと待ち上げて肩車した。そして観客に向かって叫んだ。

「迷子だっせー！」

喉の奥から絞り出すような、張りのあるだみ声。

手入れの行き届いた、端正な細い口髭。甘い整髪料の匂い……。

まだ二十代に違いない今坂団長が、自分を肩に乗せて通路を走る。

事態を呑み込めない恐怖からか、涙がぽろぽろとこぼれてくる。

「この子、泣いてまっせ～！　保護者の方、至急名乗り出てくださーい」

「すみません、うちの息子です」

白い開襟シャツを着た短髪の男が駆け寄ってきた。

父だ。

「どこ行ってたんや、あほやな」

死んだはずの父が、目の前にいる。

父の両腕が伸び、団長の肩から正秋を抱きおろす。

恐怖の感情は消えていた。ただ、父に会えたというなつかしさだけが正秋の胸を衝いた。

涙があふれてどうしようもない。

「その杖、どうした」

どう答えていいのかわからなかった。

正秋は黙ったまま、杖を団長に差し出した。

団長は細い口髭を左手で撫で、怪訝な表情で正秋の顔を見つめた。

そして正秋から杖を受け取り、右手で高らかに中空を指した。

「長池！　あの月に向かって打ったれ！」

いつのまにか阪急の攻撃になっていた。

空を見上げた。

涙で滲んではいたが、きれいな満月がくっきりと、ひとつに見えた。

正秋の手を引いて客席に戻った父は、座るや正秋の頭をぽんと叩いた。

「いつまで泣いとるんや」

正秋は首をふった。

「兄ちゃん、コーラくれ。ふたつやで」

父が売り子を呼び止めた。

「コーラ買いに行くって走っていったと思うたら、どこ行ってたんや？」

なんと説明すればいいのだ。ずっと黙っているのにはもうひとつ理由があった。父の前で、声を出すのが怖かったのだ。

小学三年の小さな身体の息子が、五十歳の声を出したら……。

「ごめん」

勇気を出して、小さな声でつぶやいた。安心した。子供の声だった。

いや、これは安心すべき事態なのか？

父は何も答えずグラウンドを見つめている。

マウンドに立っているのは西鉄のユニフォームを着た背番号24の投手だった。

稲尾だ。あの夜と同じ投手だ。

涙のあとにやってきたのは、やはり混乱だった。

いったいどうなったんだ。何がなんだか判らなかった。

六回裏。阪急の攻撃が三人であっさりと終わる。

「父ちゃん」

「なんや」

「ぼく、いくつに見える」

「あほなこと訊くな」

「八歳か？」

「ああ。小学校の三年坊主や。自分の年齢（とし）忘れるやつがあるか」

「父ちゃんはいくつ」

「三十五や。それがどうした」

三十五。父は昭和八年生まれ。

今はやはり昭和四十四年……。

あの夏の西宮球場の観客席に、正秋は八歳の子供に戻って父と座っているのだった。

あたりを見回す。

父と同じ白い開襟シャツの大人が目立つ。髪型は慎太郎カットというのか、誰もが短く刈上げている。カンカン帽をかぶった人もいる。

観客は内野が五分ぐらい、外野は三分ほどの入りだった。

スタンドにはのどかな空気が漂っていた。ぱたぱたと団扇（うちわ）をあおぐ音がする。

隣り同士で談笑しあい、時々思い出したようにヤジを飛ばしている。

三塁側から博多弁まじりのヤジが聞こえる。

「稲尾～、鉄腕復活やろうもん！　まだまだ行けるくさ！　完投ばい！」

一塁側からヤジを返す。

「神様仏様、稲尾様ァ、お疲れ様ァ～！　あとはベンチでゆっくり休んでや～」

そんなヤジのひとつひとつが、はっきりと聞き取れる。

投球練習をする投手の投げた球がミットに収まる音がする。

プレイする選手たちの声さえ聞こえてくる。

球場を包む、この、のんびりとした雰囲気は何だ。

答えはすぐにわかった。トランペットや太鼓を使った、のべつまくなしの応援がないのだ。

風が吹く。かすかに潮の香りがした。

父は傍らでピースの煙をふかした。

大人たちのざわめきと父の吐いたピースの煙を乗せ、風は球場を駆けた。

正秋は父の表情を盗み見る。

煙が目にしみたのか、カクテル光線がまぶしすぎるのか、父は目を細めてグラウンドを見つめていた。そして時折、外野に視線を移す。野球の試合がおもしろいのかどうか、父のその表情からは判断できなかったが、視線を落とさずにじっと見つめているところをみると、少なくとも退屈しているわけではなさそうだ。いや、むしろ、父の目は何かを探るように遠くを注視しているふうにさえ見える。

乾いた打球音が響き、大きなため息が観客席を包んだ。マウンドの梶本がタイムリーを打たれたのだ。

八回表で一対六。

父にはじめて西宮球場に連れてきてもらった時と同じ試合展開だ。

代打にウインディが登場する。大きなストライドでバッターボックスに入る。

ウインディは中前打を放つ。

「ええぞ、ウインディ」

しかし八回裏もブレーブスは無得点に終わり、いよいよ九回裏の攻撃となった。

二点を返し、二死だが塁上には二人の走者がいる。代打、ルーキー加藤秀司。

「加藤、長池の代わりに、今度こそあの月に向かって打ったれ！」

団長のだみ声が飛ぶ。あの杖で、再び月を指し示す。

「アメリカが立てた旗に球、ぶつけたれ！」

観客がまた笑う。

思い出した。

この試合の一週間前、あれはたしか夏休みに入ったばかりの昼どきだった。アポロ11号が人類初の月面着陸に成功し、アームストロング船長とオルドリンが月面にアメリカ国旗を立てたのだ。みんなが固唾を呑んでテレビ画面に注目していた。宇宙飛行士はまるで着ぐるみ劇の登場人物のようにぴょんぴょんと月面を飛び跳ねていた。

加藤秀司はしぶとく九球目までファウルでねばる。あの日とまったく同じだ。

「次の球で空振り三振」

正秋はつぶやいた。

次の瞬間、キャッチャーの捕球音が聞こえる。

「ストライク、バッターアウト！」の主審の声。

ため息が一塁側のスタンドを包んだ。ゲームセット。

父がちょっと驚いた顔で正秋の顔を見た。

太っちょの選手がネクスト・バッターズ・サークルから帰る。

団長が叫んだ。

「高井ー、しょぼくれるな。明日があるで。上向いて歩こ」

そうだ、あの選手は高井だった。ようやく一軍に上がってきたばかりの彼はこの試合のあと再び二軍に落ちる。今季は鳴かず飛ばずで終わるが、来季、本塁打五本を打って代打の切り札として甦る。

高井がシーズン最多代打ホームランのパ・リーグ記録を作ったのは、それから五年後だ。

正秋は叫んだ。

「高井ー、落ち込むな！　いつか日本一の代打男になるで！　うそやないで！　ほんとやで！」

高井はきょとんとした顔をして正秋を見上げた。

父も驚いていた。正秋は大声でヤジを飛ばすような子供ではなかった。

「五年後には、オールスターにも選ばれるで！　その時、代打逆転サヨナラホームランを打つんや。ピッチャーは……ええっと……アトムズの松岡や！」

高井が笑った。そして正秋に右手を挙げた。

そう、高井は昭和四十九年、当時南海の野村監督に推薦され、オールスターに出場する。大抜擢（だいばってき）といえるものだった。高井はスター選手でもなくレギュラー選手でさえなかった。おそらく阪急ファンぐらいしか彼の名前は知らなかっただろう。その阪急ファンの正秋でさえ、高井のオールスター選出には驚いた。しかし代打専門という地味な役回りの高井の努力を、そして相手の球を読む一流のバッティング技術を、同じ苦労人の野村は見逃していなかった。檜舞台（ひのきぶたい）に押し上げてもらった恩を、高井は代打逆転サヨナラホームランというこれ以上ない形で野村に返すのだ。

五年後、松岡のボールを後楽園球場のレフトスタンドに叩き込んだ高井は、ベースを回りながら、少年が叫んだ予言を思い出すだろうか。

スコアボードの時計を見上げると午後九時三十分。あの夜と同じだ。

出口へと向かう階段で、父が訊いた。

「おもしろかったか？」

「負けたけど、おもしろかった。父ちゃんは、おもしろかった？」

うん、と言ったような気がしたが、飛び交う周りの大人たちの声に掻き消され、はっきりとは聞こえなかった。

今、自分は、死んだはずの父といる。

そうだ。これは夢なのだ。正秋はそう了解した。

ならば、まだ醒めるな。醒めないでくれ。

三十五歳の父の傍らに、もっといたかった。

6

人波に押されて父と球場を出ると、あのなつかしい道があった。

球場を振り返る。ジオラマをしゃがみ込んで仰ぎ見たときと同じ目線の先に、巨大な球場が闇に浮かんでいた。

舗装された地面の感触が小さな運動靴の底から伝わる。硬く感じるのは足の裏が柔らかいからか、この頃のアスファルトが硬いからなのか。

球場の広さと明るさに目が慣れていたせいか、駅に続く道はずいぶん狭くて、暗い感じがした。記憶の中の風景はもっと明るかったのだ。

球場を出てすぐ角にあるのは他の店よりはだいぶ大きめの「りら」という名のグリルだった。

その先に「タモン」という中華料理屋の看板が見える。

不動産屋を一軒はさんで、「スポーツマン食堂」という名の大衆食堂。

マンガみたいな店の名前に、思わず吹き出した。

その横が「くるみ食堂」。

「ふるさと食堂」

「グリル・喫茶グランド」

「松代食堂」

「とんかつ聖屋」と続き、

その隣に、少しくすんだ黄色い看板で、

「カレー　サンボア」とあった。

魔法のカレーの匂いが漂う。

あの美味そうなカレー屋は、ここだったのだ。

歯医者をはさんで、木村屋のパン屋。

美容室と薬局とカメラ屋があり「カトレア」という名の喫茶店がある。

突然アコーディオンの音色が聞こえてきた。

喫茶店の前にアコーディオンを弾く男が立っている。その姿を見て、ぎょっとした。

白衣を着た義足の傷痍軍人だった。

アコーディオンが奏でる音はどこかもの哀しい。音の出し方が人間の呼吸に似ているせいなのか。しかし彼が弾いているメロディは、江藤のおっちゃんが弾いていた、あのオオカミの歌に似たものとも違う。江藤のおっちゃんの弾く音が遠い外国から聞こえてくるような旋律とするなら、傷痍軍人が奏でる音は、どこか知らない遠いところに連れて行かれそうになる、そんな、常ならぬ雰囲気の漂う節回しだ。

そうだ。あれはサーカスの楽団が客寄せのときによく演奏する音楽だ。曲名はたしか「美しき天然」だったか「天然の美」だったか。

傷痍軍人が立つ喫茶店の隣は、「日立テレビ」の看板を出している電器店と「よろず相談」の看板を出す法律事務所などが入った雑居ビルだ。

木製の電柱には今津東映の夏休みまんが祭りと銘打った「空飛ぶゆうれい船」のポスタ

ーが針金でくくられている。この映画は憶えている。近所のひさし兄ちゃんと吹田東映に観に行った。併映としてその下に書かれている「冒険映画・赤影」の方には「飛び出す映画」と書かれている。そうだった。すっかり忘れていたが、たしか赤と青のセロファンが貼られている紙製のメガネをかけて観ると、画面が飛び出して見えるのだ。

正秋はそのポスターに見入った。

遠い記憶の中に閉じ込められていた、なつかしい匂いが鼻をついた。

電柱に塗られたコールタールの匂いだ。

よく見ると、同じように黒く塗られた板塀があちこちにある。

そして聞こえてくるのは、傷痍軍人のアコーディオンの音。

これはほんとうに、夢なのだろうか。

立ちこめる匂いや、聞こえる音。何もかもが生々しい。

こんなにひとつひとつ、四十年以上も前の店の名前や看板を鮮明に思い出せる夢があるだろうか。

夢とは、どこか足もとの感覚があやふやなものだ。地面から浮いて歩く夢さえあるぐらいだ。

しかし、今、一歩一歩踏みしめるたびに足に伝わるこの感触は、どうだ。

歩きながら父がふかしたピースの煙が正秋の気管に入り、激しく咽せた。

これは夢じゃない。

自分はやはり昭和四十四年に帰ってしまったのだろうか。

だとすれば、家には死んだはずの母が待っている。父より四歳年下の母は、今、三十一歳だ。

妹が拾って来た子犬のウインディはまだいない。父は十四年後に死に、母は三十八年後にこの世を去る。

自分はこれからどうなるのか？　すべての運命を知った上で、昭和四十四年から、もう一度人生を生き直すのか？

「正秋」

歩いていた父がふっと何かを思いだしたように立ち止まった。

「かき氷、食べていこか」

とにかく今は、三十五歳の父の傍らで、八歳の息子としてふるまうしかない。父がかき氷食べていこか、と言ってくれたことが正秋にはうれしくもあった。

「うん。食べたい」

サンボアのカレーにも惹(ひ)かれたが、ここは父に従うことにする。

雑居ビルの隣りの「ひびき食堂」という店の前に立つと、女性の店員が出て来て暖簾(のれん)を片付けはじめた。

「もう終わりですか」

「ええ。食べるもんは。かき氷でよければどうぞ」

「ああ、それでええ。かき氷が食べたいんや」

引き違い戸を開けて店の中に入る。がらんとした店内にはテレビから流れるニュースの音だけが響いていた。

模様の入った磨りガラスの窓が、ところどころセロテープで補修してある。

壁には色紙がたくさん並んでいた。

その中に33の数字が書き込まれていたものがあった。

「あ、梶本のサインや」

「阪急の選手も、よう来はるんよ。梶本さんは、特に常連」

店員が答える。

「梶本も来るの？」

一瞬、あの美しいフォームが脳裏に甦る。心も八歳に戻ったみたいに胸が高鳴った。

「サイン、もろといたげよか？　ぼく、名前、何？」

「まさあき。正しいに季節の秋です」

何枚かの色紙の中に、35の数字の入ったサインがあった。高井のものだった。

身体に似合わない小さな名前の横に、金釘流の無骨な文字が添えられていた。

『未来は今日の掌の中に』

　高井の未来を知る正秋に、無名時代に記したはずのその言葉は、胸に迫るものがあった。彼は大変な努力を重ねて、あの日本一の代打男の地位を手にしたのだろう。

　しかし、その感慨は裏を返せば、いくら八歳の子供として振る舞おうとも、正秋の内面は五十年の齢を重ねた中年男なのだということの何よりの証しでもあった。

　ここは、今、なのか、過去、なのか？

　それとも、どちらでもない、狂った世界に紛れ込んだのか？

　突然、「いなり寿司」を買ってくると言ったまま、会議室から姿を消した仕事仲間のSのことが脳裏にうかんだ。

　失跡した五十歳の放送作家を、皆はどのように噂し合うのだろうか。やっぱりあいつも消えたのか——。そして数ヶ月もすれば、まるで最初からいなかったかのように忘れられるのだ。

「イチゴ金時くれ。正秋は？」

「同じやつ」

　テレビからはアメリカのニクソン大統領が近々ヨーロッパを歴訪する、というニュースが流れている。

　店のカレンダーを見る。昭和四十四年、七月。

正秋が「いた」世界は平成二十三年。四十二年前の「過去」に迷い込み、四十二年前の「自分」と入れ替わり、四十二年前の「今」、父と食堂で向かい合って座っている。

もし夢でなく、狂ってもいないとすれば、そういうことだった。

父がかき氷を食べたいと言い出したのは意外だったが、たしかに酒が飲めない父は甘いものが好きだった。

店員がなつかしい手回しのかき氷器に四角い氷を置き、ハンドルを回しはじめた。

正秋はかき氷を待つ間に考えた。

あの日、父と西宮球場に来たときには一緒にかき氷を食べた記憶がない。いや、食べたことはあったが忘れてしまっているのかもしれない。しかし、カレー屋の前を通ったときの、あの美味しそうな匂いを憶えていたのに、父とかき氷を食べた記憶が残っていないのは奇妙だ。

父と一緒に帰りにかき氷屋に寄っていれば、必ず記憶に残っているはずだ。

記憶の中にある「過去」と、今、目の前にある「過去」が、微妙にずれている。

ということは……。

「過去」が変われば、これから待ち受けている「未来」も変わってしまうのではないか？

だとすれば、今横にいる父が十四年後に遭遇するあの交通事故も防げるということか。

父の命を救える？　なにもかも人生をやりなおせる？『未来は今日の掌の中に』……今、掌の中にある「今日」を変えれば、自分が知っている「未来」を変えられる……。もしそうなら、すばらしいことではないか。

いや、違う。自分の心は、ずっと五十歳のままなのだ。八歳から先の人生を、ずっと五十歳の心で過ごすのだ。それは幸せなことなのだろうか？


店員が銀の丸い盆にのせて、かき氷をひとつ運んで来た。

「はい。お待ちどうさま。まずはぼくの分。お父さんのはもうちょっと待ってね」

さきに食べとけ、と父は便所に立った。

入れ替わりに店員がもうひとつのかき氷を運んで来た。そして正秋の顔を見て言った。

「もうこんな大きな子供がいてはるんやね。今日はお母さんは？」

「お母さんって？」

思わず訊き返した。

「あんたのお母さん。安子(やすこ)さんっていうたかな」

母の名前は安子ではなかった。

父は、この店に来たことがある。しかも、母ではない女性と。

父が便所から戻る。店員は、時間は気にせんとゆっくりしていってね、と言って奥へ引っ込んだ。

「ほら、氷、溶けんうちに、食べんか」

父に促され、正秋はあわててスプーンを氷の山に突き刺し、口へ運んだ。

久しく味わったことのない甘さが口に広がった。

「うまいか」

「うん。このシロップがなかなか。こんな素朴な甘味は今どき珍しい」

父が怪訝な顔をした。

「大人みたいな、ませた言い方するな」

あわてて話を変える。「父ちゃんは今日の試合、おもしろかった?」

さっきと同じことをもう一度訊いた。

「おもしろかったな」

ラジオで野球中継が始まれば必ず別番組にダイヤルを回した父だ。ほんとうだろうか。

「ほんまは阪神巨人戦の方がよかったかな」

「子供のくせに気ぃ使うな。阪急もなかなか、ええチームやったやないか。父ちゃん、ようわからんけどな」

試合を観た後の父はいつもより饒舌(じょうぜつ)だった。球場の空気が父の気分を昂(たかぶ)らせているのか。

「阪急のこと教えてくれた江藤のおっちゃんに、感謝せなあかんな」

「うん。江藤のおっちゃんは、勇気が欲しかったら、阪急の試合、観に行けってぼくに言うたで」

あの日は黙っていたことを、父に言った。

「そうか。今度は、江藤のおっちゃんに連れてきてもらえよ。いつもおまえ、野球のこと、江藤のおっちゃんに教えてもろてるやろ」

「うん。キャッチボールしたこともあるで。江藤のおっちゃん、野球うまいんや」

正秋は明るく答えたが、心は別だった。次は江藤のおっちゃんに連れてきてもらえ。父はもう、正秋をこの球場に連れて来る気はないのだ。実際、父はその後、二度と球場には足を運ばなかった。

「この店、前にも来たことあるの？」

話の穂先を核心に向けた。

氷をのせた父のスプーンが宙でとまった。

「なんでそんなこと訊く？」

「さっき、店のおばちゃんが言うてた。ぼくの顔見て、今日はお母さんは？　て」

「しゃべりやな」

「来たこと、あるの」

スプーンは口の前でとまったままだ。

「十年ぶり、やな」

そう答えて、ようやく氷を口に運んだ。

十年前、といえば……昭和三十四年。父が大阪へやってきた年の二年後だ。正秋はまだ生まれていない。

父は二十四歳で故郷の石川県から大阪にやってきた。いくつかの洗濯屋で下働きし、昭和三十五年、同郷の母と見合い結婚した。その翌年に正秋が生まれた。生まれた場所は父が独立して店を出した大阪の東淀川区だ。そこまでは両親から聞いて知っていた。

やはり父は、何かを隠している。

今までことさら野球を遠ざけて生きてきた父の、そして線路沿いの球場へと続く道を、脇目もふらずに急ぎ足で歩いていたあの日の父の、無関心という以外の、何か。

死ぬまで息子に語らなかった、そしておそらくは母にも語らなかった、何かを。

それが知りたかった。

しかし、同時に不安も心によぎった。それは自分が知るべきことなのだろうか。むしろこのまま知らない方がよいのではないか。

そのとき、正秋は夕暮れの電車の中で耳にした、あの空耳を思い出した。

「いつのひかきたみち」

あの言葉をささやいたのは、そして自分をここまで連れて来たのは、誰なのか？

父が隠している何かに、その答えが潜んでいるような気がした。

それが知りたい。

しかし、父にしてみれば、今目の前に座っているのは、まだ八歳と年端のいかない自分の息子だ。訊いたとて、ほんとうのことを話すはずはない。どうしたら、父は心を開いてくれるだろうか。

もう一度店の中をゆっくりと見回す。

店の中には他に誰もいない。

正秋は意を決した。

「父ちゃん、びっくりせんといてな。ぼく、ほんとうのこと言うわ」

父が顔を上げた。

「……ぼくな、五十歳やねん」

「え？」

「いや、もうちょっと正確に言うと、五十歳のときの世界から、ここに来たっていうのかな。で、三十五歳の父ちゃんと今……ええっと、ややこしいな」

「なんや？　最近読んだマンガの話か」

「違うねんて。どうやって証明したらええかな……そうや、未来のことがわかるで。今年は昭和四十四年やろ。来年は昭和四十五年。大阪で万博がある」

「そんなことは父ちゃんでも知っとる」

「それだけやない。阪急は今年優勝するで。今は近鉄が首位やけど、ぎりぎりまで競って、最後の近鉄とのダブルヘッダーで連勝して逆転優勝するんや。その近鉄戦でサヨナラ2ラン打ったんは、なんとピッチャーの宮本やで。日本シリーズはまた巨人とや。四勝二敗で巨人が日本一や」

「そうか。けど勝負はやってみなわからんぞ。阪急が巨人に勝つかもしれん」

父はハナから信じていない。

「そうや、来年、万博あるやろ。家族で行ったよな。いや、家族で行くんやで。アメリカ館には、ほら、ほんの一週間前に月に行ったアポロ11号が持って帰った月の石が展示されるんや。父ちゃんとぼくはその月の石を見たかったんやけど、母ちゃんがアメリカ館の行列のすごさを見て、あんなもんそのへんのただの石と一緒や、言うてぼくらを無理矢理あきらめさせて、三菱未来館に入るんや。そしたら煙の映像のトンネルくぐったところで、ぼくが迷子になる。今日みたいにな」

父は黙って聞いている。

「仕方ないからひとりで出口まで行ったら、そこで父ちゃんと母ちゃんと佳子(けいこ)が待っててな、母ちゃんに『どこ行ってたん!』ってえらい怒られる。そのとき父ちゃんが、そんな怒ったりな、いうて、ぼくの頭、ぽんと叩いてくれるんや。閉園時間になって駅に向かうバス停に行ったらこれもものすごい長蛇の列で、いつになったらバスに乗れるやら見当もつかん。途方にくれて、結局歩いて家まで帰るんや。家まで何時間かかったやろか？　けど、万博のどのパビリオンよりも、家族みんなで家まで歩いて帰ったことが一番楽しかった」

あいかわらず父の表情は動かない。

考えてみれば、まだ自分が経験していないことを聞かされても、それが実際に未来に起こることなのかどうかは、父には判りようがないのだ。

ふと、いつもアイロンを当てながらラジオの歌謡番組を聴いていた父の姿を思い出した。

「今年のレコード大賞は、佐良直美の『いいじゃないの幸せならば』が獲（と）るで」

父の細い目の奥が一瞬光を帯びた。

「いや、その歌は、一週間ほど前に出たばっかりや。それほど流行（はや）ってない。レコード大賞は森進一の『港町ブルース』か、由紀さおりの『夜明けのスキャット』やろ」

さすがに父は詳しい。どちらもレコード大賞を獲ってもおかしくない歌だ。

「ところが佐良直美の歌が、これからどんどん売れて、大逆転や。新人賞は……」

すかさず父が応（こた）える。「内山田洋とクール・ファイブの『長崎は今日も雨だった』」

「そう。それから、千賀かほるの『真夜中のギター』も、新人賞、獲るで」

「チガカオル？　誰や。聴いたことない」

「多分、まだ発売されてないんやろう」

正秋はその歌を父の前で口ずさむ。好きな歌だった。

幼い頃、父の仕事場のラジオから流れていたことをおぼろげに憶えている。しかし好きになったのは、放送作家になってから十年ほどして、ドライバー向けの深夜ラジオの構成を手がけるようになってからだ。リクエスト曲を選んだり、その日女性ＤＪがしゃべるちょっとした話題を書いたりするのが正秋の仕事だ。女性ＤＪはこれまで何代も替わっていて、今は離婚経験のある正秋より二歳年上の女性が務めているが、正秋だけは番組の開始当時から今までずっとその番組にかかわっている。

「真夜中のギター」は発売されてから三十年近く経過していたはずだったが、リクエストはいつも多かった。

今でも憶えているのは、沖永良部島から神戸に出稼ぎに来た深夜タクシーの運転手からのリクエストだった。

この曲を聴くたびに、島から都会へ出て、働きはじめた夜のことを思い出す。

慣れない深夜のタクシー業務、なかなか客は見つからない。雨が降る中、孤独に押しつぶされそうになり、たまらない気持ちになってカーラジオをつけた。そのとき流れてきたのが彼女の歌だった。彼女の歌声には不思議ななつかしさがあった。曲が終わったあと、ラジオのＤＪが言った。この歌を歌う千賀かほるは沖永良部島の出身で、デビューするまでは神戸に住んでいたのだ、と。彼女もまた、いつか今の自分と同じ気持ちでこの街の夜を過ごしたのかもしれない。そう思うと、フロントグラスの向こうが涙で見えなくなり、しばらく運転ができなかった。

そんな内容のハガキだった。

深夜ラジオでこの曲をリクエストする人たちは、ラジオから流れる歌を聴きながら、それぞれの記憶の中に大切にしまいこんだ、昭和四十四年の真夜中に思いを馳せていたのだろう。

街のどこかに、淋しがり屋がひとり
いまにも泣きそうに、ギターを奏いている
愛を失くして、なにかを求めて
さまよう、似たもの同士なのね
此処へおいでよ、夜はつめたく永い
黙って夜明けまで、ギターを奏こうよ
空をごらんよ、淋しがり屋の星が
なみだの尾をひいて、どこかへ旅に立つ

今、自分は、この歌が街じゅうに流れる直前の、昭和四十四年にいる。

歌い終えると、父の目には、明らかに驚きの色がうかんでいた。狼狽(ろうばい)ともいえるほどの感情の揺れがはっきりと見てとれた。

息子が口ずさんだ、はじめて聴くはずの歌に、父はなぜこれほどまでに心を動かされたのか。父の心の琴線にふれる何かがこの歌に潜んでいたのか。あるいは単純に、突然おかしな歌を歌いはじめた息子の精神を危惧(きぐ)したのか。もちろんそうであっても不思議はない。

これ以上、「未来」のことを話すのは危険かもしれない。

不自然なほどの沈黙が続いたあと、父が口を開いた。

「父ちゃんと母ちゃんは、この先、どうなる?」

遊び心で訊いているのか。本気で訊いているのか。あるいは試しているのか。

父の真意は測(はか)りかねた。しかし目の前の息子は、いつも一緒に暮らしている八歳の息子ではない。頭がおかしくなったわけでもない。少なくともそう感じているようだった。

「知っとるんなら、教えてくれへんか」

正秋は迷った。話すべきなのか。

しかし、父のすべてを知りたいと思うなら、こちらもすべてを語らなければならないような気がした。

それがどんな結果をもたらすかは予想もつかない。

ただ、このねじれた時空の中で、どう対処するのが正解なのかは、すでに自分の判断の限界を超えている。今、自分ができることは、父と誠実に対峙することだ。それだけが今、自分にできる唯一の「正しい」ことのような気がした。

父の顔を見据えた。

その瞳は本気だった。腹がすわった。

「ふたりは最後まで仲良しやったで」

「最後まで？」

「父ちゃんは、今から十四年後、四十九歳で死ぬ。配達が終わって家に帰る途中、あのお稲荷さんのある高城町のカーブで、信号無視したトラックにぶつかって……。母ちゃんはその日から、父ちゃんの写真見ながら、抜け殻のようになって毎晩泣いとった」

父の死を、八歳の息子が告げているのだ。父はそれを信じるだろうか。

「店は、どうなった？」

「店は……ごめん、ぼくはよう継がんかった。父ちゃんが死んでから、洗濯屋はやめた。母ちゃんは染み抜きの仕事だけは、続けてたけど。そうや、ぼくが中学のとき、うちの家に、父ちゃんの故郷の能登から中学を卒業したばっかりの若い男の子と、二十歳ぐらいの男の人が、洗濯屋の修業に来た。父ちゃんが、大阪で働きたいていう故郷の若者を住み込みで呼び寄せたんや。あの平屋の狭い家に二人も増えて、それはちょっと辛かったけど、自分に急にお兄ちゃんができたみたいでうれしかった。その二人は、父ちゃんが死んでから、独立して自分の店出したで」

「二人は、どうしてる？」

「二人とも、大阪で洗濯屋やってるで。一人は此花区で、もう一人は守口で。洗濯屋もなかなか難しい時代やけど、二人はけっこう手広うやってるみたいや」

父の表情が少し緩んだ。

「息子は大学四年になっても単位が足らずに留年や。就職先も決まらんと、やっと決まった会社もすぐに辞めて、母ちゃんにはずいぶん心配かけたやろうな。けど、なんとかなってる。テレビの仕事が多いけど、父ちゃんが好きやったラジオの仕事もぎょうさんやったで。いっぺんぼくがやってる番組聴かせたかったたな。佳子は結婚して子供を三人生んだ。一番上はもう大学生や」

「母ちゃんは？」

「母ちゃんは、再婚はせんかった。父ちゃんのことが、ずっと好きやったんや。それは間違いない。ぼくの方は四年前、妻と別れて今はひとりや。妻と別れたその年の冬、母ちゃんは六十九で死んだ。脳出血やった。死ぬ少し前、ぽつりとぼくに言うたで。父ちゃんは早う死んだけど、母ちゃんは父ちゃんと出会えて、幸せやったって」

父は、黙っている。

沈黙が続いた。

扇風機の羽根の回る音だけが、ふたりの間の静寂を埋める。

「今言うたんは、全部、ほんとのことや。そやから父ちゃんも、ほんとのこと、教えてくれへんか」

父が正秋の話をどこまで信用したかは判らない。

あるいは父は、目の前の息子の正体を、父なりの理解の仕方で見抜いたのかもしれない。

とにかく父は、たったひとりの「息子」に語っておくべきだと考えたのだろう。

「これは、きっと夢、やな。夢なら、目が醒めたら全部消えるんやな」

父は自分自身に言い聞かせるようにつぶやいた。

「夢の中のおまえになら、話してもええか」

「父ちゃん、もう一回言うとく。八歳やと思って遠慮することない。ぼくは五十歳や。父ちゃんが生きた年と同じだけ生きてきた大人や。そのつもりで話してくれ」

父はうなずき、話しはじめた。

それは、はじめて聞く、父の秘密だった。

父の秘密

1

夏の海を泳ぐのが好きやった。この世の果てまで泳いでいける。本気でそんな気がした。岸から三キロほど離れた沖に、潮のかげんで人ひとりがごろんと寝転べるほどの小さな岩が顔を出す。たたみ岩とこっそり名付けたその場所は、世界じゅうで誰も知らん、自分だけの秘密の場所や。あの日も、父ちゃんは、たたみ岩を目指して泳いでいた。

不思議なことに、泳いでいるときは、陸を歩いているときよりも風に敏感になる。夏の日差しがカンカンに照る午後、ふとした拍子に海の上を涼しい風が駆け抜けるときがある。故郷では、そんな風をマカカゼと呼んでた。

あの日も突然、頭の上をマカカゼが吹き抜けた。泳ぎながら空を見上げた。羽根の薄い、朱色のトンボの群れが見えた。飛んでいる、というよりも、ただ、マカカゼに身を任せて、空の海を漂うてた。マカカゼは西に吹く風や。能登の海を越えて西といえば、大陸や。風に乗って、おまえら大陸まで飛んで行くんか。長旅やなあ。大陸には何がある？ここよりずっと広い世界か？

トンボどもは透明の羽根をきらめかせて、西の空の向こうに吸い込まれるようにして、あっというまに姿を消しよった。


父ちゃんが生まれた能登半島の志賀町志加浦というところは、日本海にへばりついた山裾の村や。風の強い夜はやかましいぐらいに海鳴りの音が聞こえた。あれは死んだ人間の声やから早く寝ろ、夜更かししてると、よう母親に怒られた。村は山と海に挟まれて、田畑を耕す土地はほとんどない。故郷では田畑を継ぐ長男以外は、みな外へ出る。そうするしか食べてゆく手だてがない。もう百年以上も昔から、それがこの村の宿命や。父ちゃんの村だけやない。能登は代々、移民が盛んな土地柄や。出稼ぎやない。何もかも捨てて故郷を離れて、新しい故郷を作る。それが移民や。

行き先か？　明治までは北海道が主やった。当時は開拓が盛んで、移民にとって北海道は希望の土地やった。屯田兵の出身県で全国一多かったのは石川県や。それも含めて、北海道の移民の、かなりの部分が故郷を捨てた石川県の人々や。

北海道の一番北に、稚内という街があるやろ。あの土地に渡った移民の五割近くが、石川県出身ということや。さらに海を渡って礼文島、利尻島へもずいぶん行ったらしい。礼文島に浜中という村がある。ここは能登町と呼ばれるほど、能登の出身が多い。日本海に鎌を突き立てたような半島から、まるであの日見たトンボの旅団のように、大勢の能登人が北の果てを目指して飛んでいった。もちろん祖先たちに羽根はない。おんぼろの船で幾日もかけて海を渡った。荒波の中、船の中で死ぬ者も少のうなかった。

北海道の東の端に、厚岸町という町がある。ここは父ちゃんの故郷の志加浦の人が明治のときに大勢渡って開墾した村や。

「土地はただでくれてやる」

そんな誘いの言葉に乗って、大勢の若者が故郷を捨ててこの土地に渡って行った。

嘉平次という男も、そのひとりやった。

厚岸といえば、今でこそ昆布の名産地として有名やが、当時は見渡す限りの沼地で、歩くとたちまちずぶずぶと腰まで泥に埋まる、とても人間の住める土地やなかったということや。

厚岸がそんな土地やということを、故郷の人々は船を降りるまで、誰ひとりとして知らんかったやろう。

まだ見ぬ希望の土地だけを心の頼みに、粗末な船で幾日も北の海の荒波にもまれながら、ようやく船を降りたとき、目の前に茫漠と広がる原始の姿そのままの湿原を目のあたりにして、志加浦の人たちは、いったい何を思うたやろうか。

嘉平次は、そこで、故郷では持つことの叶わんかった水田を作ろうとした。

夏でもふるえるほど冷えることがある厚岸は、とても稲作に向いとるとは言えん。さらにたちの悪いことに、少しでも雨が降って増水すれば、とたんに大洪水となって湿原を呑み込んでしまう。

それでも、嘉平次はほとんど水のような汁しかない食事で飢えをしのぎながら、冷たい泥水に手足をひたして来る日も来る日も泥を耕した。自分の田んぼが欲しい、その田で家族を食べさせ、この地を故郷とする。その思いだけが嘉平次を駆り立てた。

湿原は嘉平次の黄金色の稲穂の夢をあざ笑うかのように、氾濫を繰り返した。

本来、農民にとっては恵みの雨も、嘉平次にとっては地獄の雨に見えたやろう。

結局、彼は、一粒の米も手にすることはできんかった。夢も、希望も、なにもかも、すべて、泥水の濁流にさらわれてしもうた。

嘉平次はそのうち、奇妙なことを口走るようになった。夜、寝ていると、ぴたぴた、ぴたぴたと、誰かの足音が聞こえるという。誰かがこの小屋に近づいて来る。窓から外を見る。暗闇の中には、ただ雨が降るばかりや。嘉平次はある夜、妻が止めるのも聞かんと、小屋から抜け出して足音がするという暗闇の中を歩き出した。その夜、嘉平次はついに帰ってこんかった。

翌日、泥の中で俯して死んでいる嘉平次の亡骸が見つかった。

同じ故郷から出て来た、ちよという名の妻と子供が北の凍土に残された。

ちよは生まれたばかりの男の子を抱いて、なんとか津軽海峡を渡って内地に戻って来た。

親子を助けてくれた男がおったんや。嘉平次たちと同じように厚岸に渡ってきた、同郷の定吉という男やった。

ちよはその後、山形の銀山温泉の小さな旅館で女中として働いた。定吉は同じ宿で下足番を務めた。

この温泉は名前のとおり、江戸時代から銀山の採掘でえろうに栄えた。石川の人間は、全国各地の鉱山に移民した者も多かった。実はこの銀山温泉も、石川の人たちが移り住んで作った町や。

鉱山には仕事がある。鉱夫としてはもちろんのこと、ヤマには人が集まり、商売が成り立つ。銀山温泉の町を歩くと、今でも「加賀屋」とか「能登屋」の看板を揚げた旅館やら八百屋、魚屋なんかが目につく。みんな、石川から移民した人が始めたんや。

もともと能登の人間はどこの人間よりも働きもんや。派手な大儲けの才覚はないけども、仕事さえあれば、そこで地道に生きてゆく強さがある。普通なら根の続かん地味な仕事であればあるほど、粘り強い。志加浦の人間は、そうやって移り住んだ先で、互いに助け合いながら生き延びてきた。ちよと定吉も、そんな故郷の伝手を頼って、あの温泉町にやってきたに違いない。

海峡を再び渡ったちよと定吉は、そこで根を張って生きた。やがてふたりの間には、女の子が生まれた。すゞという名前や。

そう、父ちゃんの母親、おまえのおばあちゃんや。

嘉平次の話は、おばあちゃんから聞いた話や。

若き日のおまえの曾祖母、ちよに抱かれて津軽海峡を渡ったすゞの兄貴は、長じてこの温泉町で、豆腐屋を興した。

手が切れそうなほど冷たい水の中にさらした絹漉し豆腐は、どこの豆腐よりも美味いと評判が立った。

屋号を「嘉平次豆腐」という。

北の冷たい泥の中で死んでいった自分の父親が、この世に生きていたという証しを、きっと息子は残したかったのやろう。

2

正秋は父の話に引き込まれた。

もともと寡黙な父である。生きている間も、あまり話をする機会はなかった。ましてや自分たちの先祖の話を父が語ったのははじめてだった。

父はいったいこれから、目の前の息子に何を語ろうとしているのだろうか？

話が脱線してしもうたが、父はそう前置きして、話を続けた。


明治から、大正、昭和と時代が変わっても、故郷の志加浦から人は出て行った。ただ、行き先は変わってきた。北海道や鉱山への移民よりも、大きな工場がようけできた大阪に、職を求めて出ることになる。父ちゃんもそうやった。

銀山温泉で生まれたおまえのおばあちゃんは、遠縁にあたる志加浦の農家の長男のもとへ嫁いで来た。つまり、おまえのおじいちゃんのもとへ嫁いだ。どうしてまた山形から能登へ戻る気になったか判らんが、縁談を強くすすめる人でもあったんやろう。

おじいちゃんは、男ばかり四人兄弟の長男や。

ところが最初に言うたように、山と海に挟まれた志加浦の土地には、家族皆が食べていけるほどの田んぼがない。もちろん下の兄弟三人は故郷を出た。出た者も楽やなかったが、故郷に残って田を守る長男も楽やなかった。

ことに満州事変の前後は、記録的な不作に襲われたらしい。そんな頃に父ちゃんが生まれた。そしてあの戦争や。

戦争が終わると、田舎の生活はいっそう苦しいもんになった。どうしたって現金が要った。

当時小学生やった父ちゃんも、まだ学校に上がったばかりの弟と一緒に働いた。

最初にやったのは塩田や。米では食べていけんので、海岸沿いの段々田んぼに砂を敷いて、海から海水を汲んで撒く。親父と母親は汗みどろになって海水を撒いた。あれは撒くのにもそれなりの技が要る。父ちゃんや弟みたいなガキはひたすら天秤棒を担いで海水を汲んできては桶にためる仕事や。朝から晩まで、ひたすら海水汲みや。家族総出で馬車馬のように働いて、ようやくなんとか食べられるだけの収入になった。

ところがそんな苦労も泡と消えた。昭和二十四年に、政府が専売公社を作って塩の専売を復活させよった。民間人は塩を作ることまかりならん。塩田は泣く泣くつぶした。

それからは親子四人で道路工事やらダムの建設作業員やら、銭になることはなんでもやった。そうこうするうちに近くに瓦工場ができ、そこに職工として働きに出た。

今度は来る日も来る日も窯の中で瓦を焼く毎日や。そんな日々が三年ほど続いた。気がついたら二十歳を過ぎていた。おれの一生は、このまま瓦を焼いて終わるんかな、窯の中でゆれる炎を眺めながら、漠然とそんなことを考えたのを、憶えてるわ。

たまの休みの日、というても、あんな田舎や。何もすることがない。それでも夏はまだましや。あの海に泳ぎに行って、岩の上で寝転んだ。

父ちゃんの人生を変えたのは、もしかしたら、あの、一冊の雑誌やったかもしれんな。

瓦工場の仲間たちの間で、毎月回し読みしている雑誌があった。「平凡」という雑誌や。雑誌には当時の映画スターや歌手たちのグラビアがあふれてた。若尾文子、香川京子、山本富士子……。ページをめくると憧(あこが)れのスターたちが、自分の方を見て、笑ってるんや。それ見てるだけで、ささくれだった心がいっぺんに癒(いや)された。

美空ひばりが、魚屋「魚増」の長女で、妹に勢津子、弟に益夫、武彦がおって、初舞台の芸名は美空和枝で、好きな食べ物は、スキヤキ。それぐらいのことは全部知っとった。「平凡」には何でも書いてあった。そうか、美空ひばりは魚屋の娘なんや。あのスターが自分の友達のように思えてきた。

彼女たちがおるのは自分なんか絶対に手の届かん、芸能界というまぶしいほど華やかな世界。自分のおる世界は毎日瓦を焼くばかりの、地味で味気ない、惨めな世界。けど「平凡」のページをめくると、そんな「壁」はたちまち消える。彼女たちの世界が、たしかに自分とつながっている。しびれるような、とろけるような、わっと叫んで飛び上がりたいような、不思議な気持ちになって、一晩「平凡」を抱いて寝たこともあった。

その雑誌には「文通欄」があった。

投書してくる読者の住所は北海道から九州まで全国にちらばっていた。職業は農業や土木作業員、工員、店員……。今、この時間、日本のどこかで「平凡」を読んどるのは、きっと自分と同じように義務教育しか受けずに働きに出た若者たちや。みんなも自分と同じように「平凡」を抱いて寝たことがあるやろうか。北海道夕張、宮城県気仙沼、山口県徳山、長崎県佐世保……。行ったこともない住所を見て、海鳴りの音しか聞こえん布団の中でそんな想像をするのが好きやった。

ある日、そんな文通欄の中に目を引くもんがあった。

それは兵庫県の淡路島からの便りで、二十二歳、職業「瓦工員」とあった。自分と同じ年齢で、同じ仕事や。

『ぼくは淡路島の瓦工場で働いています。同じ境遇の人、お便りください』

仕事が辛いときもあるけど、そんなときぼくを慰めてくれるのは「平凡」です。

すぐに手紙を書いた。返事なんかほんまに来るんやろか、そう思っとったら、ほんまに来た。うれしかった。趣味は何ですか？　と書いてあったから、休日に泳ぐこと、と書いて出した。

返事はまたすぐに来た。

『ぼくは休日、淡路島から船に乗って大阪のミナミという繁華街まで行くのが一番の楽しみです。映画館、劇場、喫茶店、トリスバー、遊技場……島にないものが、あの都会にはいっぱいあります。一度だけ泊まったときに見た、道頓堀に浮かぶ夜のミナミのネオンは忘れられません。まるで川に宝石をばらまいたようにきれいでした』

大阪という都会の楽しさが綿々と綴ってあった。

『この前、ミナミの大阪劇場には美空ひばりが公演に来ました。もちろんぼくは行けなかったけど、別の日にその劇場の前に立ちました。それだけで、今、自分はあの「平凡」に載っているようなスターたちと同じ、華やかな空気を吸っている、そんな気持ちがして、心が躍りました』

文通は、三、四回のやり取りの後にどちらからともなく途絶えてしもうた。けど、彼が書いてきた大阪のミナミという街のきらめきが、父ちゃんの頭の中から消えることはなかった。

あれは、昭和三十二年の夏やった。

いつものように泳ぎに出て、あのたたみ岩で、ひとりで寝そべってた。

そのときや。空に一面、あの、羽根の色の薄い、朱色のトンボの群れが、また現れたんや。いつか、海で泳ぎながら見たのと同じように、風に流されてな。

不思議なことに、そのとき、ふと父ちゃんの耳に、街のざわめきが聞こえたような気がした。

きらきらしたもんが、この空の向こうにある。そう思うと、もういてもたってもおられんかった。

両親を説き伏せ、わずかばかりの土地や家の権利を全部弟に譲って、父ちゃんはその年の冬、大阪に出て来た。

列車に揺られ、あの長い長い敦賀(つるが)の北陸トンネルを抜けたとき、地面に積もっとる雪の量が、ぐんと減った。

太陽の光が明るい。

世界が変わって見えた。

これからどんな世界が待っているのやろか。わくわくした。

働くあて？　能登の人間が大阪に出て働こうと思うと、就く仕事はだいたいもう決まってた。

「豆腐屋」と「風呂(ふろ)屋」や。

どこでもええ。関西の「豆腐屋」か「風呂屋」に行って、出身はどこですかって訊(き)いてみい。七割から八割がた、「石川県です」と答えるわ。

ふたつとも、水を使う仕事や。それにはちゃんとワケがある。当時は冬というと、田舎も都会も、今より比べもんにならんぐらいに寒うてな。冬場に冷たい水を触るのは、辛いもんや。都会もんにはそんな仕事は辛うて務まらん。ところが能登の人間は我慢強い、粘り強い、働きもんや。そりゃそうや。北海道の泥地に水田を作ろうとするぐらいや。都会の人間がいやがる水を使う仕事でも、そんなもん屁でもない。

理由はもうひとつある。

豆腐屋というのは、元手があんまり要らん商売や。それで、豆腐屋で成功した者が、貯めた金で、今度は「風呂屋」をする。

「豆腐屋から風呂屋」これが我々能登の人間の、都会での出世コースや。

能登の人間は、外に出て働くもん同士、同郷意識がものすごう強い。取引する銀行は、必ず故郷の北国銀行や。地道に働いて成功した者は、ふるさとから働き手を呼び寄せた。呼ばれた者もそこで修業を積んで、暖簾分けの形で、新しい場所で同じ商売を始める。そうやって自分らの生きる道を、この都会の中で拓いてきた。それが、故郷を離れて生きるしかなかった我々能登の人間が生き延びる知恵や。

父ちゃんも、最初は豆腐屋をやろうと思うてた。親父の兄弟が大阪の大正区で豆腐屋をやっとったから、まずそこを訪ねた。けど、先方は、父ちゃんが長男やということを気にしてくれたんやろう。万が一、ケツを割って故郷に帰ってしもうたら、豆腐屋では故郷ではやっていけん。洗濯屋なら、故郷でもまだ食うて行ける。そう考えて、人手が足らん知り合いの洗濯屋を紹介してくれたんや。

訪ねたのは大阪の豊中の洗濯屋やった。

働き出すとすぐに、そこで大きなボイラー事故が起こった。しばらく休む、いうことになって、大将の口利きで、西宮北口にあった洗濯屋で働くことになった。西宮北口は兵庫県やが、梅田から電車に乗ってしまえば十五分かそこらで着く。田舎から出てきた者からしたら、大阪と一緒や。

西宮北口に移ってからはじめてもろうた休みに、父ちゃんは、大阪のミナミに行ってみた。

あの文通の相手が手紙に書いとった、憧れの街、ミナミや。

ミナミは、実際に行ってみると、田舎で想像しとったほどは魅力的やなかった。

食べ物は、うまくもないし、高かった。

喫茶店には不良連中がたむろしとる。とてもその中に入る勇気はなかった。

美空ひばりが公演したという大阪劇場を探して歩いた。父ちゃんもあの文通相手と同じように、その前に立ってみたかった。どこからかひばりが出てけえへんかと夢みたいなことを考えてな。

劇場はすぐに見つかった。看板を見ると、松山恵子の名前があった。ハンカチがトレードマークの庶民派の人気歌手や。美空ひばりに憧れて、愛媛から家族で大阪に出て来て歌手を目指した、と「平凡」には書いてあった。

看板に見入っとったら、ラッパズボンはいてサングラスかけた二人組が近づいてきた。

「お恵ちゃんに会わせたろか」

スターに会えるんか。さすがは大阪や。楽屋はこっちやで、と連れられて行った場所はツンとアンモニアの臭(にお)いがした。公衆便所で、兄ちゃん、金出せや、と胸ぐらつかまれて、ポケットに入れとった八百円、全部盗(と)られた。

帰りの電車賃も無うなった。

二人組に殴られた目が腫(は)れとったからか、降ってきた雨のせいやったか。道頓堀のネオンが滲(にじ)んで見えた。

それから三時間かけて西宮北口まで歩いて帰った。

途中、淀川の橋の上で雨に濡(ぬ)れそぼった野良犬と目が合(お)うた。頭の中でふくらんでいた都会に対する憧れが、いっぺんにしぼんでしもうた気がした。

その日から父ちゃんは、がむしゃらに働いた。

ミナミは、まだおまえみたいな人間が来るとこやない。浮かれとったらあかん。あの夜、街が父ちゃんに教えてくれたんや。

遊ぶより何より、はやく一人前の洗濯屋になって、独立したい。そう考えた。

朝から晩まで、ほんまによう働いた。

いや、仕事はなんにも苦にはならんかった。もともと田舎で朝から晩まで瓦を焼いてたんや。

それに父ちゃんは、この、洗濯屋、という仕事が好きやった。

考えてみ。汗やなんかで汚れた服が、父ちゃんの手で、きれいになるんや。きれいに折り目正しくアイロンを当てたら、新品みたいにきれいになる。そんな服に袖(そで)通したお客さんは、自分もどこかしら新しなった気がして、一日、気分良う過ごせる。ええ仕事やないか。

そういうたら洗濯屋も、思い切り水を使う仕事やな。しかもなかなかの重労働や。

父ちゃんは思うた。

そうや、今度は父ちゃんが洗濯屋で成功して、故郷の仕事のない若者をぎょうさん大阪に呼び寄せてやろう。豆腐屋や風呂屋でできるんや。洗濯屋かて、できんわけない。父ちゃんががんばって、大阪に能登の「洗濯屋王国」を作るんや。そんな意気込みやった。

「外交」いうて、外に注文を取りに行く仕事もあった。旅館やら、工場やら会社の寮やらに顔を出しては注文を取る。いろんな世界がのぞけて楽しかった。

電池なんかに使うカーボン工場の工員らの洗濯もんは、ひどかったな。煤(すす)で真っ黒になるんや。あんなん吸うて、体大丈夫なんかな、と思うた。そんな洗濯もんでさえ、父ちゃんが洗うたら新品みたいにきれいになる。たいしたもんや。

　建て売り住宅の販売会社の寮も、よう憶えとる。寮は活気にあふれとった。当時の庶民の夢は、がんばって働いて、小そうてもええから一戸建ての家を買うことや。その寮は、そんな庶民が夢見る建て売り住宅を作る作業員の寮やった。田んぼだらけやった街の風景が、少しずつ住宅の風景に塗り替えられていく。そんな時代やった。

　おれもいつか洗濯屋で儲けて、家を建てる。汗だくになった寮の作業員らの洗濯もんを洗いながら、父ちゃんは心に誓うた。

　西宮へ来て、あっという間に半年ほどが過ぎた。


　父ちゃんが働いとった店は、この球場のすぐ近くや。

　この球場に来たんは、今日がはじめてやない。

　はじめてどころか、この球場には、数えきれんぐらい、来たことがある。

　どうしたんや、けったいな顔して。

　野球好きやったんかって？　違う。阪急の試合？　まったく興味なかったわ。

　父ちゃんが西宮球場に通うてたのはな、野球を観に行ってたんやない。

　競輪や。

　西宮球場は、野球をやってないときは、競輪場になるんや。

日本で野球場が競輪場を兼ねとったのは、あそこだけやろ。

野球があの球場の表の顔としたら、競輪は裏の顔や。もっとも、競輪やっとる人間はその逆や、と言うやろけどな。

父ちゃんは、その競輪にはまったんや。

最初は、たまたま隣りの畳屋の職人さんに連れてってもろうた。いきなりあてずっぽうに買うた車券が当たった。百円の車券が一万円ぐらいになった。あの頃、大卒の初任給が、一万円いくかいかんかやったかな。それで有頂天になってしもうたんや。

そこから、競輪狂いがはじまった。

まじめに働こうという気が、いっぺんに吹き飛んだ。

西宮球場には、競輪の開催日が来るごとに通うた。

……あほやな、ほんま。

野球場がどうやって競輪場になるかって？

西宮球場は、競輪の開催日になると、外野のグラウンドに仮設の板張りのバンクを組み立てて走るんや。あのショートからセカンドのあたりがホームストレッチで、外野席に沿ってバックストレッチや。

競輪場の仮設のスタンドがあるわけやない。今日、おまえとふたりで座っとった、あの観客席が競輪のときでもそのまま客席や。競輪場としては広すぎる。おまけにバンク全体を見渡せる場所もほとんどない。

競輪のバンクというのはカントていう傾斜がついててな、その部分だけ高う（たこ）なっとるんやが、ちょうどそのカントが視界を遮るんや。そやから全体を見渡そうと思うたら、バックネット裏の二階席か、外野席しかない。父ちゃんの定位置は、いつも外野席やった。

外野席のヤジはすごかった。今日おまえが聴いたあんなもんやない。ユーモアも何もない。外野席のレフトの方に、選手が出入りする通路があって、そこを通る選手をヤジるんや。レースでミスした選手をヤジるんやない。レース前から徹底的にヤジる。選手が戦意を喪失するような汚いヤジを、これでもか、というぐらいに浴びせるんや。殺伐としたもんや。

客の入りは、いつ行っても満員ということはなかった。競輪の人気は、どちらかというと下り坂やった。

あの頃はな、ちょうど世間に「競輪バッシング」というのがあって、「競輪なんか廃止せえ」という声が高まったんや。競輪は身を滅ぼす、いうてな。

実際に競輪で身代つぶすもんがようけおった。競輪は、家庭崩壊と犯罪の温床や言われて、国会でも問題になった。

たしかにギャンブルは魔物や。負けても負けても、いや負ければ負けるほど、次には獲(と)れる、と深みにはまる。中でも競輪は人を地獄に引き込むだけの奥深さがあった。

西宮は、クセのあるバンクでな。直線はわずか三十メートルほどや。みんなはルーレット・バンクって呼んどったな。はっきりいうて走りにくい。下手な小細工は通用せん。力のない選手は絶対勝たれへん。そしたら本命が来るかいうたらそんな単純なもんやない。競輪は序盤、風を受けるのを避けるために何人かの選手が固まってグループを組む。風という自然現象を避けるために、敵同士が手を組むんや。ここに選手同士の先輩後輩関係やら、出身地やら本拠地やら、実力以外の要素が入り込む余地がある。競輪は風と足と人間関係を読む博打(ばくち)や。そこを読み切って必死で予想する。これしかない、という結論が出て勝負に出る。

　車券は、もちろん獲れん方が多かった。読みが当たりゃあ天にも昇る心地やが、負けたときは、ほんまなさけない。

田舎におったときに想像しとった、きらきらしたもんって、こんなことやったんかな。

そう思うと、なんともいえん気持ちになった。

そんなときは、もう心(しん)からやめようと思うんや。

けど、また開催日が来たら足を運んどる。

残り一周半を知らせる鐘の音をジャンという。あのジャンの鳴る音を聴く快感に、どれほどの人間が人生を狂わせたことやろう。父ちゃんもその地獄の淵に立っとった。バンクに響き渡る、あの魔物がかき鳴らす音に父ちゃんも魅入られてたんや。

外野席の入り口には、スタンドに入る前に、だだっ広い空間が広がって、そこには、食いもん屋の屋台がずらっと並んどった。あの立派な球場に、まあ、そぐわん光景やった。そこで売っとる食いもんが、父ちゃんにとってはささやかな楽しみやった。競輪場の食いもんは安いんや。みんな金ないからな。

おでんや煮物がうまかったな。

粕汁と、二十円のホルモン焼きが好物やった。焼いているコンロの前にタレがあって自分で浸けるんや。タレにはニンニクが入っとってな。

あれは、そろそろ六甲の山から木枯らしが下りそうな、秋の終わりの夕暮れどきやった。最終レースの前のメインレースで、すっからかんになった。

けど、父ちゃんは最終レースには、絶対の自信があった。

このレースのために金を残しておくべきやった。

しかし、しゃあない。帰るしかない。

外野のスコアボードの下に、ホルモンを売っとる屋台があった。

例の、二十円でうまいホルモンを食わしてくれる店や。

母親と、二十歳ぐらいの若い娘のふたりでやっとる店やった。

父ちゃんがその前を通ったとき、なぜか、母も娘も、屋台の前におらんかった。

ふと見ると、屋台の台の上に、お金が置きっぱなしになっとる。

五百円札が見えた。

この金で、ひと勝負したら、勝てる……。

魔が差した。

気がつくと、五百円札に手が伸びとった。

すばやく札をポケットに入れた。

そのときや。

「おにいちゃん」

声がした。万事休すや。父ちゃんは観念した。これでおれも罪人か。故郷に残した両親の顔がうかんだ。

「おにいちゃん」

それは屋台の娘の声やった。

「高倉健に似てるな」

この娘は、何を言いたいんや？

心臓がばくばく打つのをこらえて、平静を装って訊いた。

「高倉健？　誰や、それ？」

聞いたことのない名前やった。今でこそ高倉健は大スターやが、昭和三十三年のあの当時は、まだほとんど誰も知らんかった。「網走番外地」や「昭和残俠伝」で人気が沸騰するのは、ずっとずっと後の話や。

「この前な、観に行った映画に出てた俳優や。今津の東映や」

娘は、おれが盗みを働いた現場を見てなかったのか。

「うち、もう一回観たいわ。おにいちゃん、連れてってえな」

そして娘は、一瞬父ちゃんの目を見据えたあと、笑顔になって言うた。

「ふたりで五百円で、おつりが来るで」

次の日曜日、娘と今津東映に観に行った映画のタイトルは、もう忘れてしもうた。高倉健という俳優は、主役でもなんでもない、まじめな高校の教師の役やった。

「ほら、あの人や、高倉健」

安子……その娘の名前や……は、銀幕に高倉健が出るたびにころころと笑うてた。

ほんまによう笑う女の子や。

けど、どう贔屓目にみても、映画の中の高倉健は、父ちゃんとは似てなかった。

「おれ、あんなかっこようないで」

映画を観終わって、安子に言うた。

安子は父ちゃんの顔をのぞき込んだ。

「似てるよ。そっくり。後ろから見た角刈りが」

「髪型かいな。主役でもない俳優をもう一回観たいって、変わった娘やな」

「高倉健は、きっといつか大スターになる」

「なんでわかるんや」

「私の勘は、当たるんや」

そう言って安子はまたころころと笑うた。

3

境内にはうっそうとした木々が茂っていた。

西宮北口の駅を、線路沿いに東へ一キロほど歩いた住宅地の中に、その神社は突然姿を現した。一歩足を踏み入れると、街の音がうそのように消えた。

枝を風に揺らして天を突くのはクスノキやトチノキの大木やった。深緑色の幾重にも重なった葉が太陽の光をさえぎって、昼間でも薄暗い。まるで深い森の中に迷い込んだみたいや。

都会の中にこんな静かな場所があるやなんて、なんやきつねにつままれたような気分やった。

入り口の鳥居の横には「日野神社」と刻まれた石碑があった。

映画を観た帰り、安子はちょっと散歩しよ、と言うて、その神社に父ちゃんを連れて来た。

古い案内板があった。

七百年も遠い昔、ここには城があり、城の鎮守として神社が作られた。その鎮守の森が今もそのまま残っている。城が作られる前は百済王の後裔と関係のある土地だった。

たしか、そんなことが書かれとった。

「うちな、いつもいやなことがあったら、ここ来るねん」

「いやなことなんか、あるの？　そんなよう笑う子に」

「あるよ。いっぱいある」

安子は地面に落ちているトチの実を蹴った。もう冬やというのに、サンダルばきの素足が妙にまぶしかった。

「うちな、朝鮮人やねん」

安子はもう一度トチの実を蹴る。トチの実は森の茂みに飛び込んで姿を消した。

「日本人ちゃうねん。本名は、李安子(イアンジャ)。ヤスコやのうて、アンジャ。いやなことは、いっぱいある」

父ちゃんには、ぴんとこんかった。

故郷に朝鮮人はおらんかった。いや、おったのかもしれんが、その話題が、ことさら人の口の端にのぼることはなかった。

能登は、日本海に突き出とる半島や。地理的には、朝鮮にものすごう近い。海をはさんで隣りというてもええ。昔は交流もきっとぎょうさんあったはずや。

「もとをたどったら、日本人かて、みんな朝鮮から渡ってきたんとちがうか」

そう言うと、安子は全然わかってない、という顔をした。

それは「在日」とは別。うちらが日本へ来たのは、つい最近。大阪や兵庫や京都には、半島や済州島(チェジュド)から渡って来た朝鮮人が、何十万人といる。そんなことを教えてくれた。

それから安子は自分の来歴を話しだした。

安子と安子の母親は韓国の済州島から日本にやってきた。

朝鮮では、母親のことを「オモニ」、父親のことを「アボジ」という。

安子のオモニは済州島の、腕のいい海女やった。アボジの方は、海女さんたちを小さな舟に乗せて櫓(ろ)を漕(こ)ぐ船頭やった。

生活は苦しかったらしいけど両親は、懸命に働いたそうや。

アボジは済州島だけやなしに、オモニを乗せてロシアのサハリンやウラジオストックまで出かけたらしい。明治の頃、父ちゃんの故郷の人々が北の大地目指して漕ぎだした海を、安子の両親も同じように渡ってたんや。日本人が日本海と呼ぶ、朝鮮人が東海（トンヘ）と呼ぶあの海には、そうやって数限りない人間の運命が行き来してたんやな。

安子が生まれたのは昭和十二年。彼女の生まれた二年後に、アボジは死んだそうや。寒い海で働くために強い酒をずいぶん飲んで、最後は胃腸がぼろぼろやったらしい。

アボジが死んだのは、夫婦で出稼ぎに来た海沿いの町で、今は北朝鮮の清津（チョンジン）というところやそうや。

亡骸（なきがら）を済州島に連れて帰るわけにもいかず、オモニは仕方なく、清津の海が見下ろせる狭い土地に小さな墓を建てて、済州島に戻って来た。

安子は両親が出稼ぎに出ている間、親戚（しんせき）の家に預けられた。そやから安子はアボジの顔を知らん。

アボジが死んで、オモニは暮らしに困った。それで、アボジの親戚に借金のカタとして安子を預け、その借金で「君が代丸」という済州島と大阪を結ぶ定期船で大阪に渡った。

当時朝鮮は日本の植民地やったから、ふたつの国の間に国境は無うて、行き来は自由やった。尼崎（あまがさき）にオモニの遠い親戚がおって、そこを頼って日本に来たんや。

けど日本に来ても仕事があるわけやない。オモニはほうぼう掛け合って、甲子園浜で海女の仕事を見つけた。甲子園浜は今でこそ埋められとるが、当時は魚や貝や海草がぎょうさん穫れる漁場やったんや。そこで必死に働いてなんとかお金を貯めて、次の年に済州島に戻って、安子を引き取った。そして今度は安子を連れてもう一度日本に渡った。昭和十五年、安子が三歳のときや。

オモニはまた甲子園浜で海女の仕事をして海草を売ったりしながら、安子を必死で育てた。

ところが翌年、戦争が始まった。

安子には、戦争のときのオモニの記憶があんまりない。ただ空襲警報が鳴る中、逃げ惑う群衆にもまれながら、手をつないで逃げたときのオモニの手の温かさだけをかすかに憶えてるという。

安子が八歳のとき、終戦を迎えた。

甲子園浜で海女の仕事を続けてたオモニは、無理がたたって、肺をつぶしてしもうた。もう海女の仕事はできん。

かというて済州島にも帰れんかった。終戦当時の済州島は南北分断の影響で混乱を極めとった。北を支持する者と南を支持する者との間で内戦が起こって、人口二十万の島で三万人もの島民が殺されたそうや。故郷に帰りとうても帰れんかった朝鮮の人らが、当時、山ほどおったんや。たとえ無理して帰ったとしても、身体を壊したオモニに仕事は何もなかったやろう。

安子とオモニは身寄りのない異国の地で、母と子だけでなんとか生きていくしかなかった。

終戦後は、日本人でさえ食うに困ってた時代や。朝鮮人に仕事はなかった。

それでもオモニはたまにある、ただみたいな安い賃金の臨時雇いの工場に行ったり、夜はバーの女給の仕事に出てなんとか食いつないだ。

昭和二十四年に、戦後復興資金の調達とかいう名目で、西宮球場が公営の競輪場としても使われることになった。

オモニが働いてたバーの客に、競輪場の売店関係の利権を持つ男がおった。男の職業をオモニは安子に教えてはくれんかったが、おそらく裏の世界にも通じとる人やったんやろう。とにかくその男の口利きで、オモニは夜のバーの仕事は続けながら、昼間は競輪場のホルモン焼きの屋台の売り子の口を見つけることができた。

住まいも朝鮮人たちが集まるバラック小屋から、球場に近い西宮北口駅の東側にあった土建屋の倉庫の二階、三畳一間の屋根裏みたいな部屋に引っ越した。これも男の口利きやった。部屋に上がる鉄階段が錆びきって、アパートと呼ぶのもおこがましいようなボロ屋やったが、それまで住んでたバラック小屋に比べればましやった。

「その日からうち、オモニのホルモン焼きの屋台を手伝うてる。十二歳やった。学校なんか行かんかった。学校へ行ったら、朝鮮人や、ていじめられる。競輪場が、ずっとうちの遊び場やった」

　安子はさらに話を続けた。

　十二歳から二十一歳までのおよそ十年を、安子はあの競輪場で生きてきたんや。

　競輪場のお客さんは、気性は荒いけど案外いい人が多かった。小さい頃は駄菓子なんかをようくれた。夏の暑い日にはラムネとか買うてくれたりな。年頃になると、はよええ人見つけて結婚しいや、ただし競輪するやつは絶対やめときやって、よう言われた。そんなお客さんらと冗談まじりに話するのは、きらいやなかった。

　けどな、うち、競輪場で、どうしても我慢できへんことがあった。

　お客さんが選手に向けて飛ばすヤジで、うちの国のことを言われるときや。

「おんどれ、朝鮮か！」

「朝鮮漕ぎで今日もちんたら走っとれ！」

「朝鮮、帰れ！」

　ふだんは気のええおっちゃんたちが、そんなふうにうちの国を罵るようなことを言う。

　うちはそんなヤジを聞くたび、まだ学校に通ってた頃、帰り道で同級生からチョーセン、チョーセンと罵声を浴びる中、オモニの名前を心の中で叫びながら走って家に帰った日のことを思い出した。

オモニに訊いたら、ヤジを飛ばされる選手は、朝鮮人の選手とは限らんて。そもそも朝鮮人は帰化せんかぎり競輪選手にはなられへん。チョーセンというのは、ダメな人間に対して投げつける蔑称やって。

悲しい気持ちになった。

うちが生まれた国は、うちのオモニとアボジが生まれた国は、そんな国なんか。

なんで、うち、今、日本にいてるんやろ。うちのふるさとは、どこなんやろ。この国にずっと住んだら、日本が私のふるさとになるんかな。どれだけ住んだら、日本が私のふるさとになるんやろ。チョーセンと蔑まれんようになるんやろ。

そんな日は、永遠に来えへんような気がした。そう思うと、また悲しい気持ちがうちを押しつぶそうとした。どこかに、逃げ出したかった。

そんなとき、いつもうち、この神社に来るねん。

ほら、風が吹くと、ざーっと音がするやろ？　なんや、オモニのおなかの中にいるような……。

あの音、聴いてると、不思議と気持ちが落ち着くねん。

父ちゃんは耳を澄ました。たしかにざーっと音がする。それはクスノキの葉と葉が擦れ合う音やった。

地面に落ちてる葉っぱを拾ってみた。縁を指でなでてみる。普通の木の葉よりもずっと硬い。この硬い葉の擦れ合う音が、街の雑音を打ち消して、まるでかあちゃんのおなかの中にいるときのような音に聞こえたんや。木々はもう何百年も前の昔から、ずっとここでこの葉擦れの音を鳴らしていたんやろう。今までどれぐらいの人間が、安子みたいにこの音に耳を澄ましたやろうか。

父ちゃんは安子の横顔を盗み見た。肩まで伸びた髪の毛が風に揺れていた。彼女の顔の左の目元に、ほくろがあるのに気づいた。まるで、ほんまに落ちた涙がそのまま固まったような、不思議な形をしてた。

「入り口の案内板に書いとったで。ここは、ずっと昔、百済の王様の子孫が住んでた土地なんやて。朝鮮の王様の子孫が住んでたんや」

「そんなん、知らんかったわ」

父ちゃんは話を変えた。安子に訊きたいことがあった。

「安子ちゃん、あの日、おれがお金を盗むとこを見たやろ？」

「なんのことかなあ」

安子はとぼけた。

「安子ちゃんはおれをかばってくれた。そやなかったら、おれは今ごろ、罪人や。たとえあのとき、誰にも見つからんかっても、味をしめて盗みの道に入ってたかもしれん。人の道を外しそうになったおれを、救うてくれたんや。恩人やで。何か、お礼をさせてくれへんか」

「そんなん、ええよ。また競輪場来て、ホルモン焼き買うてくれたら、それでええ」

「それではおれの気がおさまらん。そや。何か、欲しいもん、ないか？」

「ええて」

「何が欲しいか、言うだけでも言うてくれ」

安子はしばらく考えてた。そしてぽつりと答えた。

「自転車」

「競輪場で見てるうちに欲しなったんか」

「あほ」

父ちゃんの背中を叩(たた)いて、安子は言うた。

「うち、普通の自転車が欲しいねん。競輪場の自転車は、いやや。バンクの上の同じとこを、ぐるぐる回ってるだけやろ。うちの欲しい自転車は違う。ペダルを漕いだら、好きな道を通ってどこへでも、行きたいとこに行けるねん」

話すうちに、安子の目が輝いていくのがわかった。

「坂道かってへっちゃらやで。体力には自信ある。口笛吹きながら、なんぼでものぼって行ける。どこか見晴らしのええとこに着いたら休憩や。そこから街を見下ろして、遠くの方に夕陽（ゆうひ）を受けてきらきら光るもんを見つけたら、またペダルを漕いで行く。競輪場の自転車みたいに、風よけて走ったりせえへんで。吹く風をいっぱい顔に受けて、陽が沈むまでどこまでもどこまでも、どこまでも漕いで行くねん。うち、そんな自転車が欲しい」

　どこまでも漕いで行ける自転車か。

「よっしゃ、わかった。今年じゅう、いや、来年じゅうには……」

　あの頃、自転車は嫁入り道具になるぐらい高かったんや。大学卒の初任給が一万円そこそこの時代に、どんなに安うても一万円は下らんかった。

「期待せんと待ってるわ。けど、競輪で当てて買お、なんて夢にも思たらあかんよ。あんたには、博才はない」

「そんなことなんでわかるねん」

「だてに十年、競輪場で客、見て来てない。それぐらいわかる」

　安子はあの競輪場で、十年間、何を見て来たんやろ。

　どこへでも、行きたいとこに行けるねん……。

　安子のその言葉が、今も耳から離れへん。

ここではない、どこかに行きたい。

競輪場で暮らしながら、安子はずっと、それだけを思うて生きてきたのかもしれん。

4

年が明け、松も取れたある日のことやった。洗濯もんの配達の途中、駅前の黒塀に貼(は)ってあったポスターが目に入った。

「武庫川健脚大会」。武庫川河畔の片道五キロを四往復するマラソン大会や。

神戸の運動靴メーカーが主催やった。何年かあとに、あのエチオピアの裸足(はだし)のアベベに自分とこの靴をはかせて、えらい話題になったメーカーや。当時から宣伝がうまかったんやな。

父ちゃんの目が釘付(くぎづ)けになったのは、その賞品や。

一等　テレビ
二等　カメラ
三等　自転車

三等に自転車があるやないか。よっしゃ。父ちゃんは拳を握った。この自転車、おれがもろた。安子に恩返しできる。

走りには自信あった。もちろんスポーツみたいなハイカラなもん、貧乏でやったことない。けど、子供の頃死ぬほどやった塩田の水汲みで、足腰は鍛えてる。片道四キロあった小学校まで二十分もあったら余裕で駆けて通うてた。夏はあの海を何キロ泳いでもまったく疲れんかった。西宮みたいな都会におるもんとは、鍛え方が違う。

しかも、一位にならんでええんや。二位もいらん。三位でええんや。

四十キロて、そんな長い距離走ったことないけど、ものの三時間か四時間ほどで走れるやろう。三時間かそこらで自転車。こんなうまい話はないやないか。

マラソン大会に出ることは安子には黙ってた。いきなり自転車プレゼントしてびっくりさせたるんや。

当日、スタート地点の阪神武庫川駅前の河川敷には、思うてたよりもぎょうさんの参加者が集まっとった。二百人から三百人はおったやろうか。

みんな、そないに自転車が欲しいんか。いや、違う、みんなテレビが欲しいんや。テレビは当時五万円か六万円ぐらいした。サラリーマンなら月給の半年分ぐらいや。ほとんどの家庭にまだテレビはなかった。カメラも同じや。三万円はしたやろう。これは皆、目の色変えて走ってくるぞ。

けど、父ちゃんはまだ高をくってた。自分程度に走れるやつは、そうはおらん。

レースが始まった。

コースは片道五キロの四往復。折り返し地点で証拠のたすきをもらい、一往復目、二往復目、三往復目、四往復目を示す色分けした別のたすきをもろうて走るというルールや。

一往復した時点で、ほかを大きく引き離して、十人ほどが先頭の集団を作った。

父ちゃんはその集団の真ん中ぐらいにおった。

トップを走る選手にはものすごい応援団がついてた。河川敷に横断幕が出てた。

「がんばれ！　〇〇住宅社員寮にテレビを！」

応援団に手を振る男は、いつも父ちゃんが配達に行く、あの住宅販売会社の社員寮に住む工員らしかった。

そうか、こいつは職場のみんなの期待を背負うて、休憩室か何かに置くテレビ目当てに走っとるんやな。父ちゃんのお得意さんや。テレビはこいつにやってもええ。

二位の選手には見覚えがあった。

たまに競輪場で見かける、やくざの若い衆やった。

いつも親分みたいな男と一緒におって、使い走りみたいなことをしてた。

半袖の運動着の袖から、入れ墨が見えとった。

けど、なんでやくざがマラソン走っとるんや。やくざに汗は一番似合わん。やくざは汗かきとうないからやくざやってるんや。伊達や酔狂で参加しとるわけやないやろう。そんな男が参戦しとるからには、並々ならん理由があるはずやった。いったい何があったんや。カメラは、このやくざにやってもええ。けど、もろたカメラで何を撮るんや。まあ、それも父ちゃんには関係のないことや。

三位は、こういうレースを走り慣れてそうな学生みたいなやつやった。足もと見たら、このレースの主催者の靴はいとるやないか。入賞させて、さりげなく宣伝させよという算段かいな。若い分だけ体力はあるやろう、要注意や。

四位の選手も、見覚えがあった。

街で、くず鉄を拾うてる男や。ぼろぼろの服着て、垢で赤黒うなった顔で歩いてるのを、洗濯もんの配達の途中によう見かけた。年格好は、三十は超えている。独身かと思うたが、ある日、小さな子供二人と一緒にくず鉄を拾うてるところを見かけたことがある。男の娘と息子やろう。二人ともえらいやせてた。母親の姿は見たことない。

男のねぐらは、このマラソンのスタート地点、武庫川の橋の下や。

この男は、生活のために走っとる。もろた賞品は、すぐに現金に換えよるやろう。

もしテレビが手に入ったら五万円。カメラなら三万円。それだけあったらそれを元手に橋の下から抜け出せるかもしれん。こいつが一番の強敵かもしれん。けど、走り方がいかにもぎこちない。そのうちこの男は落ちていくやろう。

前を走るのはこの四人。自分も入れたこの五人で決着がつくやろうことは、ほかの参加者の走りを見てたら、はっきりとわかった。

前の四人の中から二人を抜けばええ。父ちゃんには十分自信があった。

空にはやたらにユリカモメの群れが飛んどった。北の国からの渡り鳥や。こいつらいったいどこからこんな武庫川の空まで飛んでくるんや。走りながら、そんなこと考えるほどの余裕もあった。

二往復目の後半あたりになると、先頭集団から半分ぐらいが脱落して、いよいよ上位五人に絞られてきた。父ちゃんの余力はまだ十分や。鉄くず拾いの男はハアハアと苦しそうに息しながらも、まだねばってた。

レースが動いたのは、三往復目やった。

トップを切って走ってた住宅販売会社の工員が、すさまじい応援に応えようとハイペースで飛ばしたのが裏目に出たんか、三往復目の後半に急激にスピードが落ちて先頭集団から引き離され、やがて姿が見えんようになった。

これで四位や。

前を走っとった、くず鉄拾いの男も遅れだした。

すぐに抜くつもりもなかったが、ずるずると後退して父ちゃんの視界から消えた。

これで三位。

学生。やくざ。父ちゃん。このままレースが終われば、自転車は父ちゃんのもんや。

そして最後の四往復目や。

あと十キロ。急に息が苦しゅうなってきた。

けど、前の二人以外に、もう敵はおらんはずやった。

ひたすら、二人の背中を追いながら走った。

ゴールまで、あと八キロのあたりにさしかかったときやった。

突然、河川敷の上の堤防を、二人の子供が駆け出した。

「アボジ、ヒムネセヨ（がんばれ）！」

叫びながら堤防の上を懸命に走ってついてきよる。

くず鉄拾いの男の娘と息子やった。

「アボジ、ヒムネセヨ！」

あいつ、朝鮮人やったんか。

子供の足が大人のマラソンのスピードについてこれるはずもなく、八歳ぐらいの弟の方はすぐに見えんようになった。弟よりは二、三歳年上の赤いスカートをはいたお姉ちゃんの方はそれでも必死でついてきよったが、しばらくするとその姿も消えた。

後ろを振り返る。くず鉄拾いの男の姿も見えんかった。

四往復目の折り返し地点。あと五キロ。

四キロ、三キロ……。

にわかに先頭の二人のペースが落ちた。

三人がほぼ横並びや。

父ちゃんは思うた。一位か二位になっても、賞品を換金して自転車を買うことができる。

いや、むしろそのほうが、うまくいけば小遣いもできる。

三位以内に入ればええんや。

ゴールまであと二キロぐらいやった。

そのときや。

堤防に、あのくず鉄拾いの男の子供らがまた現れた。アボジが折り返してくるのを待ってたんや。

さっきよりもいっそう大きな声で叫んどる。

「アボジ、ヒムネセヨ！」

父ちゃんはびっくりした。

後退したはずのくず鉄拾いの男が、いつのまにか父ちゃんたちのすぐ後ろにまで迫ってた。

「アボジ、ヒムネセヨ！」

くず鉄拾いの男が必死の形相でスパートをかけた。

前の三人に並んだ。

父ちゃんも前に出た。

ゴールまで、あと百メートル。

父ちゃんは、全力で駆けた。

前には、二人。

よっしゃ。三位や。

そう思うた瞬間、くず鉄拾いの男の頭が、父ちゃんの視界をかすめた。

四位以下の賞品は、参加賞のタオルやった。

父ちゃんはタオル一枚もろうて家に帰った。

それから何日かして、あのくず鉄拾いの男の娘が、まっさらな自転車に乗って堤防を走ってるのを見かけた。あの赤いスカートを風になびかせて、思いきり足をのばして楽しそうにペダルを漕いどった。

あいつ、自転車、換金せんかったんや。

安子にはかっこう悪うて、レースが終わってもマラソン大会に出たことは黙ってた。

ある日、仕事が終わって風呂屋へ行く途中に、偶然、仕事終わりの安子に会うた。

「やっちゃん、自転車やけど、もうちょっと待ってな」

「べつにもうええって」

安子はいつもの笑顔を見せた。

「それより、その、洗面器の中のタオルちょうだいな」

「え？」

「ありがとう、惜しかったなあ。けど、うち、うれしかった」

安子は、父ちゃんがあのレースに出たこと、知ってたんや。

「どこかで、見てたんか？」

「うちにはな、ユリカモメの友達がぎょうさんいてるねん」

安子はそう言うて、ただ笑うばかりやった。


安子の住まいは、球場の近くの、土建屋の倉庫の屋根裏みたいな部屋やった。たまの休みの日に、父ちゃんは安子の住む部屋に遊びに行った。

オモニは夜はバーで働いてたし、競輪場の仕事が休みの日でも、昼間どこかに働きに出て留守のことが多かった。屋台をやってるとはいえ、ふたりはあくまで雇われや。店の上がりは全部元締めが持って行く。わずかばかりの賃金の中から部屋の家賃を払えば金は残らん。そんなぎりぎりの生活やった。食べていくために、休んでいる暇はなかったんや。

安子も時々オモニのバーに手伝いに行ってるみたいやった。

　三畳ひと間の狭い部屋の窓からは、西宮球場のスコアボードが見えた。

　そこから西日が射し込んだ。金のないふたりは、畳の上にできた日だまりで影絵をして遊んだりした。そんなことでも当時のふたりはじゅうぶんに楽しかった。

　意外やったんは、安子のアパートに、けっこうな数の本があったことや。

　二十冊か三十冊、いや、もっとあったやろか。父ちゃん、本、読まへんからようわからんけど、なんや小説やとか、詩集みたいな本やった。

「やっちゃん、本、読むんか」

「オモニが、バーのお客から、もろてくるねん。そのお客、小説家目指してる人らしいねんけど、いらんようになった本を、バーの飲み代がわりに店に置いて行くんやて。マスターが、いらんから捨ててくれ、てオモニに言うんで、貧乏性のオモニが、家に持って帰るねん。けどな、うち、けっこう、字、読むの、好きやで。この石川啄木なんか、ええよ。うち、このひとの短歌、好きやわ。何回も読んだわ」

「すごいなあ、やっちゃん。本、読むんや。おれ、『平凡』ぐらいしか読んだことない」

　ある日、安子の部屋の片隅にギターが置いてあった。どうしたんや、と訊くと、これもオモニがバーからもろてきたんやという。西宮界隈で流しをしてる老人がいて、その老人は、日頃、オモニの働くバーにギターを預けてた。ところがその老人がある夜、ギターを抱えて路上で行き倒れた。心臓マヒや。ギターだけがオモニのバーに戻ってきた。老人には身寄りもなく、これも邪魔やから捨てろとマスターが言うんで家に持って帰ったという。

「うち、これでもちょっとは弾けるねんで」

そう言うて、安子はギターを弾き、歌いだした。

聴いたことのある歌やった。そう、能登の瓦工場で働いてたときに、何度も何度もラジオから流れてた、小畑実という歌手の「星影の小径(こみち)」や。

静かに　静かに
手をとり　手をとり
あなたの　ささやきは
アカシヤの香りよ
アイラブユー　アイラブユー
いつまでも　いつまでも
夢うつつ
さまよいましょう
星影の小径よ

それは、胸に沁みる歌声やった。ギターの腕もなかなかのもんや。それに父ちゃんはこの歌が好きやった。アイラブユーてなストレートな歌の文句は、あの頃の日本の歌にはまだ珍しかった。それを安子が歌うんや。父ちゃんは、まるで自分に言われてるような変な気持ちになった。

「安子、歌の才能あるで。それに、ギターも」

「うち、これしか弾かれへんねん」

安子が舌を出した。

「そやかて、おじいちゃん、私の前でこの歌しか弾かへんもん。よっぽど好きやったんやな。聴いてるうちに、覚えてもうたわ」

「聴いてるうちに弾き方覚えたやなんて、安子、やっぱり才能あるで」

「あんまりおだてんといて。木に登るで」

「登れ、登れ。安子は、歌手になれる」

「あ、『ザ・ヒット・パレード』始まるわ！　観に行こ！」

アパートにはテレビも風呂もなかった。夜になるとふたりで洗面器を持って、球場の周りを巡る曲がりくねった迷路のような道を一緒に歩いて風呂屋に行った。

風呂屋の脱衣場でテレビを見るのが楽しみやった。

この年から始まった「ザ・ヒット・パレード」ていう歌謡番組が安子は特に好きやった。

司会はザ・ピーナッツや。

「うち、ザ・ピーナッツのお姉さんの方が好きやねん。うちの顔と同じところにほくろあるやろ」

ときどき女湯の壁の向こうから、安子の晴れ晴れとした歌声が聞こえてきた。

5

あれはもう陽が夏の気配を感じさせる、五月か六月の夕暮れどきやった。

仕事終わりに、あの日野神社の境内に行った。安子に呼び出されたんや。

休みの日でもないのに、わざわざこんなとこに呼び出すやなんて珍しい。

安子は灯籠(とうろう)にもたれて待っとった。夢中で雑誌を読んどった。

安子、と近くに寄って声をかけるまで、まったく気づかんぐらいに、雑誌に見入ってた。

たしか「アサヒグラフ」というたんやったか、そう、当時どこの散髪屋や風呂屋にも置いてるような、ありふれた雑誌やった。

安子は父ちゃんに、その大判の雑誌のページを開いて見せよった。

きれいな外国の街の写真が載っとった。四、五階建てのまっさらなコンクリート作りの集合住宅が、ずらりと並んどる。立派なもんやった。

北朝鮮、と書いてある。

日本における朝鮮人は、希望すれば誰でも無料で北朝鮮に帰国できることになった、という記事やった。

「帰ったら、誰でも、希望どおりの好きな職につけるって」

安子は目を輝かせた。去年、この境内で自転車の話をしたあのときと同じ顔やった。

朝鮮民主主義人民共和国の社会主義制度は急成長を遂げていて、祖国建設の力となってくれる在日の同胞たちを求めている。もし同胞たちが祖国に帰れば、すばらしい福祉とたしかな収入が約束されている、と、そのページは何枚も写真を使うて詳しく伝えてた。労働者が農業用の水路を作ってたり、大きな製鉄所で働いてたり、レンガを積んでたり、港で大量の魚を水揚げしてる写真が並んでた。どの写真に写る人間も、ことごとく気持ちのええ笑顔をしとるんや。

設備の行き届いた無償住宅に、帰国者はすぐに入居できる、とも書いてあった。

「地上の楽園って言う人もいてるんやで」

その雑誌には、北朝鮮が在日の同胞を受け入れる発端になったというエピソードも書いてあった。こんな話や。

二年前、神奈川県川崎のとある朝鮮人集落の主婦が、毎日の生活に追われ、夜なべの寒さにかじかんだ手をコンロの炭火にかざしながら、つぶやいた。

「あーあ、北鮮では失業者もいないそうだし、あったかい家もどしどし建てているそうだが、私たちも北鮮にゆけないものかねえ」

すると別の主婦が「金日成（キムイルソン）主席にでも頼んでみるさ」と寂しげに笑（わろ）うた。

「ほんと。電報でも打ってみたら……」とまたひとりが言うた。

衆議一決、五人の主婦は金日成に電報を打った。

ところが、思いがけなくその電報に返事が来た。

「さあ、帰っていらっしゃい」

ほんまやろか、と父ちゃんは思うた。けど、たしかに安子が持って来た雑誌の中の北朝鮮は、まぶしいぐらいに輝いとった。

この国には輝かしい未来が約束されてる。あの記事を見たら百人が百人、誰でもそう思う。

「うち、この雑誌、十回も二十回も読んだ。それからオモニに言うたんや。北朝鮮に帰ろって。北朝鮮には、アボジのお墓もある。海岸沿いに作ったっていう、アボジのお墓参りをふたりでしよう。それから、祖国のために、力を合わせて生きて行こう。うち、朝鮮で勉強し直して、小学校の先生、なりたいねん」

父ちゃんは言うた。

「けど、安子とオモニのふるさとは済州島やろ。北朝鮮と韓国は仲が悪いから、行き来はできんらしいやないか。ふるさとの済州島には、二度と帰れんかもしれんぞ。それに、北朝鮮にはアボジの墓はあるかしらんけど、知り合いは誰もおらんやろ」

安子は、それでもええ、と言うた。

「知り合いはおらん。けど、差別する人もおらん。うちの祖国やもん」

祖国……。それは「故郷」と、どう違うんやろ。「故郷」を捨ててでも手に入れる価値のある、もっと大きなものやろか。

安子は、きらきら輝くあかりをいつも探しとった。

そのあかりを求めて、何度も透明のガラス窓に頭を打ちつけながら、ようやく出て行く窓を見つけた。それが、北朝鮮への帰国をすすめる、あの雑誌の写真と記事やった。

それがええことなんか、あかんことなんか、父ちゃんには、判断がつかんかった。

ただ父ちゃんには、安子の気持ちがわかるような気がした。

もしかしたら、安子があの雑誌の記事を見て抱いた「憧れ」は、故郷で父ちゃんが「平凡」の雑誌を眺めながら抱いた憧れと、同じなんやないやろか。あの記事見て、しびれるような、とろけるような、父ちゃんが感じたのと同じ気持ちになるのは、当然やと思うた。

いや、きっとそれ以上や。

「平凡」のスターたちは、ただ紙面の中で微笑(ほほえ)んどっただけや。安子が見つけたその記事は、微笑みながら、さあ帰っていらっしゃい、と、これ以上にないほどの甘い声でささやいてくれてるんやから。

暮れなずむ薄暗い境内の中で、安子はいつまでもその雑誌を眺めとった。

一週間ほどして、安子がまた父ちゃんを神社に呼び出した。

今度は、朝鮮総連の支部の公民館で、幻灯を見たという。

「白い壁に写真が一枚映るたびに、歓声があがるねん。北朝鮮のきれいな街に、日傘をさしながらチマ・チョゴリ着て笑顔で歩く女の人が映った。その横を人民服着た若者が、ぴかぴかに磨かれた自転車を漕いで走ってた……うち、もう、どうしようもなく、涙が次から次にあふれてきて……」

熱く語る安子の言葉を聞いて、父ちゃんは思うた。安子は必ず、この国に行く。

夏が来た。安子とふたりで風呂に行った帰りには、球場の近くの店でかき氷を食べた。

父ちゃんはいつもイチゴ金時で、安子はレモン金時や。

そうや。今、おまえとふたりでいてる、この店や。

かき氷を食べながら、ふたりはいつも他愛ない話ばかりした。北朝鮮行きの話は、お互い、なんとのう触れるのを避けるようになってた。安子の帰国の決意が固いのはわかってた。父ちゃんは怖かったんや。その話題を持ち出すことが、なにかふたりの間によからぬ影を落としそうな気がしてな。そんな意気地のない父ちゃんの心を、安子も察していたんやろう。

けど、心の中では、ずっと父ちゃんは気にしてた。

安子はもうすぐ、北朝鮮に帰ってしまう。

いや、帰る、というのは正確やない。

北朝鮮は彼女のふるさとやない。

それは「故郷」を捨てて新しい土地に生きる「移民」なんや。

父ちゃんは、ある日この店で安子に、おばあちゃんから聞いた嘉平次の話をしようかと思うた。けど、どう言うたら、うまいこと伝わるのか、言いあぐねてた。

「何か、言いたいこと、あるの」

安子が父ちゃんの様子を察して訊いた。

「さっきの風呂屋の主人も、おれと同じ石川県出身やで」

とっさに父ちゃんは、嘉平次の話とは全然別の、いつもの他愛ない話をした。

「関西の風呂屋は、ほとんどが石川県出身者や」

なんで、と安子が訊いた。

父ちゃんは、故郷の瓦工場で働いとったとき、Hという同僚から聞いた話をそのまま安子にしてやった。

それはな、能登の人間は、むかしむかし源氏に滅ぼされた平家の落人の末裔なんや。それで、壇ノ浦の合戦で自分たちを裏切ったある一族のことを、いつか仇を討ってやる、と、今も血眼になって探しとる。問題は、その一族の末裔をどうやって見つけるか。ひとつだけ手がかりがあった。彼らは全員、背中に鳥の形をした独特の痣があるんや。で、能登の人間は、風呂屋になった。その痣を持つ男を、番台から見つけるためにな。

その話を聞いた安子は、いつものようにころころと笑うて、言うた。

それ、映画か小説にしたらええわ。映画にするんやったら、主役はもちろん高倉健や。高倉健は仇討ちみたいな役がきっとはまるわ。いや、もしかしたら敵役もええかもな。高倉健は、後ろ姿がええからなあ。背中の痣が似合いそうやわ。その映画、いつか観たいなあ。

安子が楽しそうに話すのを聞いてると、ほんまに高倉健主演のそんな映画がいつか封切られるような気がしてきた。安子と一緒に、あの今津の東映に観に行きとうなった。けど、それは、叶わん夢や。安子はもうすぐ、この街から、おらんようになる……。

かき氷を食べた帰りの、ある夜のことや。

店を出た途端に、大粒の雨が落ちだして、すぐにどしゃぶりになった。

傘がないふたりは、慌てて店の前まで舞い戻って軒先で雨宿りした。

雨がトタンの屋根を打つ。通り雨やと思うたが、なかなか止む気配がない。

三十分ほども、そこにふたりで立ってたやろか。

目の前には、阪急神戸線と今津線のレールが直角に交差してるのが見えた。電車の交差点や。ほら、耳を澄ましてみぃ。この店からも、電車がその交差点をガタガタと走る音が聞こえるやろ。

ふたりの会話が途絶えたとき、安子は、珍しくしんみりとつぶやいた。

うちらの人生も、この線路みたいに、ほんの一瞬、この街で交わったんやね……。

それを聞いたとき、父ちゃんはたまらん気持ちになった。

今まで無理に抑え込んできたもんが、堰を切ってあふれ出た。

「安子。おれも、一緒に北朝鮮、行こか」

「あんたはあかん」

「なんでや」

「無理や。そやかて、私ら、夫婦やないもん。この前、公民館の説明会で言うてた。夫婦や子供でないと、日本人は一緒に北朝鮮に渡れんて」

「ほな、結婚しよ」

「あかん」

安子は父ちゃんの目をじっと見据えて、言うた。あんたは、日本に残った方がええ。その方が幸せや。そんな気がする。

「なんでやねん」

「前にも言うたやろ。うちの勘は、当たるんや」

父ちゃんは、心の奥にずっと抑え込んできた、もうひと言を、安子に言おうとした。

そのとき、ふたりの目の前を今津線の電車が通過した。

父ちゃんは言おうとした言葉を結局、呑み込んでしもうた。

「雨、上がったよ」安子は笑顔で夜空を見上げ、駆け出した。「おやすみ！」

今でも、ときどき、あの雨の夜のことを考える。

……あんたは、日本に残った方がええ。その方が幸せや……

……うちの勘は、当たるんや……

安子は、どんな思いであんなことを言うたんやろう。

そして、もしあの夜、父ちゃんが呑み込んでしもうたひと言を、そうや……もしあの夜に、安子に言えてたとしたら……。

あの交差する線路の向こうに、どんな未来が待ってたのやろう。

6

夏が過ぎて、風にもう秋の気配が漂う、ある日のことやった。

その日も安子は、日野神社の灯籠にもたれて父ちゃんを待ってた。

来年はじめの帰国船で北朝鮮に帰ることが決まった、と安子は短く告げた。

安子は、この街を去る。海を渡って、北朝鮮に行く。

「野球、観に行こうよ」

安子が唐突に言うた。

「野球？」

「うん。うち、競輪してる昼間の野球場しか知らんねん。毎日仕事終わって、日が暮れてから倉庫の二階にある部屋に帰るとね、窓から見えるねん。西宮球場の、あれ、なんていうの？　スコアボード？　それが、まぶしい光に当たって、すごいきれいねん。なんか、昼間、うちが働いてる場所とは、全然違うなあ、と思て。夜の野球場って、どんなんやろ、いっぺん見たいなあ、ってずっと思ってててん」

競輪場の最終レースの出走時間は午後四時十分。夕方にはすべてのレースが終わる。十二歳から丸十年、昼間の西宮球場を生活の場としていた安子が、ナイターの西宮球場を知らんのは当然やった。

「おれも野球なんか観たことない」

「そやから観に行きたいねん。うちとあんたが、この街に住んでた証しとして」

「証し？」

「ええから、観に行こ」

ふたりは球場に向かった。お父ちゃんは下駄履きで。あの子はいつものサンダルで。

その日の西宮球場は、夕陽に映えていつもよりずっと鮮やかなオレンジ色に見えた。

安子が見上げる。

「あ、トンボ」

空一面をトンボが群れをなして飛んでいた。

「あれはアキアカネや」

「オレンジ色のトンボ。オレンジ色の球場。きれいやね」

安子がうれしそうに言うた。

たしかに言われてみれば、そのトンボの群れは、オレンジ色の球場から湧いてくるように見えた。

「アキアカネの球場やね」

そう言うて笑う安子の顔も、茜色に染まってた。

あれはたしか、その年の西宮球場の最終戦やったと思う。競輪のときはいつも屋台が並ぶ、安子の仕事場やったレフトの外野の入り口から入った。外野席に通じる階段を上り詰めた瞬間、安子は歓声をあげた。カクテル光線。芝生の緑。土色のダイヤモンド。白いホームベース。生まれてはじめて観たナイターの球場は、ほんまにきれいやった。泣きとうなるぐらいにな。

夜の野球場がこんなにきれいなもんやって、父ちゃんも安子もそのときはじめて知った。安子は打球が外野に飛ぶたびに手を叩いて喜んだ。阪急であろうと相手チームであろうとアウトであろうと関係あらへん。父ちゃんも野球なんかよう知らんけど、外野フライがアウトやいうことぐらいは知っとった。安子、フライで取られたらアウトやで、て教えても、安子は打球がきれいな弧を描いて飛ぶのが楽しいて仕方ないみたいやった。打球の行方を追って、西宮球場の夜空を見上げる安子の顔は、今まで見た安子の中で一番幸せそうやった。

途中で季節外れの夕立のような通り雨があった。

ふたりは濡れるのもかまわず野球を見続けた。

雨が上がると、六基の照明灯が放つカクテル光線は、いっそう美しく輝いて見えた。

白い光が映し出す雨上がりの夜空を、安子はじっと見つめていた。

父ちゃんはさっきのことを安子に訊いた。

「安子、証しってなんや？」

「うち、北朝鮮に帰ったら、もうあんたのことは思い出さへん。きれいさっぱり、忘れる。ただ、これから野球の試合観るたび、この街のこと、思い出す。そして、きっとあんたのことも思い出す。きっとそのとき、思い出す。それが、うちとあんたがこの街に生きてた証しや」

「北朝鮮で野球、観れるか？　野球チームないんと違うか？」

「なかっても、これから発展していくから、きっとできる。平壌(ピョンヤン)にものすごう強い野球チームできるよ。いつか日本にも遠征に行くよ。西宮にも来るかな。それにもし、北と南が統一したら、いつでも野球観られる。でも、それはずっとずっと先のことやろな。でも、それでええねん。その頃、私とあんたがこの街に生きてた証しが、心によみがえったら、それでええねん。そやから今日、うちは、あんたと野球、観に行きたかったんや」

美しい球場の中で、父ちゃんは試合が終わるまで、ただ、安子のことだけを考えてた。

安子は北朝鮮で父ちゃんのことを忘れた後、どんな生活を送るんやろか。

あの雑誌に載っていたきらびやかな北の街で、好きな仕事に就いて、どこへでも行きたいところに自由に行ける、まっさらの自転車を手に入れて、安子は見知らぬ北の国で幸せになることができるやろか。いつもずっと探してた、きらきらしたもんは、見つかるやろか。

乾いた打球音がした。もう試合が終わろうとする最後の回やった。阪急の選手が打ったホームランボールがふたりの席に飛んで来た。

安子は大喜びや。誰が打ったかも憶えてないけど、雨上がりの光の中を高くゆっくりと弧を描いて飛んだ打球は、今でもはっきりと思い出せる。

父ちゃんは外野席の階段を転がるその白いボールを拾い上げて安子に渡した。

安子はその夜から、もう父ちゃんと会おうとせんかった。

年が明けて一月になった。

帰国船が出る新潟港へ向かう安子を、父ちゃんは国鉄の西宮駅まで見送りに行った。

薄曇りの空の下で、プラットホームに立つ安子とオモニの姿を見つけた。

チマ・チョゴリを着た安子の姿を、そのときはじめて見た。

安子は、いつもよりずっときれいに見えた。

さほど多くない荷物の中に、ギターケースがあった。

長田の商店街を探しまくって買うた、赤いサンダルの包みを安子に手渡した。

「安子、着いたら便り、くれよ。元気かどうかだけ、知らせてくれ。それからこれ」

三宮の古い楽器店で買えるだけ買うたギターの弦と、いつも「平凡」の付録についてた歌集の「平凡ソング」を渡した。

「ありがとう。いつか、うちよりずっといいお嫁さん、見つけてね。あの日の野球、楽しかった」

そして安子は最後に、こう言うた。

「もうお別れやね。ごめんやけど、手紙は出さへん。会いとうなったら、困るやろ？ その代わり……」

「その代わり、何や？」

安子は言おうか言うまいか、迷ってるふうにしばらくうつむいてたが、やがて意を決したように、顔を上げて笑うた。

「私は、北朝鮮で野球を観たら、あんたのことを思い出す。そやから……あんたは、いつかどこかで、一匹だけ群れからはぐれて飛んでるトンボを見かけたら、うちが会いにきたと思って。そのときだけ、ほんの少しだけ、うちのことを思い出して。あとは……」

安子を乗せた列車が、ゆっくりと動き出した。

列車の窓から、安子は手を振った。左の目の下のほくろが、一瞬たしかに光って見えた。安子が何か大声で叫んだような気がした。けどその声は、列車の警笛の音に掻き消されて、聞こえんかった。

いつまでも手を振る安子の姿が見えんようになったとき、父ちゃんははじめて後悔した。なんで、おれは言えんかったんや。

安子、北朝鮮には行くな！　おれと一緒にずっと日本におれ。金日成より誰よりも、おれが日本で安子を幸せにしたる。たとえどんな差別を受けても、全部おれが守ったる。北朝鮮に行くより、ずっとずっと、幸せにしたる……。

いつもふたりで行った風呂屋への道をひとりで歩くたび、あの頃一緒にかき氷を食べに通ったこの前の道を歩くたび、父ちゃんは、それを言えんかった自分を責めた。

真夜中、安子が住んでた倉庫の二階のアパートの前を通ると、部屋からギターの音が聞こえてきた。父ちゃんは驚いた。安子！　と叫んで二階へ駆け上がった。ドアには鍵がかかって、部屋には誰もおらんかった。

空耳やった。

父ちゃんは、もう、この街にはおられんかった。

働いとった洗濯屋を辞めて、西宮北口を離れた。その年、故郷の親戚が持って来たお見合いで結婚し、おまえが生まれた。二年後に二十年の月賦で平屋の小さな家を買うた。そこで小さな洗濯屋を母ちゃんと始めた。

安子のことは忘れようと思うた。母ちゃんとおまえのために、忘れるべきやった。けど、ラジオで野球中継を聴きながらアイロンを当ててると、どうしても、ふと安子のことが頭によぎることがある。

安子、北朝鮮には映画館があるか？　日本の映画は観られるか？　あの日、一緒に映画館で観た高倉健、日本で大スターになってるぞ。しかも当たり役は背中で泣く唐獅子牡丹がウリの仇討ちもんや。安子、やっぱりおまえは勘がええ。

安子、オモニのおなかの中の音が聞こえるクスノキの森は北朝鮮にあるか？

おまえが目を輝かせて持ってきた雑誌に載ってた、立派な四、五階建ての団地、今、その窓からは、何が見える？

「平凡」みたいな雑誌はあるか？　歌はいっぱい覚えたか？

海岸沿いの街を訪ねて、アボジのお墓参りにはちゃんと行けたか？

どこにでも走っていける自転車は、手に入れたか？

……北朝鮮で、野球は観られるか？

そして父ちゃんは、ある日、夢を見た。

そこは北朝鮮の安子が住んどるどこかの街や。小高い丘の上に、庶民が楽しめる、美しい野球場ができてるんや。

ナイター施設も完璧(かんぺき)や。

みんな下駄履きやサンダルで観に来とる。

スタンドから、ピッチャーびびってるぞ~とヤジ飛ばしてる。

まるであの夜の西宮球場と同じや。

それぞれが思い思いに、タバコふかしたり、ラムネ飲んだり、自由に応援しとるんや。

そんな観客の中に、安子がいてる。

きらきら光るカクテル光線浴びて、あの夜と同じように、ほんまに幸せそうな顔して、野球を観てる。

夢の中で、父ちゃんはスタンドに座る安子に駆け寄る。

安子、元気にしてたか?

すぐ隣りで声をかけてるのに、安子は父ちゃんに気づかへん。安子には父ちゃんの姿が見えてへん。ずっとグラウンドを見つめてる。

ひとりで座ってた安子の傍らへやってきたのは、優しそうな男とふたりの子供や。

男の手にはかき氷がふたつ。そのひとつを安子に渡す。

四人は並んで座って、かき氷を食べながらきれいな芝生のグラウンドを見つめてる。

外野に飛んだ白い打球の行方を、四人そろって目で追いかけてる。

そうか、安子。おまえ、ようやく、ずっと探してた、きらきらしたもん、見つけてんな。

野球を観たら、おれのこと思い出す、言うてたけど、もう思い出す必要ないな。

それで、ええ。それでええんや。

よかったな……。


夢から醒めたあと、父ちゃんは願をかけた。

安子が生きとるうちに、この夢が正夢になりますように。

その日が来るまで、父ちゃんは何があっても野球は観ん。ラジオで中継も聴かん。

安子の思い出は封印する。

安子が、あの夢のように、北朝鮮で自由に野球が観られる日が来るまでは……。


けど、なんでやろ。あれだけ固く誓うたのに、今日、おまえと野球、観てしもうたな。

あれから十年、経ったんやな。

それにしても、不思議や。

なんで今日、おまえと野球、観に行く気になったんやろう……。

正秋は、語る父の前で言葉が出なかった。

安子が、あの夢のように、北朝鮮で自由に野球が観られる日が来るまで……。

父が語った「夢」は、安子さんと別れた九年後の「今」、まだ実現していない。

自分が知っている二十一世紀の「現在」でさえも。

昭和三十五年、安子さんが乗った北朝鮮への帰国船が新潟港を出てから、半世紀余り。「現在」に生きる人間は言える。あの帰国事業は失敗だった。いや、失敗という言葉は正しくない。在日朝鮮人を体よく朝鮮に帰したい日本、自国の政治体制の優位を宣伝する手段として利用したい北朝鮮、そんな国の思惑が絡んだ国家ぐるみの壮大な詐欺。そう言った方が実態に近い。

帰国船で新潟から北朝鮮に渡った在日朝鮮人たちのほとんどは、雑誌や幻灯写真で見せられたきらびやかな都会、首都の平壌からほど遠い、日々の生活用品にさえ事欠く辺境の地へ送られた。希望の仕事に就けることはなく、食糧は配給制で、それもいつしか途絶えた。飢えにさらされても移動は禁止され、不衛生な住居で医療も満足に受けられず、多くの場合、地元の朝鮮人から差別された。不平を言えば、収容所に送られた。

「地上の楽園」は、過酷な北の凍土だった。

父が今生きている、昭和四十四年の時点で、そんな北朝鮮の状況はどれほど日本に伝わっていただろうか。まだほとんど伝わっていなかったはずだ。

正秋がそう思うのには理由があった。

遠い記憶がよみがえる。

それは今も耳に残る、あの「声」の記憶だ。

幼い頃、テレビにかじりついて観ていた「ブーフーウー」の着ぐるみ劇。

三匹の子豚を食べようとするオオカミの計略は、ことごとく失敗し、茫漠とした砂漠の地で、ギターを弾きながら彼は歌うのだ。

おつきさまはあおいよ
あおい　おつきさまは
かなしいよ
かなしいから　おれはなく
ウオー　ウオー　ウオー
ウオー　ウオー　ウオー
おつきさまを　みて
なくんだよ
ウオー　ウオー　ウオーと
なくんだよ

ウオーー

決して演技ではない、ほんとうに泣いていた、あの歌声。

それは魂をふるわせるような嗚咽(おえつ)だった。

なぜオオカミはあおい月を見上げて慟哭(どうこく)するのか。幼い正秋にわかるはずもなかった。

ただ彼の切ない泣き声だけが、胸を締め付けた。

大人になってからも、記憶の奥からあの声がよみがえることがある。

あの着ぐるみ劇の中で、オオカミの声をやっていたのは誰だったのだろう。

ふと思いついて調べてみたことがあった。

それは永山一夫という人だった。

今、彼はどうしているのか？

わずかながら残された資料には、短くこう記されていた。


永山一夫。元俳優、元声優。在日朝鮮人。「ブーフーウー」の放送が終了した四年後の昭和四十六年、新潟港から万景峰(マンギョンボン)号に乗って「祖国」北朝鮮に帰国した。

昭和四十六年。それは「今」から二年後……。

この年、まだ北朝鮮への「帰国事業」は続いており、永山さんのように「希望」を抱いて帰国船に乗り、祖国に帰る人々が数多くいたのだ。

妻とは別れ、息子とともに北朝鮮へ渡った後の永山さんの消息は、不明だという。

彼は「祖国」で、月を見上げる夜があっただろうか。

もし歌を歌うことがあったなら、その声はあのオオカミのように泣いていたのだろうか。

そして、安子さんは……。

永山さんが祖国に渡った昭和四十六年でさえ、北朝鮮の実情を知る者は日本にほとんどいなかった。昭和四十四年の「今」、安子さんたち帰国者が北朝鮮でどのような生活をしているのか、父の耳に伝わっていることはないだろう。

彼女のことは家族にはひと言も言わずに父が逝ったのは、昭和五十八年。

帰国事業が打ち切られたのは、昭和五十九年。

北朝鮮の実情を、父はおそらく、何も知らずに死んだのだ。

だとすればこのまま言わない方がいいのかもしれない。父の悔恨の言葉を聞いた今ならば、よけいに……。

安子さんは、きっと北朝鮮で幸せにしていると思う。ではそう父に伝えるのがいいのだろうか。しかし、ほんとうのことを言ってくれた父の気持ちに対して、それは欺いていることにならないか。

「安子さんは、北朝鮮で……」

「もう言うな」

父が遮った。

「言わんで、ええんや」

長い沈黙が流れる。

父はうつむいている。

正秋はもう何も言えない。

口を開いたのは父だった。

「今日、おまえと歩いた、駅から球場へと続く道。父ちゃんは、あの道を正気でよう歩けんかった。あの道の風景のひとつひとつに染み付いた、いろんな思いが一気に押し寄せてきて、胸がつぶれそうやった。そやからちょっとでも早う球場へ逃げ込もうと急ぎ足で歩いた。けど、安子とたった一度だけ一緒に野球を観た外野席を、遠くの内野席から眺めてるうちに、不思議と少しずつ心が落ち着いてきた」

球場でぼんやりと外野席を見つめていた父の横顔がうかぶ。

「父ちゃん、どうかしてたな。あの外野席を眺めてると、安子が、今もあの外野席のどこかに座ってるような気がしてきた。そんなことあるはずもないのにな。そうしたら今度は、安子と過ごしたあの十年前の日々が、望遠鏡を反対から覗き込んだときの風景のように、どこか遠い世界で起こった出来事のような気がしてきた。あの日々が夢やったんか、それとも今が夢を見てるんか、ようわからんようになった。この空は、ほんまに安子のおる北朝鮮の空へとつながってるんか。もしそうなら、安子、トンボになって飛んでこんかな、とそれこそ夢みたいなこと考えて空を見た。けど、そんなん、いてるわけもない。ほんまにどうかしてる。そしたらおまえが迷子になって、父ちゃんの前に戻って来た。五十歳の、おまえがな」

そして、静かに言った。

「おまえがこの世に生まれたとき、父ちゃんはほんまにうれしかった。もし安子が日本にとどまって父ちゃんと一緒になってたら、おまえは生まれてない。そんなおまえにこんな話するやなんて、ほんまは間違うてるかもしれん。今日、迷子になって戻って来たおまえは、八歳のおまえやなかった。五十歳のおまえが、父ちゃんに会いに来た。もしかしたら、安子のことをいつまでも考えてる父ちゃんを叱るために、おまえは父ちゃんに会いに来たんやないか」

そうではない。そうではないのだ。こんなとき、何を言えばいいのだ。三十五歳の父に、五十歳の息子は……。

父に言いたいことは、山ほどあるような気がする。なのに、言葉が続かない。

「父ちゃん……」なんとか声を絞り出した。

ただひと言だけ、父に伝えておきたいことがあった。

それは本来は、父が生きている、あの日に言うべきひと言だった。

「野球場に連れてきてくれて、ありがとう」

父の頰に冷たいものが伝う。

かき氷の皿の上で、氷の溶ける音がした。


「ああ、そうや……」

長い沈黙の後、再び口を開いたのは、やはり父だった。

「ひとつ、思い出したことがある」

「何？」

「あの夜、父ちゃんと安子の席に飛んできたホームランボールや。試合を観たあと、球場の近くの日野神社まで行って、西側の灯籠の脇の、クスノキの下に埋めたんや。北の根元に小さな洞がある。その中に埋めた」

「なんで、そんなことしたん？」

「父ちゃんはあのボールを安子に渡した。お守り代わりに、北朝鮮へ持って行ってくれって。そしたら安子は、うちはこのボールよりもっと大切なもんを今日、この球場からもろた。それが何か、うまいこと、言葉では言えんけど。そやからこのボールは、あんたにずっと持っといて欲しい。そう言うんや。どっちも譲らず、ほな、あの日野神社へ行って、埋めておこう、とふたりで決めたんや。埋めてから、もう十年か……」

埋めてから、十年。父が、安子さんと過ごした日々を誰にも語らず、胸の奥に封印してから、十年。

「今から、掘りに行こうか？」

父は答えない。

「正秋」

父の顔を仰ぎ見る。

今までに見たことのない、父の笑顔だった。

「会いに来てくれてありがとう。元気でやれよ」

「父ちゃん」

突然、窓の外から、交差する線路を電車が通過する音が聞こえた。

耳をふさぐほど大きな警笛の音が鳴り響く。

セロテープでつぎはぎされた磨りガラスが一瞬、揺れた。

思わず窓を見やり、視線を戻す。

父の姿が消えていた。

ガラスの皿に、イチゴ金時の溶けた氷だけが残っていた。

店には誰もいない。あの店員さえ姿が見えない。

正秋は席を立った。

ガラス戸を開け、外に出る。

拡張工事が施された、アウトバーンのような広い道路が延びていた。

振り返ると、もうそこに店はない。

そして球場も。

そこは平成二十三年の、西宮北口だった。

空を見上げる。

あおい月が五つに割れて輝いている。

目を閉じる。父と一緒に座って観た、球場の光景がよみがえる。

あの球場で、父が見つめていたものは何だったのか。

ゆっくりと目を開ける。

明るすぎる街の灯が、父と子の歳月を掻き消すように「いつの日か来た道」を照らしていた。

★

翌日、正秋は午前中に昨日のリサーチを反映させた台本をプロデューサーにメールで送ったあと、阪神電車で香櫨園(こうろえん)にある西宮の中央図書館に行った。

「昭和四十四年の西宮の住宅地図を見たいのですが」

係員はすぐに書架から大判の地図を持って来てくれた。

西宮球場のあった高松町のページを繰る。ページをめくる手がかすかにふるえる。

あった。

ルーペで街をのぞく。

球場の角にあるのは他の店より大きめのグリル「りら」。

中華料理「タモン」があって、隣りに不動産屋。

そして「スポーツマン食堂」。

「くるみ食堂」

「ふるさと食堂」

「グリル・喫茶グランド」

「松代食堂」

「とんかつ聖屋」

「カレー　サンボア」

視線を地図に走らせる。

歯医者をはさんで、木村屋のパン屋。

美容室と薬局とカメラ屋があり、あの傷痍軍人が立っていた「喫茶カトレア」。

隣りが「日立テレビ」の看板の電器店や、「よろず相談」の看板があった法律事務所などが入った雑居ビル。

その隣りに、父と入った「ひびき食堂」の名が、たしかにあった。

夢ではない。

夢であるはずがない。

図書館に置いてある北朝鮮の帰国事業に関する本をむさぼり読んだ。

読み進めるのが辛かった。

当時、「祖国」に理想を求めて日本から海を渡った九万三千人以上もの「帰国者」たち。

彼らを待ち受けていたのは、目覚めるたびに「夢であれ」と願いながら、やはり夢ではないと悟らねばならない絶望感に満ちた幾千回もの朝。そして疲れきって泥のように眠る、同じ数だけの夜。それでも「運命」を乗り越え、日々を懸命に生きようとした、それは無数の安子さんや永山一夫さんたちの凄絶な生の記録だった。

図書館を出て、日野神社に向かった。

父の言葉どおり、阪急の線路沿いを十分ほど東へ歩くと、その神社はあった。

おそらくもう何百年も植生の変わっていない、うっそうとした森に囲まれた神社だった。

鳥居をくぐり、百メートルほど行くと灯籠があった。いつも安子さんはこの灯籠にもたれて父を待っていた。その脇に、巨大なクスノキがそびえ立つ。北側の根元に小さな洞があった。

土を掘る。

あれから十年……。父は感慨深げにつぶやいていた。違う。あの夏から五十二年なのだ。

掌ぐらいの石が出てきて、その下に茶色い塊があった。塊には縫い目がある。

あの夜、ふたりがあの球場で手にしたホームランボールだ。

子供の頃、江藤のおっちゃんが教えてくれた言葉を思い出した。

勇気を持ちや。生きていくのには、勇気が必要や。

父と最後にでかけたあの夜、彼女はあの球場から何をもらったのだろうか。

勇気だろうか。それとも何かほかの大切なものだろうか。

それが何か、正秋にはわからない。

ただ、祈らずにはおれなかった。

いつの日かあの球場からもらった何か大切なものが、安子を護ってくれますように。

人であれ風であれ空であれ、笑顔で語らう友を持ち、愛する人と生きていますように。


空を見上げた。

何かがきらめいている。それは小さな命だった。

大海原に呑み込まれないよう、懸命に波間を縫って浮かぶ朱色の小舟のようだった。

命はやがて透明の羽根を翻し、のびやかな軌跡を描いて青い空の向こうに消えた。

クスノキの葉擦れの音がした。

それは誰かが何かをささやいたようにも聞こえたが、もう正秋には聴き取れなかった。

父と安子(アンジャ)が、かつてこの街に住んでいた証しを、正秋は再び根元に埋めた。

手紙

1

指定されたＪＲの立花駅に降り立ったのは二度目だった。

駅前に兵庫県の弁護士協会の出張窓口があり、離婚の事務的な手続き上のことで一度相談に訪れたことがある。

対応してくれたのはもう八十歳は超えようかという老人の弁護士だった。

正秋の離婚相談もそこそこに、老弁護士は、自分の戦争体験の話から始まり、当時の政権と日本の軍部がいかにダメだったかをとくとくと語りだした。いったい自分の離婚とどう関係があるのだろう。正秋は壁に掛けられている目を閉じた聖母の絵を眺めながら一時間ほど彼の話を聞いて帰った。そんな不思議な思い出のある街だった。

再びこの街を訪れたのはまだ暑さの残る九月の中旬だった。

いつもならば十月の番組の改編期を前にバタバタと忙しい時期なのだが、十月の声を聞く前に正秋の仕事は落ち着いた。三年続けた夕方のワイドショーの仕事が終わったのだ。レギュラーの仕事は深夜ラジオの一本だけになった。いつもは何かしらある年末の特番も今年は声がかからない。しかし、焦りはなかった。

いまから足掻いても、どうなるものでもない。むしろ心ならずも訪れたこの時間は、今後の自分の仕事や人生を考える上では、いい機会かもしれない。

かといって、何かこれをしたいというあてがあるわけでもなかった。

かつての阪急の選手に会いに行こう。

ふと、そんな酔狂な気になったのは、あの奇妙な夏の体験があったからだった。

会ってどうしようというわけではない。そんな過去の思い出をたぐりよせて、どうなるというのだ。心の中でそうつぶやくもうひとりの自分がいた。だが、かつてあのグラウンドに立っていた勇者たちが、今、人生とどう向き合っているのかを知ることは、自分にとってあながち無意味なことではない。半ばむりやり自分を納得させた。

思い浮かんだのは、高井選手だった。

山田、福本、加藤秀。あの西宮ギャラリーに飾られていた阪急の名選手たちは、その後監督を務めたり解説者として活躍し、今も球界の第一線でその名を見聞する。しかし、高井は、ずっと以前にラジオの野球解説をやっていると耳にしたことがある程度で、その後の消息は聞いたことがなかった。

あの代打男は、今、どうしているのだろう。

ただそれを知りたいというだけの理由だった。付き合いのあるテレビ局のスポーツ部のデスクに頼んで連絡先を調べてもらった。

高井保弘は駅前の商業ビルの一階にある待ち合わせの喫茶店に現れた。名乗られなければ、決して彼とは気づかなかっただろう。

彼は濃紺の、警備員の制服を着て現れた。

「このビルの警備員の仕事をしてましてね」

どちらかといえば細身の身体(からだ)は、あの現役時代の「ブーちゃん」のあだ名とはほど遠い。

「ちょうど休憩時間中ですが、なんかあったら無線で連絡入りますんで、そのときは中座することになりますけど」

その声には張りがあった。

「お忙しいところ、申し訳ありません」

「話は別にええんですけど、なんでまたワシにですか」

少年の頃、憧(あこが)れの目で仰ぎ見ていた選手が、今、目の前にいる。

それは不思議な感覚だった。

「すみません。ほんとうに、一ファンのわがままです」

「まあ、なんでも訊いてください」

差し出された個人用の名刺の裏には阪急時代に獲ったタイトルがすべて記載されていた。

代打本塁打27（世界記録）
代打サヨナラ本塁打3（日本記録）
代打本塁打年間記録6（パ・リーグ記録）
代打打点年間23（パ・リーグ記録）
代打逆転サヨナラ本塁打（オールスター記録）

気持ちいいほど代打という文字が並んでいる。

「まさに代打人生ですね」

それまで警備員の顔だった彼の表情が緩んだ。

「昭和三十九年に阪急に入団。昭和五十七年に引退です。ずっと代打でしたが、現役生活十九年の中で、途中、三年間だけ指名打者としてレギュラーで出場しました。それがワシの代打人生のブランクですわ」

彼の場合、レギュラー出場の三年間が輝かしい「代打キャリア」の「ブランク」なのだ。

そう言えるほどにこの人は、「代打」であることに何よりも誇りを持って生きてきたのだろう。

「小学校三年のとき、西宮球場ではじめて高井さんを観ました。高井さんは結局、最後まで打席に立ちませんでしたが」

「いつの話ですか?」

「昭和四十四年の夏です」

「おお、ワシがまだ一軍と二軍を行ったり来たりして、くすぶってた頃やなあ」

彼の口調がぐっとくだけた。表情にかすかに残っていた警戒の色が一気に溶けた。

「ぼくはあの日、ネクスト・バッターズ・サークルからベンチに引き下がる高井さんに向かって、ヤジを飛ばしたんですよ」

「ほお。なんて?」

「高井ー、落ち込むな! いつか日本一の代打男になるで! うそやないで! ほんとやで!」

「うれしいこと言うてくれたんやなあ」

高井さんは陽気な声で笑った。

「ヤジには続きがあるんです。五年後には、オールスターにも選ばれるで! そのとき、代打逆転サヨナラホームランを打つんや。ピッチャーはアトムズの松岡や!」

「……いつの話やて？」

高井さんが訊き返す。

「昭和四十四年です。憶(おぼ)えてはりますか」

彼はその質問に答えず、じっと正秋の顔を見つめた。

「君は、未来が予言できたんやな」

「ええ。あの日、たった一日だけですけど」

「野球の世界ではね」高井さんの目から微笑(ほほえ)みが消えていた。バッターボックスで次の打席に立つ、勝負師の目に見えた。「未来なんか誰にも予見できん。何が起こるかは誰にもわからん。そういう世界や。ただ、選手は、予見できん未来のために、準備することはできるんや」

「あの、松岡との対戦にも準備があったと」

「ああ、もちろん」

高井さんは制服の胸ポケットに手を入れた。

「当時、対戦する可能性のある、すべての投手のクセを記録した手帳や」

正秋の前に差し出されたのは、掌(てのひら)ほどの小さな手帳だった。開いてみると文字や記号、投手の投げる前のグローブの形などのイラストがびっしりと記されている。

高井さんが頁(ページ)を繰る。その掌は意外に小さい。

「ここに書いてある。アトムズ松岡。開幕前のオープン戦で当たったときに観察した、投球フォームのクセや。投げる瞬間、『左ヒジが上がる　カーブ』『左肩が下がる　速い球』。あのオールスターの打席も、それだけ頭に入れて、バッターボックスに立った。一球目、左肩が下がって、高めに速いストレートが来た。二球目。また左肩が下がっとる。速い球や。間違いない。低めに来たやつを迷わず打った。それがあのホームランや」

「松岡はセ・リーグで、リーグが違いますよね。オールスターで当たると予想してメモを取ったんですか」

「まさか。ワシがあの年、オールスターに出るやなんて、誰が予想できた？　野球の神様がおったとしても、予想できんかったやろ。ただ、日本シリーズで当たる可能性はある。将来、ワシが松岡と対戦することがないとは、同じように誰にも言えんやろ？　未来は、誰にもわからん。ただ、その未来がいつかめぐってくるときのために、メモを取ってたんや」

「未来は、今日の掌の中に」

「え？」

「いい言葉ですよね。あの日、西宮球場近くの『ひびき食堂』で見つけた、高井さんが書いたサインの横に添えられていた言葉ですよ」

「未来は今日の掌の中に……。ワシ、そんなしゃれたこと、書いたかなあ」

「すみません、笑ってしまうほどの金釘文字でした。さっき、見せてもらった手帳の中の字のように」

「あの頃は必死やったからな。そんな言葉が、ふとそのときに頭にうかんだのかもしれん」

「当時は一軍と二軍を行ったり来たりされてたんですね」

「そうや。昭和四十四年か。ワシは入団六年目。二十四歳や。前の年は、一切一軍出場なしで、この年も、一軍は十試合ほど出ただけやろ」

高井さんが代打の切り札として一軍に定着したのはそれから三年後、入団九年目の昭和四十七年からだ。

「ワシは塚口のアパートから毎日球場に通うてた。二十二で早うに結婚したし、嫁さんを食わせていかなあかん。ほんま必死やった。二軍の練習は西宮球場で朝八時からや。そこからワシは午後からの一軍の練習にも出なあかん。その間に昼メシを食う。二軍の選手は朝の練習と試合が終わったら、近くの合宿所に帰って賄いの昼メシや。一軍の選手は球場の中に一軍専用の食堂がある。ワシは、どっちで食うわけにもいかず、いつも嫁さんが作ってくれた弁当をベンチで食うてたな。それから一軍の練習に合流して、夜七時頃ゲーム開始。ワシは代打やから、出番があるとしても終盤や。ベンチに座りながらときどきこっそりバックネット裏に回っては、その日の投手のクセを研究してた。ユニフォーム姿の選手がバックネット裏におったらおかしいから、普段着のジャンパーとか着て、変装してな。それでも、君が観た試合のように、出番が回ってこん日の方が、圧倒的に多かった。試合終了は、九時半か、十時頃。そして、次の日の朝八時には、西宮球場で汗、流してた」

「もしかしたら、あの頃一番西宮球場に長い時間いたのは、高井さんかもしれませんね」

「間違いないわ」高井さんが笑った。「あの頃のワシのニックネーム、知ってるか？」

「なんですか？」

「サンスターや。夜の一軍では鳴かず飛ばずやったけど、午前中の二軍の試合では打ちまくってたからな。普通、星は夜に輝く。けど、あんたは太陽が出てる間のスターやって。それでサンスター」

綺羅星(きら)のごとく輝いた選手たちが活躍した西宮球場。そこにたったひとつ、太陽の下で必死に輝こうとした星があった。五年後、オールスターという最も華々しい舞台で、昼間の星は、当時のすべての野球ファンが決して忘れることのない、誰よりもまぶしい光を放つ。

それを可能にしたのは、彼が、無名時代からその小さな掌に握っていた「未来」だった。

高井さんが言った。

「さっきの、ワシが昔書いたサインの話やけど、もしほんまやったら、そのサイン、見たいなあ。けど西宮球場の近くにあった食堂なら、もう無いやろしなあ。あのへん、だいぶ変わったやろ」

「はい。ずいぶん変わりました。でも、探したら見つかるかもしれません。探してみましょうか」

「見つかるかなあ」

探し物を得意とするヴァラエティ番組に携わっていたことがある。腕には多少の覚えがあった。

その後も高井さんとは現役時代の思い出話で大いに盛り上がった。

「君がはじめて阪急の試合を観に行ったときの投手は誰やった?」

「梶本です」

「おお、梶さんか」

高井さんが相好を崩した。

「ワシがはじめて一軍で代打ホームランを打ったのも、梶さんが投げてたときやった。入団四年目の、まだ一軍にぜんぜん定着してない昭和四十二年やった。一対五で負けてて、九回ツーアウト、走者、二、三塁、カウント、ツースリーや。近鉄の坂東の投げた直球を左中間スタンドに放り込んだ。それで四対五になったけど、次の打者が倒れて試合はそのまま終わってしもた。それがワシの代打人生の始まりや。もっとも、その後の二年間は、ほとんど出番はなかったけどな」

「梶本は、どんな投手でしたか？」

「球が速うて、スタミナがあって、投げるテンポが小気味良うて、ほんまにええ投手やったけど、あの頃は、打線の援護がなかったなあ。梶さんが好投してて、一点差で負け投手になることが多かった。いつかワシのバットで、梶さんを勝たせたいなあて、あの日、ぼんやり思たこと、憶えてるわ」

「ぼくが試合を観に行った日も、梶本は負けました」

「梶さんが引退したのは昭和四十八年や。梶さんの生涯成績を知ってるか？　二五四勝二五五敗。勝ちより負けがひとつ多い。梶さんの全盛時代、阪急はまだ弱かったからな。けどな、梶さん、言うてはったで。『このひとつの負け越しがおれの誇りや、勲章や』って。どういう意味かわかるか」

わかる、と言いたかったが、言ったとたんにその言葉が軽くなるような気がして言いよどんだ。

ただ自分は、その勝ちよりひとつだけ多い「負け」を、父と一緒にあの夜、この目で見たのだ。

人生にも、野球のように「勝ち越し」「負け越し」というものはあるのだろうか。

「負け越したことが誇り」と胸を張って振り返ることのできる人生。仮に人生に勝者、敗者というものがあるとすれば、そう思える人は、間違いなく人生の勝者だろう。

高井さんの現役時代の通算代打ホームラン二十七本のうち、十二本が代打同点打、代打逆転打、代打サヨナラ、代打逆転サヨナラなど劇的なものだ。しかし彼の代打人生が始まったのは、梶本が九回を力投し、それでも「勝ち」に一歩届かなかった、ひとつだけ多い「負け」の日からだった。勝ちに届かなかったその一本もまた、かけがえのない彼の「勲章」なのだ。

「高井さん、では、最後のホームランは憶えていますか？」

「ああ、憶えてるよ。現役十九年目の昭和五十七年。ワシはその年、開幕当初から二軍生活に戻ってた。八月に入って、ようやく一軍からお呼びがかかった。ピッチャーは近鉄のエース、鈴木啓示やった。鈴木のクセはもちろんメモの中にあった。……ほら、ここに書いてあるやろ。セットポジションのとき、構えたグラブの位置がベルトより上ならストレート、ベルトより下なら変化球。そのとき、ベルトより大きく下に構えて鈴木が投げたスライダーを、ワシは西宮球場の左中間スタンドに叩き込んだ。それが、そのシーズン唯一のホームランやった。その年、ワシは現役を引退した。三十七歳やった」

「引退した高井さんに、ご家族は、何かおっしゃいましたか」

「高井家では、毎年シーズンが終わると、そのシーズンに打ったホームランの数だけろうそくを立ててケーキを食べるんや。その年は、嫁さんと中学生と小学生の二人の娘とで、ケーキに一本だけローソクを立てた。その火を吹き消したとき、三人が言うてくれた。

『お父ちゃん、長いことお疲れさまでした』その瞬間、ああ、ワシはほんまに引退したんや、とはじめて実感したなあ」

高井さんにとって、阪急ブレーブスとは何だったのだろうか。

「高井さん、他の球団でプレイしようとは思わなかったんですか」

「実を言うと、そんな話もあった。引退を申し出たワシに、球団は任意引退やなしに自由契約にしたらどうや、と言うてくれた。けど、ワシは、プロ入りしたときも、当時は弱かった阪急を自分の手で強したろ、と思うてこの球団を選んだ。当時はまだドラフトはなかったからな。それから十九年間で、ワシの身体には阪急が、ブレーブスのにおいがすっかり染み付いてる。阪急ブレーブスの高井保弘で野球人生を終わろう。そう思てバットを置いたんや」

正秋は最後に訊いた。

「高井さん、いつから、警備員の仕事をされているんですか」

「もう、十四年になるかな。現役を引退した当初はラジオで野球の解説をやりながら料理屋を出した。その後、料理屋はたたんで、スポーツ・マッサージの店を神戸でやった。ワシは現役時代、怪我(けが)に泣かされたんで、そういう怪我したスポーツ選手のリハビリなんかができる店をやりたかったんや。ところが、あの阪神大震災で、店は全壊。ちょうど五十歳やった。しばらくは茫然自失(ぼうぜんじしつ)状態やったけど、二年後の五十二歳のとき、新聞の求人広告を見て、履歴書持って今の会社に面接に行った。人事担当の人はびっくりしてた。履歴書に阪急ブレーブス入団、引退てありますけど、ほんまにあの高井さんですか。私、よう西宮球場に試合、観に行きましたよ。高井さんが好きでね。ホームランも観たことあります。高井さんなら、即、採用です、言うてくれた。ワシは、現役の頃、グラウンドでひたすらピッチャーズマウンドの上の、投手のクセしか見てなかった。観客席なんかゆっくり見る余裕もなかった。けど、あの観客席のどこかで、この人はワシをずっと見てくれてた。この人のために、ワシはここでがんばろう、と思たんや」

阪急ブレーブスの背番号35、そして後には背番号25のあの豪快な一振りを、誰もがあの球場で見守っていた。そして背番号がなくなった今も、彼を頼りにしている人がいる。

「野球をやってた頃と、今と、何か、変わりましたか」

「それがな、あんまり変わらんのや。商業ビルの警備会社やから、朝は早いやろ。昼メシは、今もあの頃と一緒で、嫁さんが毎朝作ってくれてる。昔は嫌いやったピーマンが最近はちょいちょい入ってる。体型が変わったのも、嫁さんの健康管理のおかげやな。もう、ボール、遠くに飛ばさんでええようになったからな。会社に着いたら、まずは準備や。球場に着いたら、旗を見てまずその日の風を読むように、警備会社でも、やることはいっぱいある。制服を着たら、背筋が伸びる。手袋をはめたら、それから仕事に集中や。とにかく準備と、集中が大切や」

そのとき、無線が鳴った。

『高井さん、高井さん、すぐに警備室に戻ってください』

何か困ったことが起きたのだろう。どうやら高井さんの出番らしい。彼がこの会社でとても頼りにされているのが、その無線の声からも判った。

「ほな、『仕事』してきますわ」

正秋は色紙が見つかったら連絡すると約束してその場を辞した。

泰然と警備室に向かうその背中は、ネクスト・バッターズ・サークルからゆっくりとバッターボックスへ向かう、あの高井保弘の背中だった。

2

高井さんとの約束を果たすため、正秋はその足で西宮北口に向かった。

もちろん「ひびき食堂」は、今はあるはずがない。

整備された町並みに暖簾(のれん)を出しているラーメン屋に飛び込んだ。

店内は学生でにぎわっていた。きっとそこそこうまいのだろう。

「ずいぶん昔の話で恐縮ですが、まだ西宮球場があった頃、このあたりに『ひびき食堂』という食堂はありませんでしたか」

店主は首を横に振った。

しかし、手がかりは意外に簡単に見つかった。

「球場脇にあった店は全部立ち退きになって、あらかた、あの線路の向こうのマンションをあてがわれて入居してはるみたいですよ」

そのマンションは、父と安子さんが雨宿りしていたあの夜に見つめていた、直角に交差する線路の向こう側にあった。

正秋はマンションの一階に店を出しているクリーニングの取次店に訊いてみた。

「ああ、『ひびき食堂』さん。古い話ですね。店をやってたご夫婦はもう亡くなりました。今は息子さん夫婦が住んではりますよ」

取次店の主人は親切にも先方に電話を入れてくれた。

電話で当時の話を伺いたい、と告げると、快くマンションに招き入れてくれた。

「なにぶん、先代の話なんで、お力になれるかどうか」

恐縮する相手に正秋は名刺を差し出し、再び丁寧に来意を述べた。

「当時、お店に貼ってあった、阪急の選手たちのサイン、今もお持ちではありませんか」

「ああ、それなら」

現在の主人は、押し入れから大きな段ボール箱を引っ張りだしてきた。

「当時のものは、すべてここに入れてあるはずです」

その中に三十センチ四方程度の小包があった。油紙をほどくと、何枚ものサインが出てきた。そこにあの高井選手の字があった。

「あった。これです。ありがとうございます。これを本人が、是非見たいとおっしゃっています。少しの間、お借りしてもよろしいでしょうか」

「どうぞどうぞ。差し上げますよ」

「ありがとうございます」

礼を言って立ち去ろうとしたそのとき、主人が呼び止めた。

「あの、お名刺を拝見すると、工藤正秋さん、とありましたが……」

「はい。そうですが」

主人はやはり、という顔をして「ちょっとお待ちください」と居間の奥に引っ込んだ。

「実は一年ほど前ですか、うちにおかしな郵便が来まして」

主人の手には一通の茶封筒が握られていた。

「今どきこんな宛先でよう届いたもんやと思います。このへんの土地に明るい郵便局員の方が気を回してくださったんやと思うんですが、宛名は私どもではなく、『工藤忠秋様正秋様』とあるんです。知らない名前でしたから送り返したかったんですが、差出人の住所がなくて。読むのもなんとのう、憚られたんで、そのまま仕舞ってたんですが……もしかしたら、心当たりがおありではないかと……」

ＡＩＲ　ＭＡＩＬと記された大判サイズの茶封筒には見慣れぬ外国の切手が貼ってある。
宛名には確かに自分の名前がある。

兵庫県西宮市　西宮球場前　ひびき食堂様方　工藤忠秋様
　　　　　　　　　　　　　　　　　　　　　　　　正秋様

封筒を裏返す。そこには住所は書かれておらず、空白の隅に小さく名前が書いてあった。

　　　李　安子

正秋はもう一度、手紙を裏返して宛名に目を通す。

　　　工藤忠秋様
　　　　正秋様

正秋は、鉛筆で書かれたその文字から目を離すことができなかった。

あの日、父が話した安子さんが、「正秋」と父の息子の名前を記している。

いったい、なぜ……どうして彼女が、自分の名前を知っているのだ。

安子さんが父と別れて北朝鮮に渡ったのは一九六〇年一月。父が郷里の女性、つまり母と見合い結婚し、正秋が生まれたのは、翌年の一九六一年、三月。

北朝鮮に渡って十四ヶ月後に日本で生まれた父の子供の名前を、彼女が知るはずはなかった。

すぐに別の疑問がうかんだ。

なぜ彼女は、父に出した手紙の宛名に、わざわざ正秋の名前を添えたのか。

消印は一年前の八月だった。

父が死んでからすでに三十年近く経っている。

彼女が父の死を知らないのは当然だとしても、なぜ、今になって父に手紙を書いたのか。

消印と書いた時期が同じとするなら安子さんの年齢はすでに七十歳を超えているはずだ。

封筒は五十年の歳月をそのまま閉じ込めたかのように異様に分厚くふくらんでいた。中身はおそらく便せんの束だろう。

「届いたのは、この一通だけですか」

「ええ、そうです」

「この差出人の女性は知っています。私の父の知り合いです。これ、いただいて帰ってもよろしいですか？」

「もちろんです」

主人は、気になっていた用件が片付いて、あきらかにほっとした表情を見せた。

正秋はマンションを出て、目の前の西宮球場跡のショッピング・モールを目指した。

館内に入り、最初に目についた喫茶店に飛び込んだ。

封筒の差出人の名をもう一度、見つめる。

質の悪いざら半紙のような紙に鉛筆で書かれた名前。

李安子。

何度も書いては消しゴムで消し、その上にまた書き直したような跡がある。

父と安子さんがホームランボールを埋めたクスノキの木の下で、顔も知らない彼女が遠い異国の地で幸福であることを、せめて生きることに絶望しない生活を送っていることを正秋が祈ったのは、わずかひと月あまり前のことだ。

決して知り得ないはずだったその答えが、今、自分の手の中にある。

かすかにふるえる手で、正秋は封を切った。

3

忠秋さん
あの日西宮の駅で、あなたと別れてから、ちょうど五十年が経つのですね。生きているのか死んでいるのかもわからない、もしかしたらすっかり忘れているかもしれない女から、いきなりこんな手紙が届いて、さぞ、ぎょっとされていることでしょう。

私は、七十二歳になりました。

五十年とは、なんという歳月でしょう。

希望に満ちていた若いあの日の自分と、老いさらばえて腰の曲がった今の自分が同じ人間であることが、ときどき信じられないくらい不思議に感じます。でもあの日から、この私の身体の中を、たしかに五十回の夏がめぐり、五十回の冬がめぐったのですね。

忠秋さん、もしお元気なら、あなたは七十六歳ですね。

私には七十六歳の忠秋さんがとても想像できません。私の記憶の中で、忠秋さんはあの頃の二十五歳のままです。忠秋さんの記憶の中に、私はまだ生きていますか？　すっかり忘れていたとしても何の不思議もありません。ましてや今の私の姿など、想像されたことすらないでしょう。

私がこの手紙を書こうと思った理由は、ひとつです。どうか忠秋さん、聞いてください。

私がこの五十年を、どのように生きて来たかを、どうか忠秋さん、聞いてください。

私は、あなたとは無関係な場所で、この五十年を生きてきました。でも、あなたとは、まったく無関係でもなかったのです。だからこそ私はこの手紙を書こうと思ったのです。

長い話を始める前に、何よりもまず最初に、私は忠秋さんに謝らなければなりません。

手紙は書かないという約束でしたね。言い出した私の方からその約束を破ってしまい、ごめんなさい。

こうして書いている今も、ほんとうは迷っています。日本でしあわせな家庭を持っているだろうあなたのことを考えると、手紙を書く勇気がにぶってしまいます。もしかしたらこの手紙が、奥さんやあなたの家族の誰かの目に触れて、迷惑をかけるかもしれない。そんなことになったらどうしようかと考えるだけで、胸が張り裂けそうになります。

私は忠秋さんの住所を知りません。たとえ知っていても、忠秋さんの奥さんや家族がいるかもしれない住所に、この手紙は出せません。それで、西宮に住んでいた頃、いつもふたりでよく行った、ひびき食堂に出すことにしました。

この手紙は、そこに出すのが一番ふさわしいように思えたのです。

ほんとうに忠秋さんのもとに届くかどうかはわかりません。

それでも私は、この手紙をあなたに書こうと思いました。

どうか私のわがまま勝手を許してください。

正秋さん

もし忠秋さんに届かなかったとき、せめて正秋さんに届くよう宛名に名前を書きました。

なぜ、私が会ったこともない正秋さんのことを知っているか、きっと不思議に思われていることでしょうね。そのことを説明すると、とても長い話になるのです。それもこの手紙には、ありのままを書こうと思います。

私の今いる場所は、残念ながら書けません。許してください。それ以外は全部正直に書きます。

日本の字、とても長いこと書いてないので、へたくそで字も汚いですが、少しずつ、少しずつ、何日もかけて、ゆっくりと書きます。

この手紙が届くかどうかはとても不安です。もうひびき食堂はないかもしれないし、あっても、もう古い話です。宛名と差出人に思い当たらず、捨てられてしまうかもしれません。普通に考えて、届かない方が当たり前です。それに、忠秋さんは、もうこの世にはいないかもしれません。正秋さんがこの手紙を読んでくれるかどうかも、私の中では、読んでくれると信じたい気持ちと、読んでくれるはずがない、という気持ちと、半々です。

でも、私は奇跡を信じます。なぜなら私があの日海を越えて渡ったあの国で、この歳（とし）まで生きながらえてこられたこと自体が、ほんとうに奇跡のようなことなのです。

だから私は奇跡を信じます。

どうか、届きますように。


郵便配達の人、よろしくお願いします。

ひびき食堂の人、よろしくお願いします。

ほんとうにほんとうに、よろしくお願いします。


私と母は五十年前の冬、新潟港から祖国の朝鮮に向かう船に乗りました。

私たちと同じ第四次帰国船に乗り込んだのは九九八人だそうです。一月の、凍えるような寒い風の吹く午後でした。出航前、波止場から見送る人も、見送られる人も、声を限りに家族の名前、知り合いの名前を叫び、ハンカチや紙テープを握りしめ、もう片方の手でちぎれるぐらいに手を振っていました。

船が岸壁を離れた瞬間、大きなどよめきが起こりました。うれしいような、せつないような、いいえ、みんな希望して祖国に帰るのですからうれしいに決まっているのです。でもそんなありきたりの言葉では言い表せない、悲鳴のような不思議などよめきでした。この船に乗った者は、二度と日本には帰ることができない。そう聞かされていました。九九八人の運命が動いた音でした。色とりどりの紙テープがちぎれ、風に舞った瞬間、数えきれないほどの白いカモメが空に舞い上がりました。

ほとんどの人が泣いていました。母も大声で泣いていました。

母の小さな肩を抱きしめながらも、私の目から涙はこぼれませんでした。

日本海は、かつて父と母が小さな漁船に乗って漕ぎ出した海です。

私はようやくその海を渡り、父と母の国へ帰れるのです。

鉛色のその海の暗さでさえ、私には理想の国へとまっすぐにつながる希望のじゅうたんの色に見えました。

さようなら、日本。誰にも聞こえない声で、私は小さくつぶやきました。

港が見えなくなると、私たちは甲板の一番下に降りました。

母とふたりきりだった私たちは船底の大部屋をあてがわれました。

みんな荷物はそれほど多くありません。北朝鮮には何でもあるから、持って行くものは最小限でいいと聞かされていたからです。大部屋にいる独身者の中には、ほとんど手ぶらのような人も大勢いました。私たちの横にいたのは大工道具箱ひとつだけを持ってきた職人さんでした。この道具箱で祖国を建設するんだと、静岡から来たというその職人は、半てんを羽織った背中をしゃんと伸ばして笑いました。

船の中には大きな食堂がありました。

白いごはんに、おかずもたくさんありました。

ボーイ長は愛想が良く、船内ではこの程度のおもてなししかできなくて申し訳ありません。帰国すれば好きなものを幾らでもたくさん食べられるので、いましばらくのご辛抱を、と触れ回っていました。

この程度のもてなし、といっても、私たちにはじゅうぶんなぜいたくなのです。

テーブルにはバナナや、今まで見たことのないおいしそうなフルーツが置かれ、自由に食べていいのです。私は思いました。公民館で総連の人たちが言ってたのはやっぱりほんとうだった。北朝鮮では、どの家庭の冷蔵庫を開けても、肉や野菜がいっぱい詰まっている……。

大皿にはキムチも山のように盛られていました。

新潟の朝鮮総連のオモニたちが作ってくれたものだそうです。

船の中で食べたキムチは、とても美味（おい）しかった。

帰国者たちはみんな上機嫌です。

「故郷に帰れば、もっと美味（うま）いキムチがたらふく食えるぞ」

「朝鮮のキムチはもっと辛いそうだ。こんな日本くさいキムチはこれで食べ納めだ」

食堂に笑い声が渦巻きました。

誰かが立ち上がり、大声で歌いはじめました。

朝鮮の民謡「アリラン」です。

たまたまアコーディオンを持っていた男性が、即興で伴奏をつけました。

食堂はたちまち大合唱の渦となりました。

肩を組んで踊りだす男たち。優雅に朝鮮舞踏を踊りだすおばあさん。大人がはしゃぐ姿を見るのがうれしいのか、子供たちも笑いながら走り回っています。

歌は何度も何度も繰り返され、やがて割れるような拍手が食堂を包みました。

歌った人はうやうやしく頭を下げます。

誰かが声をかけました。「あんた、歌、うまいなあ」

「横浜のクラブで歌手をやっていました。日本の歌ばかり歌わされていましたけど。今日は、久しぶりにこんなにたくさんの同胞の前で歌えて幸せです」

「朝鮮に行っても、歌手としてやっていけるよ」

「ええ、そうなればいいのですけど」

「絶対なれる！　金日成主席も大喜びさ」

「もっと歌おう！　誰か、他に歌える者はいないか」

何人もの男や女が次々に立ち上がり、歌いました。

「赤いチマチョゴリ」「故郷の春」、朝鮮の人間なら誰もが知っている有名な民謡です。

「オー・ソレ・ミオ」という外国の歌を熱唱する人もいました。芝居っ気たっぷりに歌う姿にやんやの大喝采(だいかっさい)です。

そして、また「アリラン」。大合唱が七、八曲も続いたでしょうか。

眼鏡をかけたやせた青年が立ち上がりました。

「僕の大好きな歌を歌わせてください」

「おお、どんどん歌え！」

「『懐かしきケンタッキーの我が家』という歌です」

「そんな歌、知らないぞ」

誰かがヤジを飛ばします。

「はい。これは朝鮮の歌じゃありません。アメリカの、フォスターという人が作った歌です。故郷を遠く離れて暮らす人々の心情を歌った歌です。いわば『アメリカのアリラン』です」

「『アメリカのアリラン』か。そりゃいいな。歌え！　歌え！」

青年は歌いはじめました。

それはとてもいいメロディでした。

さきほどのアコーディオンのおじさんが、伴奏を付けはじめました。

みんなも、彼の美しい歌声に耳を傾けていました。私もうっとりと聴き惚(ほ)れていました。

一度も行ったことのない、そして一生その土地を踏みしめることのないだろう、はるか海の向こうのアメリカのケンタッキーという土地に思いをめぐらせました。

そのときです。

「やめろ！」

誰かの大声が響きました。

食堂は水を打ったように静まりました。

叫んだのは帰国者が無事朝鮮に送り届けられるかを監督している総連の人でした。

「それは、我らが共和国を打倒しようと目論む資本主義の悪魔、アメリカの歌だろう」

青年はきっぱりとした態度で言い返します。

「故郷を思う人々の心は、どの国も同じはずです。これはアメリカの国家の歌ではありません。アメリカの民衆の歌です。民衆の歌に国境はないでしょう」

この先、事のなりゆきがどうなるのか、私は胸がどきどきして怖くなりました。

「それにこの歌は大農場主に奴隷として使われている黒人たちの心情を歌った歌です。虐げられた人々の、解放を願う歌でもあります」

「内容がなんであれ、アメリカの歌を歌うことは許さん。私が許さないのではない。アメリカ帝国主義と勇敢に戦った偉大なる我らの指導者、金日成主席が許さんのだ」

金日成の名前を聞き、青年は黙りこくりました。船内にしらけたムードが漂い、みんなは食堂を後にするか、それぞれ家族同士の会話に戻りました。

私はこのときの出来事を、しっかりと胸に刻んでおくべきでした。そうしなかったことを死ぬほど後悔したのは、まだずっと先のことでした。

船の中は退屈でした。特にこれといった行事もなく、私たちは港に着くまでの間、甲板の上に出ることは許されませんでした。おしゃべりするか、寝てしまうか、船底の小さな窓から見える海を泳ぐ魚を見るぐらいしかやることがありません。

起こったハプニングといえば、あの青年の歌の顚末ぐらいで、あとはほんとうにのどかで平和な時間が、流れていったのです。

船の中で二泊した朝、誰かが叫びました。

「朝鮮が見えて来たぞ」

みんなで甲板に駆け上がりました。係の人も止めませんでした。

たしかに港が見えました。

私の人生の記憶の中で、一番古い風景は、船の上から遠ざかる港でした。それは三歳のとき、母に連れられて日本に渡る船の上から見た、済州島の港の風景です。あの港の風景が一生記憶から消えることがないように、私はこのとき見た港の風景を、一生忘れることはないでしょう。

船が着いたのは清津という街の港でした。

千人近くもの帰国者を乗せて入る港なのだから、きっと神戸のような大きな街の港だろうと頭に描いていた私は、拍子抜けしました。そこは想像以上に建物の少ない、ただ禿(は)げた山ばかりが見える、田舎の港に見えました。

まるでカビの生えた古い白黒写真のように、海の上から見たその街は、くすんで見えました。そのとき、頭にうかんだのは、なぜか船の食堂に置いてあった、鮮やかなバナナの黄色い色でした。

ああ、あのバナナを、カバンに入れて持ってくればよかった。

ものであふれているはずの北朝鮮の姿をはじめてこの目で見たとき、最初に思ったのは、なぜだかそのことでした。

港にはたくさんの朝鮮の人が私たちを出迎えに来てくれていました。彼らは両手をあげて万歳を繰り返しています。驚いたのは、彼らの風体と顔色です。皆やせこけて、顔は日焼けのせいなのか真っ黒でした。しかし今は真冬なのです。

　ここは、燃料の補給かなにかで寄港しただけだろう、本当の目的地の港は、ここじゃない。誰かがつぶやきました。しかしほどなく、ここで荷物を持って全員降りるようにと指示が出ました。

　船を降り、朝鮮の人たちの顔を間近で見てわかりました。顔が黒いのは日焼けではなく、垢(あか)のせいでした。生気のない垢だらけの顔にシワが走って、ヒビだらけになっていました。彼らは明らかに、出迎えをするためにどこかから動員されてきた人々で、とても疲れているように見えました。

紙でできた花を振る学生の裂けた靴の間からは、素足の指が飛び出していました。よほどの貧乏な人でない限り、そんな靴をはいている人は、日本では見かけません。ましてや、人を出迎えるときに……。

そのときです。

「降りたくない！　日本に帰して！」

日本語で若い女の人が叫んだのです。

女の人は船のハシゴの手すりにしがみつき、狂ったように叫びながら降りようとしません。やがてむりやり係の人に船から引きずり降ろされていました。

その女の人は、日本人のようでした。多分、日本で結婚した朝鮮人の夫と一緒に、この北朝鮮にやってきたのです。

初めて北朝鮮の港に降りたときに見たこの女性のことを、私はそれから後、何度も何度も夢に見ました。何度も夢に見るうち、私が港で見たこの女性の一件が、ほんとうに起こったことなのか、夢の中で自分が作り出した幻なのか、区別がつかなくなってしまいました。

夢の中で船から「降りたくない！」と叫んでいる女の顔は、私だったからです。

ただひとつ確かなことは、どんなに泣き叫ぼうと、この船から降りずに日本に戻った人間は、誰ひとりとしていない、ということです。

船から降りた私たちは、全員「招待所」と呼ばれる体育館のような宿泊施設に入れられました。

食事は白米でしたが、誰も食べませんでした。コメからすえた臭(にお)いがしたからです。いつまでたっても誰も手をつけないその食事を、やがて出迎えに来た人たちが争うように食べていました。どうして港にはあんな貧しい人たちしかいないんだ。何かがおかしい。みんなざわめきたちました。

帰国者の住む地域はすでに割当が決められ、明日、出発するといいます。

希望の職につける、という約束は、どうなったのだろう。私の夢は、北朝鮮でもう一度学校に入り直して、小学校の先生になることでした。朝鮮の子供たちに勉強を教え、できればいつか交流のできるだろう日本のことも教えたかったのです。でもその希望をまだ誰にも言っていません。現地に着いたら、訊かれるのかな? でもそれはどこでだろう? どこに連れて行かれるのかを訊いても、誰も教えてくれません。

母は、清津には故郷の済州島から漁に出て途中で死んだ夫の墓があるから、せめてその墓参りをすませてから移動させてくれと泣いて頼みました。願いは聞き入れられませんでした。

結局母と私は翌日の朝、乗り合いバスに乗りました。

窓から見える風景は単調でした。色の無い風景の中で、金日成を讃える看板の真っ赤な文字だけが目立っていました。

移動の途中、トイレの休憩でバスが停まっている間、私たちは信じられない風景を見ました。ぼろをまとった女性が、でこぼこの道にできた汚い泥の水たまりで、一心に髪を洗っているのです。その傍らで、三歳ぐらいの、男とも女ともわからない子供が「オンマー、オンマー（お母さん、お母さん）」と泣いているのです。子供は、もう何日も何も食べていないのではと思えるほどやせこけていました。

バスの中がざわめきたちました。これはおかしい。来る前に聞いていたことと目の前で起きていることに、あまりにも落差がありすぎる。この国では、誰も食べ物と仕事に困っていないのじゃなかったか。不穏な空気が流れました。

誰かが立ち上がって大声で言いました。

この国はまだ建設途中なんだ。朝鮮が解放されてから、まだ十年じゃないか。いたらないところがあるのも仕方ないじゃないか。そのためにおれたちが来たんだろう。

うなずく者は誰もいませんでした。

乗り合いバスは、時間が経つほどに押し黙る帰国者を乗せ、舗装されていない泥だらけの道を走りました。三日後、ようやく平安南道という地域にある、とある街に着きました。平壌のずっと北の郊外にある、炭坑の街でした。

そこで母と私に割り当てられた仕事は、炭坑の賄い婦と洗濯婦でした。私はこの国で朝鮮の学校に入り直し、小学校の先生になりたかったのです。着いてすぐに、職場の女性の責任者にそのことを言いました。責任者は冷たい目で私に言いました。

「あなたに朝鮮の子供を触れさせることはできません」

「どうしてですか？　私も朝鮮人です」

「あなたは敵対階層だからです」

「敵対階層？　何ですか？　それは」

「あなたがたは朝鮮人といっても、一度は祖国を捨てて日本に渡った、売国の民の子孫です。汚れた血のあなたに、大切な朝鮮の子供を触れさせるわけにはいきません」

汚れた血……。

知り合いがひとりもいない、けど、差別する人もひとりもいない、誰もが平等に、幸福を求められる祖国。ずっとそう信じて、だからこそ日本を捨ててやってきた祖国。是非戻ってきなさいと諸手(もろて)をあげて招かれ、心を決してやってきた祖国。これが、私が望んだ「祖国」の姿だったのです。

私はその夜、この国に来てはじめて泣きました。

4

母と私の仕事は、炭坑夫たちの賄いを作ることと、彼らの制服の洗濯でした。洗濯といっても、洗濯機などありません。洗剤もほとんど手に入りません。水道は近くのダムから引いているのですが、夏は水が少なすぎ、冬は凍結して断水します。蛇口から水が出るのは春と秋のほんのわずかな間だけです。二十分ほど歩いたところにある川の水を汲んで来て、たらいで洗うのです。こちらの冬は零下十度から二十度ぐらいまで冷え込み、手が凍りそうになります。でも働くことそれ自体はどんなに辛くても苦でも何でもありません。

汚れた服をきれいにするのは、いい仕事だって、いつか忠秋さんは私に教えてくれましたね。洗濯の仕事は、少しもいやじゃありません。でも、この炭坑での私の主な仕事は、普通の洗濯の仕事ではありませんでした。にわか作りの炭坑の環境は劣悪で、火災や落盤事故でたくさんの人が毎日のように亡くなります。この国では、人が目の前で死ぬのは、何も珍しいことではありません。私の仕事は、事故で死んだ人の体から剝いだ作業服を洗い、新しくやってきた坑夫に渡す仕事なのです。

あるとき、落盤事故で亡くなったという人が着ていた作業服の裏に、何かが縫い付けてあるのに気づきました。

それは一枚の写真でした。写真の中では、板塀に囲まれた下町の長屋風の家の前で、若い夫婦と二人の子供、そして老夫婦、三世代の家族が微笑んでいました。板塀には、当時日本で人気のあったマンガの主人公の顔が描かれていました。写真の主は私と同じ日本から帰国した朝鮮人に違いありません。

私はその写真を自分のポケットに入れました。炭坑で働く他の帰国者たちにこっそり写真を見せ、その家族を探しました。

ようやく死んだ坑夫の家族が見つかりました。

私は最初、その女性は死んだ坑夫の母だと思いました。髪の毛と前歯は抜け落ち、背中は曲がっていたからです。しかし彼女は、まだ四十代の、日本から朝鮮人の夫とともにやってきた日本人の奥さんでした。

奥さんは写真を胸に抱いて泣き崩れました。

私はこの奥さんが哀れでなりませんでした。朝鮮人の夫を信じて朝鮮にやってきたのに、その夫を亡くしてしまった。日本から来たというだけで、朝鮮人でさえ差別されるこの国で、二人の子供を抱え、この日本人は、この先、どうやって生きていくのだろう？

私と母に与えられた部屋は、すきま風が吹きすさぶ木造のあばら屋でした。部屋には水道もトイレもありませんでした。床はでこぼこのコンクリートで、壁はひびだらけでした。

もちろん冷蔵庫もガスもありません。炊事は薪か炭で電熱器もありません。日常生活に必要なちょっとしたもの、たとえばカミソリや歯ブラシ、爪切りなどでさえ手に入りません。日本で豊かな暮らしをしていた人たちほど、絶望して二、三年のうちに死にました。未来のない年配の人ほど早く死にました。私と母は日本にいたときもボロ家に住んでいたので貧しい生活はそれでもなんとか堪えられました。

何よりも辛いのは、この国には一切の「自由」がないということです。一日の仕事が終わると、五時から「生活総和」という報告会が地域であります。この一日、何をしていたか、相互批判や自己批判をする集会です。

北朝鮮の人たちは人民班に組織化され、一つの班は二十世帯ぐらいの共同体で、その任務は互いに目を光らせることです。人民班には中年女性のリーダーがいて、怪しいことがあれば何でも上級のお偉いさんに報告するのです。

みんな「密告」が怖いのです。だからこの国では誰かに心を開くということができません。今は友達でも、将来、仲違いするかもしれません。そうすると、密告される可能性があるからです。密告した者には報酬が与えられます。

金日成の悪口、とも言えないほどのちょっとした言葉尻をとらえられ、密告された者は、知らない間にいなくなります。どこかへ連れて行かれるのです。そこは死ぬまで出ることの叶わない強制収容所です。そして密告されると本人だけでなく、家族にまで累が及びます。

たったひと言の失言が家族全員の一生を台無しにするのです。

この国に来て一年が過ぎた頃、こんなことがありました。

私の住む炭坑の事務所の脇に、一台の自転車が置いてあったのです。

忠秋さんに、いつか言ったことがありましたね。どこへでも、風に乗って自由に漕いで行ける自転車が欲しい、と。

私がいた日本でもまだまだ高価だった自転車です。この国で自転車が自分の手に入るなんて、その頃の私は、もうとっくにあきらめていました。

今、その自転車が、目の前にあるのです。

私は自転車のハンドルのグリップをそっと握りました。乗ろうとしたわけではありません。ただ、触ってみたかったのです。それは生まれてはじめて、自分の手で触った自転車でした。

私はそれだけで満足でした。

その日の「生活総和」で、私は班のリーダーにひどく怒られました。

「あなたは今日、自分が何をしたか、わかっていますか」

私は何も思い当たりませんでした。

「あなたが、自転車に乗ろうとしていたところを見ていた人がいます」

あの自転車のことだったのか。私は謝りました。

「事務所に置いてあった自転車に触ったことですか。断りもなく自転車に触って申し訳ありませんでした。でも、私は、乗っていません。触っただけです」

「触ったということは乗ろうとしたということです。あなたは共和国の女性であることを、もっとわきまえなさい」

意味がわからずにいる私にリーダーが言いました。

「この国では女性が自転車に乗ることを禁じられているのを知らないのですか」

私は耳を疑いました。

北朝鮮では自転車は男性しか乗ることを許されておらず、女性が自転車に乗るのは見苦しく、朝鮮の美風を損なうというのです。

西宮にいた頃、公民館の集会で、こう言われました。

「共和国では女性が男性とまったく同等に扱われ、社会に出て仕事を選ぶことができ、労働できます。世界で一番幸福なのは、共和国の女性です」

全部うそでした。

私が忠秋さんにあの神社で説明した北朝鮮のこと、あの雑誌の記事や、公民館の集会でみんなが言ってたこと、「地上の楽園」は、全部うそでした。

私はその日、罰として、金日成を賛美する歌を歌わされました。

歌いながら、涙が次から次にこぼれてくるのを止めることができませんでした。

「どうして泣きながら歌うのですか？　笑顔で歌い終えるまで、罰は終わりません」

私は夕方から夜が更けるまで、ずっと歌い続けました。

でもどうしても涙がこぼれ、笑顔を作ることができず、十二時を過ぎた頃、リーダーはあきらめて帰りました。

なぜ、あの夜、そんなことをする気になったのか、と訊かれれば、私は「風のせい」と

答えるでしょう。

凍てつくように冷たい夜の風がようやくいくらか温かくなった、ある春のことでした。

気がつけば、北朝鮮に来て、もう五年も経っていました。

この国では日々を生き抜くのに必死で、月日はあっという間に過ぎてゆくのです。

その日は、少し風が強い夜でした。

母の寝息を聞きながら硬い床に横になっていると、風があばら屋の戸板を叩くのです。

私には、風が笑っているように聞こえました。

コトコト、コトコトと、私のことを笑っているのです。

幸せを求めてやってきたこの国で、何の自由もなくみじめな姿で縛り付けられている私

を、風があざ笑っているのです。

その夜、私は日本から持って来たギターを弾きたくなりました。

西宮にいたときに出会った、あの流しのおじいさんの形見のギターです。

きっと私は、普通の歌に飢えていたのです。いつもいつも歌わされる金日成の賛美のためではない、ただ、普通の歌に。

私はこの国に来てはじめて日本から持って来たギターケースを開けました。ケースの内ポケットには、あなたからもらったギターの弦と歌集の「平凡ソング」が入っていました。

私はギターと「平凡ソング」を持って家の裏にある山に登り、見晴らしのいい松の木陰に座りました。

ここまでは誰も来ないし、私の歌も聞こえないはずです。

月明かりの下で「平凡ソング」を開きました。

そこには、あの西宮の銭湯のテレビで観た「ザ・ヒット・パレード」で歌われていた歌がたくさん載っていました。五年前のあの日々が、頁を繰るごとによみがえりました。

「平凡ソング」にはギターのコードが載っている曲もありました。

聴いたことのある曲は、すぐに弾くことができました。

一時間も歌っていたでしょうか。

最後に流しのおじいさんのお気に入りだった「星影の小径」を歌いました。

コードも歌詞も、全部覚えていました。

歌い終わったとき、背後から人の声がしました。

「それ、日本の歌ですね」

私はぞっとしました。

振り返ると男の人が立っていました。

「小畑実という人の歌ですよね」

私は声が出ませんでした。日本の歌を歌っているところを見られてしまった。きっと密告される……。私の頭にはそれしかありませんでした。私の怯(おび)えた表情に気づいたのか、男はあわてて私に詫(わ)びました。

「突然、話しかけてすみません。下の炭坑で働いている者です。怪しい者じゃありません。いつも夜になると、この裏山を散歩しているんです。私も日本から帰国船でここに来たんです。日本の歌が聞こえたから、あんまりなつかしくて……」

笑顔からこぼれる彼の白い歯が月明かりに映えました。それほど悪い人ではなさそうでした。

「この歌、ご存知なんですか」

「ええ。とても大好きな歌です」

小畑実は当時の日本ではとても人気のある歌手でした。たしか「平凡」の読者投票で一位になったこともあるはずです。日本に住んでいたこの男が小畑実のことを知っていて、彼の歌が好きであっても、何も不思議ではありません。驚いたのは、彼がその次に言った言葉でした。

「日本にいた頃、私は、小畑さんと知り合いでした」

男は私の顔にうかんだ興味の色を見逃さず、すっと私の傍らに腰掛けました。

「小畑実は、私たちの同胞なんです。彼の本名は康永喆(カンヨンチョル)。平壌に生まれて、昭和十二年、十四歳の時に連絡船に乗って釜山(プサン)から玄界灘(げんかいなだ)を渡って日本にやってきたと言っていました」

昭和十二年といえば私が生まれた年です。連絡船で彼が日本へ渡った海は、私の母が日本へ渡った海と同じでした。

忠秋さん、あなたが好きな「平凡」で人気投票一位だった人も、私と同じ朝鮮人だったのです。

「日本にいた頃、私は貧乏学生で、東京の中野で下宿生活をしていました。牛乳配達をしながら、学費を稼いでいたんです。雨の日に、重い牛乳を両手で抱えて配達するのはほんとに大変でしたよ。同じ職場に、歌手の修業をしながら牛乳配達をしていた男がいました。それが康永喆でした。彼は大変な努力を重ねて、ついに歌手デビューという大きな夢をつかみました。東京での下宿先の大家さんは、秋田県出身の苦労人の女性で、小畑イクという名前でした。彼の『小畑』という日本名は、その大家さんからもらったものなんです」

たしかにあの頃は、生きる術として日本の通名を使う朝鮮人はたくさんいました。

「当時、歌手にとって朝鮮の出自を明かすことは致命的だったため、公には秋田出身の日本人で通していましたが、彼は周囲には朝鮮出身であることを隠しませんでした。彼は、朝鮮人であることに誇りを持っていたんだと思います。スターになってからは、彼と会うこともなくなりました。ただ、私が共和国への帰国を決めたとき、別れのあいさつをしようと、一度だけ楽屋に訪ねて行ったことがあります。彼はぼくの帰国を我がことのように喜んでくれました。そして、ぽつりとひと言漏らしました。『ぼくも、平壌に母親を残してきたんだよ』

『帰らないんですか？』と訊いたところ、彼は無言でした。すでに日本でスター歌手になっている彼に、北へ帰る選択肢は、もうなかったのでしょうね」

私は何も知りませんでした。知らずに彼の歌を、ただいい歌だと心に刻み、すぐに覚えました。

「小畑実も、まさか、自分の歌がこうやってあなたに故郷で歌われるとは思ってなかったでしょうね。きっと喜んでいますよ」

彼は笑いました。

「もう一度、歌ってくださいますか」

私はこの国の恐ろしさを、まだほんとうには理解していなかったのです。

翌日の「生活総和」で、私はつるし上げにあいました。

「資本主義の手先である日本の歌を歌っていた。共和国に対する反逆行為だ」

あの男が密告したのです。私は弁解しました。

「私が歌った歌の歌手は私たちの同胞です。朝鮮の平壌で生まれ、祖国を愛しています。私は朝鮮の人の歌を歌ったのです」

言い訳は通じませんでした。

懲役五年の労働懲罰刑を受け、教化所に入れられることになりました。

母は泣き崩れました。

教化所とは、日本でいう刑務所です。罪を犯した人民を再教育する施設、という名目ですが、実態は恐ろしい暴力がまかりとおる強制収容所と変わらず、人々はそこを「地獄」と呼んでいました。そこに入れられたまま、帰ってこなかった者がたくさんいたからです。

母の耳にもその噂(うわさ)が伝わっていたのです。

大丈夫、絶対生きて帰るから、心配しないで。

私は母の身体を何度も何度も抱きしめました。

ギターは取り上げられ、こなごなに壊されて燃やされました。

私が入れられたのは平安南道の山深い谷にある第一号「教化所」です。電気鉄条網が張り巡らされた施設内には、千人ほどの女性服役囚が収容されていました。

教化所の中では、最初は軍服を作る縫製工場で強制労働をさせられました。縫い忘れや衣服を少しでも汚したりすると、容赦なく蹴（け）られ、殴られました。

労働が終わった後も、毎日深夜まで金日成の長い演説を完璧に暗誦（あんしょう）できるまで覚えさせられます。さらにその後、その日一日にあったことの「自己批判」をさせられるのです。服役囚たちはどんなに疲れきっていても、演説を暗誦して「自己批判」が終わるまで監房に戻って眠ることを許されませんでした。「自己批判」では、ときに自らでっち上げた失敗を告白しなければなりません。うそであれ告白しなければ、監房に戻ることが許されないのです。これを毎日毎日やると人間はどうなると思いますか。誇りを失い、自分は何ひとつ満足にできない卑屈な人間だと思い込み、何かを主張しようとか、誰かに抵抗しようという意識がなくなるのです。

地獄のような学習会が終わり、ようやく戻った監房では、縦横およそ五メートルほどの狭い部屋に八十人から九十人の服役囚が頭と足をつきあわせて寝るのです。冬は寒く、互いに寄り添って温め合うのですが、夏はものすごく暑くなり、むかつくような臭いがするのです。食べ物はろくに与えられず、多くの服役囚が栄養失調で死にました。服役囚の遺体は、死んだ動物のように山の中に打ち捨てられました。不満を漏らした服役囚はただちに処刑されました。他の服役囚たちは列になって、処刑された遺体の脇を歩かされました。ごくたまに運動のために塀の外に連れ出されることがあると、その間に私たちは、雑草をむさぼるように食べました。

私は教化所にいる間、残された母のことが心配でなりませんでした。母をひとり残してここで死ぬわけにはいかない。五年は途方もない長さだけれど、我慢すれば、ここから出られる。ただその思いだけで、教化所での地獄の日々を堪えました。しかし、それにも限界がありました。私の身体と精神は、ここに来て三年でぼろぼろになりました。

ある日、「自己批判」の時間中に居眠りをしてしまったのです。私は軍服の縫製工場から靴工場へ移されました。

靴工場は懲罰を受けた者ばかりが集められる工場です。革を切ったり縫ったりするのは布の縫製工場よりもはるかに重労働で、革を張り合わせる糊(のり)には強い毒が入っていました。その毒を吸い込み、肺を病んで死んでいく者が毎日何人かいました。

ある日私は、一日の仕事が終わると、目が見えなくなるほど目ヤニがたまりました。毒を含んだ糊がついた手で、目をこすってしまったようです。数日で完全に目が見えなくなりました。治療など一切なく、そのまま懲罰房に放(ほう)り込まれました。立つことも手足を伸ばすこともできない暗闇の中で、私は金日成を恨みました。

日本にいるとき、川崎の在日朝鮮人の主婦たちを「さあ、いらっしゃい」と満面の笑みで呼び寄せたあなたの国のほんとうの姿は、人間性を完全に無視した、殺人国家ではないですか。私が何をしたというのですか。小畑実という、あなたの国で生まれた歌手の美しい歌を、誰もいない山の中でただ歌っただけではないですか。ここに収容されている人たちは皆、ほんのささいなことで汚名を着せられた人ばかりです。私の知っている人は、あなたの写真を入れた額縁にほこりの拭き残しがあった、ただそれだけで四年の刑罰を受けました。それが、このような地獄の苦しみを受けなければならないほどの罪ですか。監視と密告で人と人のつながりをずたずたに切り裂いて、ひと切れの食糧をめぐって他人を蹴落とし合わせ、恐怖で人の心を押さえつけ、人民の命を、額縁のほこりよりも軽く扱う独裁者の国。

そんなおぞましい国の水のような食糧を与えられるだけの懲罰房で、私は何日も芋虫のように転がっていました。

意識がどんどん遠のきました。

私はあきらめました。ほかの服役囚と同じように、私もここで死ぬのだ。オモニ、約束を守れなくてごめんなさい。北朝鮮に帰ろうと誘って、ほんとうにごめんなさい。

死ぬ前に、一度でいいから思い切り、自転車を漕いでみたかったな。

口笛吹きながら、陽が沈むまで、どこまでもどこまでも、どこまでも自由に漕いで行ける自転車。天国には、あるかな。

意識がすうっと消えかけたとき、房の扉が開きました。

来るべき祖国解放記念日を祝しての恩赦。

そう説明されました。教化所が囚人で満杯になったための人減らしでした。

元の職場までの通行証をもらい、私は教化所の門を出ました。

目はなんとか周囲がうっすらと見えるほどに回復していました。

雨が上がったばかりの空を見上げました。

北朝鮮の空にも虹は出るのだと、そのとき、はじめて知りました。

でも私が見上げたその虹には、色がついていませんでした。

私の目は、色彩を感じる力を失っていたのです。

色のない虹の向こうに、オモニが待つ町があるはずでした。私は駅に向かってよろよろと歩きました。

オモニは変わり果てた私の姿を見て、どんなにか悲しむだろう。私はそれを思うと死にたくなるほど心が痛くなりました。

5

あの人と出会ったのは、元の職場である炭坑の街へと向かう列車の中でした。石のような硬い座席に座り、畑が延々と続く車窓をぼんやりと眺めていました。色を失った私の目に、空は抜けるような青空のようにも見え、分厚い灰色の雲に覆われているようにも見えました。

列車が小さな駅に停まると、足を引きずった、やせこけた若い男が入ってきて、四人掛けの窓際にひとりで座る私のはす向かいに座りました。

左脚が曲がらないのか、棒のようにまっすぐに伸ばした脚を私の足先までごろんと投げ出しました。

「ごめんなさい」

彼は謝りました。

私はただ会釈だけして、またすぐに視線を車窓に移しました。

話しかけたのは彼の方でした。

「どちらまでですか」

「安州(アンジュ)です」

「炭坑ですか?」

「ええ」

「私も同じです」

そう言った後、また会話が途絶えました。

私は心の中で呪文(じゅもん)のようにつぶやいていました。

「この人を、決して信用してはならない、たとえ何があってもこの国で、人を信用してはならない……」

私はこの国で、もう結婚することすらやめておこうと決めていました。たとえ夫であっても信用できないのがこの国だ。人が悪いのではない。この国の仕組みが、そうさせているのだ。私は、オモニとふたりだけで生きてゆく……。

炭坑の街の駅までは、さほど遠くはありません。でもこの国の列車はおそろしく遅く、しかも走っている途中で、何の理由も告げずに何度も長時間止まります。着くまで何時間かかるかは誰もわかりません。このままこの人と、ずっと長い間無言で向かい合って座っているのかと思うと、気が重くなりました。しかしそれがこの国で覚えた、自分の身を守る術でした。彼もこの先の旅の長さを考えてか、やがて目を閉じてうたたねを始めました。

それでも眠れないのか、またすぐに目をあけてぼんやりと風景を眺めています。

風向きの加減か、蒸気機関車の吐く煙が窓から吹き込み私の顔に当たり、私は咳(せ)き込みました。

「席、替わりましょう」

彼が立ち上がります。

「いいです。脚、お悪いんでしょう?」

彼は申し訳なさそうな顔でまた座り直しました。

警戒の鎧(よろい)を脱いだわけではありません。ただ気遣ってくれた彼に対して、私もひと言、何か返すべきだと思いました。

「脚、どうされたんですか?」

訊いた後にすぐ後悔しました。その質問は、彼にとっても迷惑な質問だったかもしれない、そう思ったからです。

彼はあたりを見回し、誰も聞き耳を立てていないのを確認して、言いました。

「教化所でやられたんです。垂直跳びを連続で千回やらされ、おかしくなりました」

私は言葉を返せませんでした。やはり訊かなければよかった。

「六年入っていましたが、恩赦で奇跡的に帰れることになりました。第四号教化所です」

それは私が入っていた第一号教化所のすぐ近くにある、男性服役囚が収容されている教化所でした。彼もまた気まぐれな恩赦で釈放され、私と同じ街の炭坑へ帰る途中だったのです。

いわば同じ境遇ですが、これ以上、彼と話すのは危険すぎました。

単調な風景が続く窓の外を眺めながら、彼は小さな声でつぶやきました。

それは誰に向けての言葉でもない、空に向けての独り言でした。

「あの、野球が……」

「野球？」

私は思わず訊き返しました。

驚いたのは彼の方でした。

私が「野球」という言葉に反応するとは思っていなかったのでしょう。北朝鮮の女性で「野球」という言葉を知っている人はほとんどいません。

でもそのひと言が、再び私の閉じた心を開かせました。

そのとき、突然私は思い出したのです。

あの日、西宮球場で忠秋さんと交わした、あの会話を。

「これから野球の試合観るたび、この街のこと、思い出す。そして、きっとあんたのことも思い出す」

「北朝鮮で野球、観れるか？　野球チームないんと違うか？」

「なかっても、これから発展していくから、きっとできる。平壌にものすごう強い野球チームできるよ。いつか日本にも遠征に行くよ。西宮にも来るかな。それにもし、北と南が統一したら、いつでも野球観られる」

忠秋さん、憶えていますか？

あの夜、あの球場で、あなたとそんな会話を交わしましたね。

あの日あなたと話したその言葉から、私はあまりに遠い場所にいました。

野球……そんなものが、この世にあることを忘れていました。

夕陽に映える、オレンジ色の球場が私の脳裏にうかびました。

記憶の中でだけ、まだ私の色は生きていました。なつかしい球場の姿が鮮やかな色彩をもってよみがえりました。

私はおそるおそる前に座っている男に訊きました。

「……北朝鮮に、野球があるのですか」

「いいえ。日本に統治されていた戦前はありましたが、今はすっかり衰えています。野球は敵国アメリカの国技としてこの国では敬遠されています。敵視、と言ってもいいかもしれません」

しばらく沈黙が流れました。

時折大きな鳥の悲鳴のように軋むレールの音だけが、乗客のまばらな車内に響きます。

沈黙を破って口を開いたのは彼でした。

「ぼくは、日本で生まれた朝鮮人です。九年前、帰国船に乗ってこの国にやってきたんです」

「そうなんですか。どちらからですか」

「兵庫県の西宮というところです」

私は声をあげて驚きました。日本から海を隔ててはるか遠く離れた北朝鮮で、たまたま向かい合わせに座った人が、あの西宮に住んでいたと言うのです。

この国では、誰が聴いているか判らない公共の場所で日本の話題を出すことは危険きわまりないことでした。ましてや日本語では話せません。それは身に沁みて判っていたはずでした。でもそのときの私は、日本で同じ街に住んでいた人に出会えたうれしさに舞い上がっていました。できるだけ小さな声で、朝鮮語で話しました。

「私もです。西宮なんです。あなたはいつの船ですか?」

「一九六〇年、三月はじめの第十一次の帰国船です。一〇二九人の同胞と一緒にやってきました」

「私は同じ年の一月の第四次です」

第四次と第十一次。わずか二ヶ月で、帰国船は八回出港したことになります。

私が乗った船には九九八人。彼が乗った船には一〇二九人。平たく一回一〇〇〇人とすると、二ヶ月で八千人。一年でおよそ五万人。日本政府と北朝鮮政府は、すさまじい勢いで帰国希望者を北朝鮮に送りこんでいたのです。

「私は済州島出身のオモニとふたりでやってきました」

「ぼくのアボジは釜山で、オモニは日本人です。総連から帰国事業の話を聞いて、ぼくだけが単身、北朝鮮に渡ってきました」

「北朝鮮に親類や知り合いは？」

「ひとりもいません。祖国に着くと、あの炭坑に配属させられました」

境遇は私と同じでした。

「で、なぜ教化所に？　野球が関係あるんですか」

「そう、その話でした。しかし、この話をこれ以上、ここでするのは危険です。わかるでしょう？」

そのとき、軍服を着た鉄道公安官が私たちの車両に入ってきました。

私は胸がつぶれるぐらい怯えました。どうしようもないほど鼓動が速まり、いてもたってもいられなくなりました。

誰かがふたりの会話を密告したのかもしれない。あいつらは、日本にいた頃の話をしている。憎むべき資本主義をなつかしんでいる……。

「落ち着いて」彼が小さな声で私に言いました。

公安官は私たちの前で立ち止まり、冷たい声で命令しました。

「移動通行許可証を」

差し出した許可証と私たちの顔を何度も見比べています。

「安州へは何の目的で移動するのか?」

「私たちは平安南道の教化所で偉大なる金日成主席の崇高なる教育を受けていました。太陽のように私たちを照らしてくださる金日成主席から恩赦を賜り、海よりも深いご慈悲に対する感謝を胸に刻んで勤務先の炭坑のある安州へ帰るところです」

彼はよどみなく答えました。

ここであらぬ疑いをかけられれば、また教化所へ逆戻りです。いえ、下手をすれば教化所よりももっと恐ろしい「管理所」へ送られるかもしれません。「管理所」は一度入れば死ぬまで絶対に出られることのない強制収容所です。数えきれないほどの人民が単なる噂だけで「管理所」へ送られています。

私は逃げ出したくなるのをじっと堪えて座っていました。

公安官はもう一度私たちの顔を鋭い視線で見据えた後、通行証を突き返し、隣りの車両へ移りました。

公安官が出て行ったのを確認してから、彼が声をひそめて言いました。

「やはり、ここで会話するのは危険です」

「そうですね。でも私、どうしてもあなたの野球の話を聞きたいんです」

「なぜですか」

彼の目にほんの一瞬警戒の色がよみがえりました。

「私、あの西宮球場で働いていました。十二歳から二十二歳まで。球場で一度だけ、野球を観たことあります」

「そうなんですか」

「では、列車が街に着いたら、誰もいないところで聞かせてくださいませんか」

彼はしばらく考え、やがて意を決したように言いました。

「そうしましょう。着くまでに、あとしばらくかかるでしょう。眠って、ゆっくり身体を休めましょう」

彼は目を閉じました。

私も寝ようと目を閉じましたが、さきほどの公安官の一件がまだ心をざわつかせ、なかなか眠れませんでした。

でも目を閉じているうちにだんだんと心が落ち着いてきました。

なぜか突然、忠秋さんと別れた、あの冬の日の西宮駅のことを思い出しました。

走り出す列車の窓から、私は叫びました。

「うちのことは、もう忘れて！」

あれは、私自身の心に決着をつけるための叫びでした。

私たちは結婚できない。結婚したら、きっとあなたが不幸になる。そんな確信にも似た直感で、私はあなたと別れました。互いに別々の国で生き、それぞれ幸せな家庭を持つ。それが一番よかったのです。

正直に書きます。

私は北朝鮮に来てから、あなたのことはほとんど思い出しませんでした。

北朝鮮に来た当初、たまにとりとめもなく日本に思いをめぐらせるとき、ふと頭をよぎることはありましたが、すぐにその思いはふり払いました。

やがて頭の中をよぎることさえなくなりました。

教化所に入れられる前、ギターケースの中にあなたからもらった「平凡ソング」を見つけたときでさえ、私はあなたへの思いに浸ることはありませんでした。

何かを思い出したいためでなく、ただ、すべてを忘れたいためだけに、私はあの夜、なつかしい歌を歌い続けました。

私は、ほんとうに、この国で命をつなぐのに、必死だったのです。

一日たりとも気の抜けない毎日。そして拷問のような教化所での日々。

そんな中で日本での日々の思い出に耽(ふけ)るようになったとき、私の人生は、終わるような気がしたのです。

いえ、冷酷に考えると、北朝鮮に渡った時点で、私の人生はもう終わっていたのかもしれません。ただそれに気づくのがいやで、私は思い出に浸るのではなく、ただ現実に没頭したのかもしれません。

ただ、あの日だけは、違った。

列車の中であの男性と出会い、「野球」というなつかしい言葉を聴いたとき、私はあなたのことを思い出しました。あなたとあの球場で交わした会話を、はっきりと思い出しました。

私は、目の前で眠る、西宮から来たという男の顔を見ました。

この人は、いったい誰だろう。

私は、忠秋さんが、私に会いに来たんだ、と思いました。もちろんばかげた考えです。

私は教化所に四年も入れられていた間に、頭がおかしくなったのかもしれません。あの恐怖の四年間、壊れそうになる自分を必死で支えて耐え忍んだのに、出た途端に、おかしくなるなんて。

なにかが起こる予感がしました。

それはいいことなのか、悪いことなのか、私にはわかりませんでした。

私はいつのまにか眠りこけ、彼に揺り起こされました。

「着きましたよ。安州駅です」

一九六九年。七月下旬の、うだるような暑さの昼下がりでした。

街は音もなく沈んでいました。

安州駅はさびれた旧駅で、古い建物がぽつぽつとあるだけの駅前から数分も歩けば、人通りはほとんどなくなり、あとは炭坑のある集落まで、水田とトウモロコシ畑の中を突っ切ってアカシヤの並木が延々と続いていました。

並木は葉を茂らせ、葉陰からこぼれる陽が乾いた地面に光と影の模様を描いていました。

足をひきずって歩く彼は、やはり疲れるのか、ときどき足がとまります。

駅から炭坑の村までは普通に歩いても二時間はかかります。彼の脚を考えると、ゆうに倍ぐらいはかかりそうでした。

「ごめんなさい。こんな脚で、迷惑をかけます」

「いいですよ、陽が落ちるのにはまだ時間があります。少し休みましょう」

私たちは道ばたの石に腰掛けました。

とても甘くていい香りが、風に乗って鼻に届きました。

枝々に藤のような房をつけた、アカシヤの花の香りでした。

朝鮮のアカシヤの匂いは甘いですね、そう言って空を見上げた彼は突然歌い出しました。

この道は　いつか来た道
ああ　そうだよ
あかしやの花が咲いてる

私はそれが日本語の歌詞なのでどきりとし、あたりを見渡しました。

「大丈夫。ここでは田んぼの水鳥しか聴いていませんよ」彼は笑いました。

「日本で覚えた童謡です。北原白秋という人が作った歌だそうです」

はじめて聴く歌でした。

まるで記憶にないはずの、済州島のどことも知れない、はるかな空とどこまでも続く道が頭にうかびました。

「日本にいた頃、ぼくのアボジが言っていましたよ。朝鮮には、アカシヤの花がどこでもたくさん咲いているって。朝鮮のアカシヤはとても甘くていい匂いがするって。どんな匂いなのかな、って、いつも思っていたんです」

「アカシヤの花の歌なら、私も知ってますよ。大好きな歌です」

「どんな歌ですか？」

私は自分で言い出したにもかかわらず、口ごもってしまいました。

「『星影の小径』という歌です。でも、歌うのは……」

私は怖かったのです。以前、この歌をこの国で歌ったときの忌まわしい記憶が、まだ私の脳裏から消えていませんでした。

私は歌う代わりに、その歌を西宮にいた流しのおじいさんが弾いているのを聴いて覚えたこと、北朝鮮への帰国を決意しておじいさんの形見のギターを持って来たこと、そしてこの歌を歌ったことを密告されて教化所へ送られたことを話しました。彼はずっと黙ったままその話を聞いていました。

話し終わると、彼は言いました。

「あなたがそんな理由で今ここにいるように、なぜぼくが、今、ここにいるのか、あなたにお話ししないといけませんね。それにはまず、ぼくの父親についてお話しする必要があります。少し長くなりますが、いいですか」

歩きながら話しましょう、と、私は立ち上がりました。

「炭坑までは、まだ、だいぶ距離があります。歩きながら、そして疲れたら休みながら、ゆっくり聞かせてください」

ふたり以外に誰もいないアカシヤの並木道を歩きながら、彼は話しはじめました。

「ぼくの父親は、プロ野球の選手でした」

6

ぼくの父親はプロ野球の選手でした。

名前を朴鶴来(パクハンネ)といいます。

父は釜山の生まれで、漁師の息子でした。子供の頃から毎日漁船の櫓(ろ)を漕がされていたせいか、腕っぷしが人一倍強く、貧しくても魚だけは不自由なく食べられたので、体力に恵まれていました。上背はさほどではありませんでしたが、俊敏で野球が天才的にうまく、十七歳のときには、釜山の強豪社会人チームの四番として活躍していたそうです。何より父は、野球が大好きでした。

大正十一年、釜山に日本から職業野球団がやってきました。球団は「協会チーム」と呼ばれていました。

日本運動協会という団体が設立したこの球団は結成されたばかりで、その頃は日本に職業野球団、つまりプロの球団は、まだこの一チームしかなかったのです。

当時野球といえば、実業団野球か学生野球でした。

特に野球界のトップに君臨していたのは「大学野球」でした。

プロ野球がとても人気のある今では信じられませんが、彼らは「商売人野球」と蔑(さげす)まれ、

「商売で野球をする不逞なやから」と見られていました。できたばかりの職業野球団には強い偏見があり、一流の社会人や大学のチームは彼らとの対戦を拒否しました。そこで彼らは対戦相手を求めて朝鮮半島に遠征にやってきたのです。

父は彼らと対戦する「オール釜山」のメンバーに選ばれました。ポジションはレフトで五番。試合は五対四で「オール釜山」が勝ちました。先制のホームランと決勝打を放ったのは父でした。九回表、本塁に突入する日本の選手を自慢の強肩で刺したのも父でした。

父は試合後、日本の監督に声をかけられました。

「これからわれわれは、朝鮮半島と満州を転戦する。もしよければ、君も来ないか」

要はスカウトされたのです。

父に声をかけた監督は、学生時代に早稲田大学で野球をしていた元アマチュア選手で、「協会チーム」の設立に携わり、日本のプロ野球創設に夢を賭けた情熱あふれる人でした。

父は一も二もなく承諾し、遠征に参加しました。職業野球団は半島と大陸で二十試合ほど消化したそうですが、この遠征で職業野球団にスカウトされたのは父だけだったそうです。

遠征が終わっても父はチームに同行し、日本へ渡りました。

「日本の職業野球には、君のような選手が必要なんだ」監督の情熱を意気に感じ、十八歳の青年は、野球でメシを食っていくことにしたのです。つまり、父は朝鮮人で初めての日本のプロ野球選手です。

しかしチームメイトの中には、「なんで朝鮮人を」と反発する者もいたそうです。多くの朝鮮人が日本でひどい差別を受けていた時代でした。監督はそんな父に対して、どんなことがあっても他の選手と同じように分け隔てなく接したといいます。やがてチームメイトも父を認めるようになりました。その点は、父は幸せだったと思います。チームメンバーが父を受け入れてくれたのは、野球を職業としている彼ら自身が差別される側にいたからかもしれません。

当時、野球はあくまで一般人よりも格の高いエリートたる「学士様」のもので、それを商売にする父たちは世の本流から外れた「被差別者」たちでした。

実際、「協会チーム」のメンバーは、父も含めて大学には行けない貧しい出身の者たちでした。

しかし彼らには気概がありました。

学歴はなくとも、将来、学生選手と対等に口をきけるだけの学識と社会常識を身につけなければ、プロ野球を世間に認めさせることはできない。それが監督の持論でした。父たちは懸命に勉強したそうです。なんと練習後の二時間は、野球理論を学ぶほか、全員で英語や一般常識、簿記などの学習の時間に充てていたのです。すべては、プロ野球は卑しい職業だという世間の偏見を取り除くためです。

勉強の苦手な父は、この学習の時間が一番辛かったといいます。それでも監督自らが教えてくれる野球理論の時間だけはおもしろく、眠気が吹き飛んだそうです。父はどんどん野球にのめりこんでいきました。いつか朝鮮にプロの野球チームを作りたい。父の胸の中に、そんな夢が芽生えたのもこの頃です。日本でさえまったく根付いていない職業野球を半島で実現させるなど、まさに夢のような話でしたが。

当時、日本には「協会チーム」以外にもう一チーム、めっぽう強い野球チームがありました。

奇術師の松旭斎天勝（しょうきょくさいてんかつ）率いる「天勝チーム」です。興行先で地元チームと試合を行うことで一座を宣伝しようという目的で作られた球団です。宣伝のために野球をしているという点では、彼らもプロでした。実際、実業団や大学のチームなどより、はるかに強かったのです。「日本最強」というのが世間一般のこのチームに対する評価でした。このチームが、「協会チーム」に対戦を挑んで来たのです。まず六月に京城で二試合行い、一勝一敗。そして、八月、舞台を移して、第三戦が東京で行われることになりました。内地で初めての、プロ球団同士の対戦です。ぶざまな試合は見せられない。協会チームの命運ここに決すとばかりに試合にのぞみ、五対一で勝ちました。このとき、勝ち越し打を放ったのも父でした。

この試合の結果は新聞にも大きく報じられ、「協会チーム」の名は、大いに上がりました。


プロの野球もおもしろいじゃないか。そんな追い風が吹こうとしていたのです。

ところが、天は彼らに味方しませんでした。

それは天勝チームとの対戦があった、わずか二日後のことでした。

九月一日、午前十一時五十八分。

関東大震災が起こったのです。

チームのホームグラウンドである芝浦球場のグラウンドは壊滅しました。

十万人という多くの人命が奪われ、日本社会のあらゆる部分がマヒ状態に陥った震災の地で、野球を続けていくことは困難でした。

芝浦球場の土地と建物は、関東戒厳司令部に接収されました。救援物資配給の基地になったのです。

球場の接収は臨時の措置で、秩序が回復すれば返還されるだろうと選手たちはしばらく様子を見ていました。ところが戒厳司令部はその後内務省に引き継がれ、グラウンドには砂利が敷き詰められ、スタンドも壊されました。やはりそこには「商売人野球」に対する差別があったようです。ほかの実業団や大学のグラウンドは、どこも接収されなかったのですから。

この窮状に手を差し伸べる者は現れず、球団は解散となり、選手たちはやむなくそれぞれの郷里に帰りました。

関東大震災は、第一次世界大戦の反動恐慌が起きていた矢先の天災でした。日本経済は壊滅的な打撃を受け、選手たちの都会での再就職は不可能でした。

そんな状況の中、父もまた、釜山に帰ったのです。

夢はついえた。釜山で家業の漁師を継ぐしかない。そう考えていた父に、再び日本から連絡が来たのは翌年でした。

阪急電鉄の小林一三が、新しいプロ球団を作る、というのです。

しかも、小林はかつての「協会チーム」の選手たちを再び集めて、新チームを作りたいと言っている……。

父にとっては願ってもない朗報でした。

「阪急電鉄」というところが、自分を呼んでくれている。「阪急」がどんな会社か、小林一三がどんな人物か、父は何も知りませんでしたが、父はこの未知の「球団」に、再び人生を賭けようとしたのです。父は海を渡りました。

本拠地にするという「宝塚大運動場」に足を踏み入れたときの感激を、父は一生忘れない、と語っていました。

グラウンドに、かつてのチームメイトが、勢揃（せいぞろ）いしていたのです。

「パク、遅かったやないか」

「みんな、おまえを待ってたんやぞ」

「ほら。これが新チームのユニフォームだ」

渡された真っ白なユニフォームの左胸には、大きくTのマークが縫い付けてありました。

「新しいチーム名は、『宝塚運動協会』。ここ宝塚が、俺たちの新天地なんだ」

大正十三年。父は二十歳でした。

本拠地の球場は、武庫川沿いに建つ宝塚少女歌劇場の向かいにありました。

一万人を収容できる球場は立派なもので、「宝塚大運動場」と名付けられていました。

球場の周りをポプラ並木が囲っていたそうです。

しかし、まだまだ職業野球に対する偏見は強く、父のチームは世間から冷たい目で見られていました。

実業団チームや大学チームは、相変わらず対戦をいやがりました。

やっと苦労して対戦が叶った試合中も、相手チームの観客席から「商売人！」とヤジが飛び、「カネのために野球する卑しいヤツラ！」と罵詈雑言が飛ぶのです。

一度、父に向かってこんなヤジが飛びました。

「朝鮮人が、日本の野球で金儲けかい！　野球の面汚し！」

いつもはどんなヤジも黙って聞かぬふりをする父ですが、このときはスタンドのヤジの主に殴りかかり、騒然となって試合が中断したといいます。

　世間に認められるには、まず実力をつけることだ。父たちは悔しさをバネにひたすら練習に励みました。毎日の練習は鬼のように厳しく、気の緩んだプレーを見せようものなら、千本ノックの洗礼が待ち受けていました。

　そしてもうひとつ厳しかったのは、選手たちの「風紀」でした。なにしろ選手たちの独身寮と宝塚少女歌劇の団員の寮が、道を一本隔てて向かい合わせで建っているのです。噂好きのかっこうの標的です。小林一三の厳命で、おかしなスキャンダルを起こさぬよう、球団は選手たちを厳しく律しました。発覚すれば即刻退団。道で会っても会話することさえ許されなかったといいます。

　一度こんなことがあったそうです。

　ある日、父が練習前に武庫川をランニングしていると、河原に座ってハーモニカを吹いている少女を見かけました。彼女はいつも午前中、同じ場所で、そう、宝塚の少女歌劇場の裏の河原、宝来橋のたもとでハーモニカを吹いていました。

　当時、ハーモニカという楽器は決して高価な楽器ではありませんでしたが、どこかハイカラな雰囲気が漂っていました。きっと彼女は少女歌劇の団員だ。父はぴかぴか光った銀色のハーモニカの音色と、それを吹く少女の可憐(かれん)な横顔に惹(ひ)かれましたが、球団の規律を思い出し、いつも声をかけずにそのまま帰ったそうです。

しかし、どうしても少女のことが気になった父は、練習が休みの日、こっそりと彼女を探しに武庫川に行きました。彼女は同じ場所に座ってハーモニカを吹いていました。

父は勇気を出して話しかけました。

「こんにちは。いい曲ですね。なんという曲ですか？」

少女は驚いた顔で立ち上がり、何も言わずに河原を走り去ったそうです。

厳しい練習の成果か、宝塚という環境がよかったのか、チームはめきめきと実力をつけ、人気も少しずつ上がってきました。

実業団チームや大学チームの強豪とも徐々に対戦が叶うようになりました。当時の実業団最強のチームは「大毎野球団」というチームでした。大毎とは、大阪毎日新聞社のことです。実業団とはいえ、東京六大学のスター選手をずらりと並べたエリートチームです。

この大毎チームとは毎年三回戦制の定期戦を行うのですが、「宝塚運動協会」はどうしても勝てませんでした。実業団より弱いプロ野球団に未来はない。「打倒大毎」がチームの旗印でした。

それまでどうしても勝てなかった当時の実業団最強チームに対してようやく勝利をおさめたのは、宝塚でチームが再スタートして三年後のことでした。「宝塚運動協会」は、関西の雄として注目されはじめました。

しかし、日本に職業野球団は、「宝塚」以外には、依然として誕生しませんでした。

あの「天勝チーム」は関東大震災で解散し、伝説の球団となっていました。

東京に遠征に行ったとき、父はあの天勝チームはどうなっているかがふと気になって、浅草にある一座に顔を出したそうです。かつての選手たちが、興行で使う大道具を運んでいました。あいさつをし、野球はやらないのか、と訊くと、今は草野球として楽しみでやっている、と寂しそうに答えたそうです。

年号が昭和に変わると、父のチームの前途にも暗い影がさしはじめました。

昭和の金融恐慌が日本を襲ったのです。

追い打ちをかけるように、関西の覇権を争ってきた好敵手「大毎野球団」が大毎本社の方針転換で解散しました。

時代の暗雲が野球そのものを吞み込んでいったのです。

昭和四年七月。選手全員が宝塚のグラウンドに集められ、監督からチームの解散を告げられました。

「日本運動協会」として発足してから九年、「宝塚運動協会」として再出発してから五年。日本で初めてのプロ野球団は、ついにその名を消すことになったのです。

父は二十五歳でした。

大半が父よりも年上だったチームメイトは、野球を続けることをあきらめて新たな人生の道を探しました。郷里に帰って農家を継ぐ者、「協会チーム」時代に身につけた簿記の知識を頼りに小さな会社に再就職する者、球団の母体であった阪急電鉄の斡旋で系列の職場に就く者……。父にも阪急から声がかかりました。もし働き場所がないなら、宝塚大温泉で働いてはどうか。父は朝鮮人の自分にも手を差し伸べてくれた会社に感謝しました。この阪急のために残りの人生を捧げてもいいとさえ思いました。

しかし父は、野球をあきらめることができなかったのです。もちろん職業野球が消えてしまった以上、プロとして野球を続けていくわけにはいきません。それでも父には野球のない人生は考えられなかったのです。かといって、行くあてなど、どこにもありませんでした。

そんな父の思いを知った球団職員が、きっといろいろと手を回してくれたのでしょう。

「朝鮮の平壌鉄道局野球部の監督が、パクさんに来てほしいと言ってるそうだ」

平壌鉄道局は七年前、「協会チーム」にスカウトされて半島を転戦したときに対戦したチームでした。そのときの試合は三〇対〇で父のチームが大勝したそうです。

彼らの技術は未熟で荒削りでしたが、プレーは真剣で、大差をつけての敗戦に悔しさをあらわにした選手たちの表情に、父は他のチームにはない野球に対する情熱を感じていました。

もっと強いチームで野球をやりたい、ということならほかにもあったでしょう。もう少し探せば、日本では難しくとも、半島や大陸で父に選手として来てほしいというチームが名乗りを挙げたかもしれません。

しかし父は平壌行きを決めました。

父は一度だけ訪れたときに見た平壌の美しい街並みが気に入っていたのでした。街には大きな川が流れ、緑の大地が広がり、ポプラ並木が風にそよぎ、人々はとても優しかった。アカシヤの花がいい匂いを放っていた。あの美しい街の野球チームを、自分の力で強くしたい。父はそう思ったのです。

いつかまた日本のチームと対戦する機会が訪れたとき、互角に渡り合えるチームにしてみせる。父は心にそう誓って半島に帰ったのです。

父の野球の実力はチームでは群を抜いており、野球理論もしっかりとしていたため、チームメイトの信頼を勝ち得るのに時間はかかりませんでした。父を招いた監督も父に全幅の信頼を置いていました。

眠い目をこすりながら受けた、あの「野球理論」の授業が、ここで大いに役立ったのです。選手たちは真綿に水をしみ込ませるように、父の野球の知識と技術を身につけていきました。

休みの日には監督と一緒に平壌の草野球チームの試合を見て回り、これは、と思える若者を見つけては野球部にスカウトしました。日本人も朝鮮人も関係ありませんでした。

プロ仕込みの練習方法を監督に進言し、チームはめざましい勢いで実力をつけました。

父はこのとき、あることを夢想していました。

「宝塚運動協会」は、時期尚早で夢はついえたが、日本には、いつか必ずアメリカの大リーグのように、プロ球団ができる。たとえ自分たちの世代では叶わなくとも、あの日、自分が夢見たように、いつかこの朝鮮半島にもプロ球団ができるかもしれない。自分は、その礎を築いているのだ、と。

五年目からは長年チームを引っ張ってきた監督が家業の都合で退団することになり、その後を継いで、選手兼監督としてチームの指導にあたるよう、要請されました。

ここで父は、思いがけぬ壁にぶつかりました。

「民族」という大きな壁でした。

いうまでもなく、当時の平壌は日本の統治下にありました。

野球チームのメンバーも、日本人と朝鮮人が半々でしたが、チームの歴代の監督は、すべて日本人でした。朝鮮人の父が監督になることに、日本人の選手数人が反発したのです。

どうして俺たちが朝鮮人の指図を受けなきゃならないんだ。

選手としてはつきあえても、監督としては朝鮮人に指図を受けたくない、というわけです。

父は彼らの言葉が意外でした。今までは、チームが勝つために力を合わせ、父が野球の技術や戦術を教えても、彼らは素直に聞いていました。しかし、監督と選手という主従関係の上に朝鮮人が立つことを、彼らは拒絶したのです。野球という狭い世界の中にも、日本人と朝鮮人との間には、支配する側とされる側の溝が厳然とあったのです。

一方、朝鮮人の選手たちは父を支持しました。

選手間に深い溝ができてしまったのです。

この一件は、すぐに鉄道局の上層部の耳に入りました。上層部の判断は、意外なものでした。

野球部の解散。

労働者の紛争の種になるようなものは厄介払いということです。

父は胸にむなしさだけを残し、故郷の釜山に帰りました。

父が釜山に帰った昭和九年の春、祖父が亡くなりました。祖母は早くに亡くなっており、父は漁師を継いだ弟とふたりで暮らしました。毎日弟の船で一緒に漁に出ました。もし自分に野球の才能がなかったら、野球のバットの代わりに今弟が漕いでいるこの船の櫓を漕いで生きていたのだろうな。そんなことを思いながら釜山の海の潮風に吹かれていると、野球に情熱をかけた宝塚や平壌での日々が、まるでうそのような気がしてきたといいます。

俺は漁師なんだ。最初っからずっと、そういう運命なんだ。父は自分の人生をそう納得させようとしました。

父たちは釜山の港に魚を水揚げすると、港の食堂で昼食をとるのが常でした。父たちが座った卓に、たまたま前の客が忘れて行った日本の新聞がありました。

そこには父の目を釘付けにする記事が載っていました。アメリカの大リーグの選抜チームが日本にやって来たというのです。ベーブ・ルースやルー・ゲーリッグなど、一流の選手たちが、実業団の選手を主体とする日本の選抜チームと対戦したのです。

父は驚きました。

父が日本を離れている間に、日本の野球は衰退して灯が消えていると思っていたのです。まず自分たちが所属していた唯一の職業野球チームが解散した。実業団最強の大毎野球団も解散した。さらにその後「野球統制令」が施行され、高校や大学など、学校チームの対外試合が規制されたのです。人気のある学生野球は興行まがいの対外試合を組むことが多くなり、有名になった選手たちの中には学生の本分を忘れる者も現れ、彼らの学業がおろそかになることを憂慮した措置でした。

しかし皮肉なことに、この行き過ぎた野球統制が、逆に日本人の野球に対する考えを変えたのでした。

学生野球の純粋性を守るためにも、職業野球団を作って、野球人気をそちらへ移行させようという機運が高まったのです。

時代は確実にプロ化に向けて動きつつありました。

読売新聞が主導した大リーグ選抜チームの招聘(しょうへい)も、そういった一連の機運の中で行われたものでした。

父はこの新聞記事をきっかけに、野球に関する記事が載っている日本の新聞や雑誌をむさぼるように読みました。釜山では日本の新聞や雑誌は簡単に手に入ったのです。そこには、日本にも大リーグのようなプロの球団が必要だ、との記事がいくつも載っていました。

ついに、日本にもプロ球団設立の機運が高まった。父は、そう確信しました。

多くの起業家が、この大衆の動きを敏感にとらえてプロ球団設立に動いているようでした。

読売新聞、阪神電鉄、そして小林一三の阪急電鉄も。

その年、父は三十歳になり、野球選手としての峠は越えていました。

しかし父は自分の中の野球の血がたぎるのをおさえることができませんでした。

プロの舞台にもう一度、立ちたい。

昭和十一年。

父は再び日本へ渡りました。

小林一三が「大阪阪急野球協会」という新たなプロ球団を立ち上げていました。

設立当初のメンバーに、父の名前は入っていません。チームは大学野球出身者を中心に精鋭の十四人が集められていたのです。

阪急は、この大卒メンバーとは別に、テスト入団を実施していました。

父はその入団テストを受けるために、日本にやってきたのです。もちろん呼ばれてやってきたわけではありません。受けさせてくれと頼み込むためにやってきたのです。

テストが行われるグラウンドには、かつての「宝塚運動協会」の職員がいました。

「パクやないか。なつかしいなあ。元気やったか」

「仲間はどうしていますか？」

「みんな野球以外の道でがんばってるよ。あと少し、時代が早く動いていればな」

もしそうなっていれば、父をはじめ、「宝塚運動協会」の選手たちも、本格的なプロ野球の始まりに立ち会えたのに。彼はそう言いたかったのでしょう。

「ひとりだけ、あきらめの悪い男がいるんや。テスト、受けさせてくれ」

「遠投九十メートル、五十メートル走六秒台がとりあえずの足切りや。それに合格したらあとは紅白戦。申しわけないが、ＯＢやからと甘い点数をつけるわけにはいかん」

「わかっとる」

父は遠投と五十メートル走をクリアし、紅白戦でも二安打を放ちました。

しかし、即日発表された結果は、不合格。

父と同程度の実力を持った若い選手がもうひとりおり、球団は若い方を採ったのでした。

「パク、球団に戻る気はないか。選手としてやなく、職員としてなら、なんとか働き口は……」

最初に声をかけてきた職員が申し訳なさそうに父に言いました。

「おれは、働き口を見つけるためにここへ来たんやない。もう一度プロのグラウンドに立つために来たんや。それが叶わんのなら、釜山に帰る。けど、その言葉、ほんまにうれしい。おれは今日から、一ファンとして、このチームをとことん応援するで。新しい球団は、なんという名前や」

「まだ決まってない。いくつか案が挙がってるみたいや。俺は『阪急ブレーブス』という名前がええんやないかと思ってるんやが」

「ブレーブスって何や」

「勇者たち、か。という意味や」

「勇者たち、か。ええ名前やなあ！　その名前に負けんようにがんばれよ！」

名前はまだ決まったわけやないんや、という職員の背中を叩き、絶対その名前で行けよ、と父は念押しして、グラウンドをあとにしました。

気がつくと、父は武庫川沿いを歩いていました。

聴き覚えのあるメロディが聞こえてきました。

ハーモニカの音です。

あの少女は大人になっていました。あれから七年以上の歳月が経っているのです。

「こんにちは」

彼女は今度は逃げませんでした。

「いい曲ですね。なんという曲ですか」

彼女は笑いました。

「前にも、同じことをお訊きになったわね」

彼女は父のことを憶えていたのです。

「埴生(はにゅう)の宿。有名な曲よ」

「歌劇の舞台で演奏するんですか」

彼女は吹き出しました。

「宝塚の紡績工場で働いてるの。私はただの女工よ。あなたは、職業野球の選手じゃないの？」

「ぼくもただの人になりました」

父は一度決めたら周囲が驚くほどすぐに行動に移す人でした。

釜山に帰る予定をとりやめ、木賃宿に寝泊まりしながら、彼女に猛烈なプロポーズ攻勢をかけました。

二ヶ月後、母は折れました。

「私は私の人生を、あなたに丸ごとあずけます」

こうして私の父と母は夫婦になったのです。

ただし母の両親は朝鮮人と結婚することに大反対し、二男二女の末っ子だった母は勘当されました。それでも父と生きて行く道を選んだのです。

父は武庫川沿いにある土建屋の作業員の働き口を見つけ、汗まみれになって働きました。

昭和十二年、阪急は西宮北口に自前の球場を造りました。収容人数五万人の巨大な球場です。五月、竣工（しゅんこう）したばかりのその球場で、初めてのプロの試合が行われました。阪急対名古屋軍。その観客席に、父と母はいました。プロのグラウンドにもう一度立つことを夢見ていた父は、どんな思いであのグラウンドを見つめていたのでしょうか。

その試合、阪急は猛打を浴びせて大勝したのですが、父と母は最後まで試合を観ることはありませんでした。

母が産気づき、病院へ運ぶ間もなく、西宮球場の救護室で私を産みました。

そう。西宮球場は、ぼくの生まれた場所なんです。

昭和十二年五月五日。ぼくはあの球場で産声をあげ、この世に生を受けました。

「おまえはあの球場で生まれたんやで。しかも西宮球場で最初の、プロ野球の試合の最中にな」

子供の頃、何度父にそう言われたでしょう。そのときの父の顔はいつもうれしそうでした。

父は試合があるたびに西宮球場にかけつけ、阪急軍をスタンドで応援し続けました。

それが父の生き甲斐のようでした。

しかし、シカゴのリグレー・フィールドを真似たという美しい球場は、年を追うごとに時代の暗い影を落とすようになりました。

昭和十三年には日中戦争が拡大して戦時体制が強まり、何人もの選手が召集されました。

頑健なプロ野球選手はまっさきに召集されたのです。

昭和十四年、ルーキーながら九勝を挙げた荒木という投手が入団わずか一年目で、満州戦線に送り込まれました。

日中戦争は世界大戦へと拡大していきました。

そして、父にとって決定的な出来事が起こりました。

ハワイ生まれの堀尾という選手が、アメリカ政府の召還命令を受けて帰国させられたのです。

堀尾はジミーという愛称で親しまれていました。

ジミーはハワイのセミプロチームにいたとき、昭和九年の日米野球の開催を知り、日本で野球をするために自費で日本にやってきて阪急の門を叩いた選手でした。そう、父と境遇がまったく同じなのです。そして父が不合格になったあの入団テストの日、合格した若い選手がジミーだったのです。

父はジミーを人一倍熱心に応援していました。同じ入団テストを受け、守備が自分と同じ外野ということもあり、きっとグラウンドでのジミーを自分と重ね合わせて応援していたのでしょう。

日米の間には、重たい戦争の暗雲がたれ込めていました。

かつてのチームメイト同士が、戦争で殺し合うのか……。

父はこの国に見切りをつけました。

父がそのとき取った行動もまた、きわめて大胆でした。

キューバへの移民を決めたのです。

日本でもなく、朝鮮でもなく、まったく新しい生活の地を、遠い海の向こうに求めたのです。

日本からブラジル、メキシコをはじめとする南米、中南米への移民は明治の頃から盛んでしたが、当時日本政府は大陸の防衛線となる満州開拓団に全力を投入しており、南米方面へ移民する人は少なくなっていました。この時期に移住するのは、かなり風変わりなことでした。しかし父はそんなことにはおかまいなしです。

もとより母は結婚当初から父についてゆく覚悟です。

キューバでの移民生活は過酷なものでした。

移民してすぐに、キューバは日本、ドイツ、イタリアの同盟国に宣戦布告したため、敵性国民となってしまったのです。

それでもキューバの人々は心底優しかったといいます。

戦争が終わり、家族の生活はやや安定しました。

しかし、キューバに入植して十年目、元気だった母がある日、原因不明の高熱を出して倒れ、帰らぬ人となりました。

父の落ち込みようは尋常ではありませんでした。

キューバに母の墓だけを残して父と私が日本に帰ってきたのは、終戦から七年が過ぎた昭和二十七年です。

日本政府が戦争で中断していた南米方面への移民を再開した年に、私たちは彼らと逆に海を渡って日本に帰ってきたのです。

私は十四歳でした。

父は日本に帰ってからは西宮にある阪急電車の車両工場に仕事の口を見つけ、整備工として働きました。

阪急軍は「阪急ブレーブス」と名を変えて西宮に残っていました。

入団テストのときに会った職員は、父との約束を守ったのです。

父が球団事務所にその職員を訪ねると、彼はもういませんでした。戦争中に南方戦線に送られ、戦死したと告げられました。

日本の野球は、父が日本に帰った昭和二十七年頃には、国民的スポーツとして大きな発展を遂げようとしていました。

横浜、後楽園、大阪、西宮、と続々とナイター設備が完備され、野球は日本人の娯楽として完全に定着しつつありました。プロ野球選手は子供たちの憧れの的になりました。時代は確実に変わったのです。

その一方で、父がかつて職業野球の選手であったことを知る人はほとんどいなくなりました。

父も周囲にそれを吹聴しませんでした。

息子としては、それが不満でした。

父が日本で初めて生まれたプロ野球チームの選手であったことは、息子にとっては大きな誇りだったのです。

あるとき、父にそのことを訊いたことがありました。

どうして昔、プロ野球の選手だったことを言わへんの？

父は言いました。

自分らは最初のレンガを置いただけや。それでええんや。

正秋は手紙の束をテーブルの上に置いた。

手紙はまだ半分を過ぎたあたりだった。

ざらざらの粗悪な紙に綴(つづ)られた安子さんの壮絶な人生は、正秋の想像を超えるものだった。時折まるで遠い時代の遠い国で起こったことが書かれているような錯覚にとらわれた。しかし、鉛筆で何度も書き直した跡の残る安子さんの肉筆は、この信じがたい出来事がまぎれもなく日本と海峡をひとつ隔てただけの「すぐそこにある」国で、正秋が生きた日々と同時代に起こった「現実」であることを示していた。

文字のひとつひとつから、鉛筆を握りしめて手紙を書いている彼女の息づかいが聞こえてきそうだった。

安子さんは本を読むのが好きだった、と確かに父は語っていた。しかし北朝鮮に渡って半世紀、日常的に日本語に触れていないはずの生活の中で、ここまでの日本語の手紙が書けるものだろうか。その後の安子さんの人生に、この疑問に答える何かがあったのだろうか。手紙には、まだその答えは記されていなかった。いずれにしても、北朝鮮が今の政治体制とは別の道を歩んでいれば、彼女は希望通り、学校の先生の職にも就けたかもしれない。あるいはそのまま日本にとどまっていれば、彼女の才能は日本と朝鮮のために有意義に生かされていたかもしれない。当時、海峡を渡った九万三千の朝鮮人の中には、過酷な時代の奔流に巻き込まれ、芽を摘まれた無数の才能があったに違いない。

正秋は永山一夫のことを思った。

あの着ぐるみ劇で、三匹の子豚を追いかけ回しては、いつも失敗するオオカミ役の声を演じていた、永山一夫だ。

聴く者の心をふるわせる、あの歌の才能にあふれた人は、今、祖国で何をしているのだろうか。彼の才能を、誰かのために生かす人生を歩めているのだろうか。その可能性はきわめて少ないように思えた。

そして、ここまで読んで、正秋の心には釈然としないものも残った。

なぜ安子さんは、偶然出会った男の父親の半生を、これほど詳しく書くのだろうか。安子さんはいったい、何を伝えたいのだろうか。

正秋が、父に連れられて西宮球場に行ったのは、昭和四十四年、一九六九年の、七月。

安子さんが北朝鮮で、この男と偶然出会ったのが、一九六九年の、七月。

父の白い背中が汗で濡(ぬ)れた、あのうだるように暑かった同じ年の七月に、海の向こうの半島で、安子さんはこの男と出会っている。

これは、偶然だろうか？

正秋は、安子さんの手紙の続きを読んだ。

窓に映る顔

1

「おまえは球場で生まれたんや。しかもあの西宮球場の、初めてのプロ野球の試合の最中にな」

問わず語りに息子の生い立ちを話す父に育てられた彼は、自然と野球になじんだそうです。貧しいキューバでの移民生活の間も、父と息子は布切れで作ったグローブとボールでキャッチボールをしたそうです。

実際、彼には父譲りの才能がありました。

日本に帰国してからは、それまで満足にできなかった分、むさぼるように野球に熱中しました。革のグローブとボール、そして製材されたバットで野球ができるだけで彼は幸せでした。

　高校は甲子園に何度も出たことのある兵庫の強豪校を選び、ピッチャーをやっていたそうです。甲子園出場は確実と言われていたのに、エースとなった二年生の夏に肩を壊してチームは予選敗退し、甲子園には行けませんでした。
肩の怪我が災いし、プロからは声がかからず、姫路にある製鉄工場に就職しました。強い社会人野球チームがあり、そこからプロ野球に進んだ選手もいるそうです。

　彼の夢ももちろんプロ野球でした。しかし、一度肩を壊している彼に、その夢は現実的ではありませんでした。本人もそれはわかっていたようです。

　そんな彼に声をかけたのが総連の幹部でした。

「共和国に行っても野球はできる。平壌の大学に行く気はないか。平壌の大学に進んだら、君が得意な野球を祖国で教えることもできる」

　悩んだ末、彼は「祖国」で「野球」を教える人生を選んだのです。二十二歳のときでした。

　父親は大反対したそうです。

　釜山で生まれ、日本に渡り、平壌、そして日本、さらにキューバへと海を越えてきた彼の父親が、息子の北朝鮮行きには強く反対したのです。

「総連や新聞は美辞麗句ばかりを並べすぎる。移民というのは、そんな簡単なもんやない。バラ色の移民なんか、絶対にあるわけない」

それは何度も海を渡って生きてきた父親の直感でした。

けれども、これは私も日本にいた頃、何度か耳にしたことがあるのですが、当時は北朝鮮に渡っても三年で帰ってこられる、という噂が流れ、実際に総連の人たちの中にもそう言って帰国を勧める人がいました。もちろんそんな決まりはなく根拠のないことでしたが、彼はそれを盾に父親を説得しました。

彼にはもうひとつ、北朝鮮に渡りたい理由がありました。

「ぼくはアボジが叶えられんかった夢を叶えたい。自分の力で、北朝鮮の野球を強くしたい」

彼のその言葉に、父親は何も言えなかったそうです。

「大丈夫。必ず帰ってくる。北朝鮮の野球を強くしたら、日本との交流試合も将来行われるやろうし、心配せんでもええて」

息子の希望は通りました。

新潟港まで見送りに来た彼の父は、船に乗る息子にたったひと言だけ、言ったそうです。

「勇気を、忘れるな」

清津に着いてからたどった道は、私と同じです。

総連の幹部が言ったことは口からでまかせだったことに彼もすぐに気づきました。平壌の大学に入れてもらえるという話など何もなく、日本の植民地支配が終わった北朝鮮では野球をやっている者すらおらず、これからやろうという機運もないのです。

そして彼は私と同じ炭坑に送られてきたのです。炭坑はとても大きく、私が北朝鮮に来た二ヶ月後にやってきた彼の存在は、ずっと知りませんでした。

だまされたことがわかった彼は、それでも不平を言わずにまじめに働いていたそうです。

そして三年経ったある日、彼は突然、炭坑を抜け出しました。

列車を乗り継いで、平壌に出たのです。普通では絶対に考えられないことです。なぜなら北朝鮮では「通行証」を持たない者は、住んでいる街以外への移動を禁止されているからです。

でも当時は、他の場所への移動は、まだそこまで統制がきつくなかったのです。

それに単身で北朝鮮に渡って来たということも彼の行動を大胆にさせたのでしょう。家族で帰国していれば、こんなことは絶対にできません。

彼によると、当時の平壌には、自分と同じようにうっぷんを溜めた帰国者の若者たちがたくさんいたそうです。

彼は大胆にも、そんな若者たちを集めて、野球チームを作ろうとしたのです。

まず彼は平壌に住んでいる総連の元幹部を訪ねました。そして帰国者による野球のチームを作りたいと話を持ちかけたそうです。それが定着したら、ゲンチャン（北朝鮮の現地人）にも野球を教えて対抗試合をやろう。それをきっかけにして北朝鮮に野球を広めたい、と訴えたのです。今から考えればほんとうに夢物語です。でも彼は真剣でした。彼はまぎれもなく父親の血を引いていたのです。

総連の元幹部は、野球をしたいという彼の話にえらく感心したそうです。

「日本からこの国に帰って来たヤツはやけくそになったヤツしかいねえ。今までそう思ってたが、おまえみたいな男もいるんだな。北朝鮮で帰国者だけの野球チームとはなかなかおもしれえじゃねえか。おれがいろいろとかけあってみよう。仲間を集めておくから、さっそく明日、野球をやろうぜ。道具はなんとかする。明日また来い。こう見えて、俺も腕に覚えはある方だ。久しぶりに野球ができるな」

そう言われ、彼は天にも昇る心地になったといいます。大好きな野球が、この北朝鮮でできるのです。

次の日、胸をふくらませて指示された場所に行くと、そこにいたのは野球の道具を持ったナインではなく、北朝鮮の公安警察でした。

彼は教化所に送られました。

私の刑よりも重い、七年の刑でした。

「自由主義思想に侵されている」というのがその罪状です。

二度と野球のできない身体（からだ）になって、彼はあの日の私の前に座っていました。

炭坑の村へと続く道を、私たちは歩いていました。

陽(ひ)が西に傾き、山の陰に隠れようとしたとき、峠の向こうに村が見えてきました。

あばら屋から出て来た母は私の姿を見るや、泣き崩れました。四年ぶりの再会でした。

「必ず生きて帰ってこられるように、毎日祈ってたよ。でも、ほんとうに生きて帰ってこられるなんて……」あとはお互い言葉が続きませんでした。

翌日から、またいつもの過酷な労働が始まりました。

ある日、労働を終えてあばら屋へと続く道を歩いていると、彼が私を待っていました。

炭坑へは戻って来たものの、脚を壊してしまってもはやここでは働けず、平安南道から北朝鮮の北部の咸鏡北道(ハムギヨンブクド)の辺鄙(へんぴ)な街の小さな陶器工場に送られることになったのだ、と私に告げました。

そして、彼は恥ずかしそうに私に告げました。

もしよかったら、一緒に来てくれないか。もちろんオモニも連れて……。

ずいぶんと素っ気ないプロポーズでした。

「教化所で四年を無駄にして、私は、もう三十一。それに、がりがりに栄養失調になって、もしかしたらもう子供を産めない身体になっているかもしれません」

彼は、それでもいいと言ってくれました。ぼくは君とこの国で生きてゆきたい。一時は完全に絶望したが、君となら、生きてゆく力が湧(わ)く。勇気が湧く。この国で起こるどんな災難からも、君とオモニを守る。

人を絶対に信用してはいけないこの国で、私はもう一度だけ、誰かを信用してみようと思いました。今、目の前にいる、このひとを。

はじめて彼を見たとき、私は忠秋さんが会いに来たと思った、と書きましたよね。あのとき、彼が私の前に現れたのは、決して偶然とは思えなかった。誰かが、このひとを私のもとに送ってくれた。きっとそうに違いないのです。

こうして私は、彼……「朴星化(パクソンファ)」、日本名「江藤星規(えとうせいき)」と結婚したのです。

平壌から咸鏡北道へは、列車で行きました。

北朝鮮には九つの「道」があって、それは日本でいうところの都道府県みたいなものです。

北朝鮮の中でも一番北にある地域が咸鏡北道です。

咸鏡北道とは、日本海（北朝鮮では東海(トンヘ)と呼びます）に臨む道、という意味だそうです。

禿(は)げ山ばかりの単調な風景が延々と続いた後、列車は途中からずっと海沿いを走ります。

母はなつかしそうな顔で海を眺めていました。その海はかつて父と母が船を漕(こ)いで旅した海でした。

私たちが住むことになる街は、大都市である清津の少し南にある、鉱山のふもとの街でした。

いくつかの陶器工場と、電気部品の大工場がありました。私たちはその中の小さな陶器工場で勤めることになりました。

そこは追放者たちの街でした。

朝鮮王朝時代、首都が今のソウルにあった頃、皇帝の怒りにふれた役人たちが流罪になってやってくるのが、この国の北の端にある咸鏡北道だったそうです。

そこはいわば私たちのような「敵対階層」のうばすて山でした。

水道も便所もない、前に住んでいたよりもずっとみすぼらしい掘立て小屋が与えられました。

それでも、もともと家財道具のほとんどない私たちは平気で、夫は元気でした。

母もまた、咸鏡北道に来たことで少し元気になりました。

咸鏡北道にある清津は、私たちが最初に北朝鮮に降り立った街であり、そこは父の墓のある街だったからです。

母は街に着くと早速、父のお墓参りに行くための清津までの「通行証」を申請しました。

北朝鮮では、自分の住んでいる街以外に行くときには、「通行証」が必要です。

街から清津までは、日本でいうと西宮から大阪ほどもありませんが、それでも「通行証」が必要なのです。

この申請はほとんど通りません。私と母もダメでもともとのつもりで出しました。するど、なんと許可が下りたのです。親族の墓参りの場合は、気まぐれに下りることがあるそうです。

母と夫と一緒に、三人で清津に行きました。

列車から降りて見た清津は大きな街でした。不思議なもので、はじめてこの街の港に降り立ったときには、みすぼらしい港と思った同じ街が、北朝鮮にしばらく住んだ目から見れば、ずいぶんと都会に見えたのです。なんでも北朝鮮では平壌に次ぐ第二の都市ということでした。それでも、色を失った私の目から見ても、街全体が暗い色に沈んでいる印象は、最初にこの街を見たときと変わりませんでした。

母によると、清津は自分たちが漁師をしていた頃は、まだ海沿いに田畑があり、今よりずっとのどかだったそうです。父が死んで海沿いの丘に墓を建てたのは昭和十四年。あれから三十年あまりで、清津は大きな港と工場が建ち並ぶコンクリートで覆われた街に変身したのです。工場や建物のほとんどは、植民地として支配していた頃に日本が作ったものでした。

街は碁盤の目のように通りがいくつも走っていました。一番の大通りは自動車が一度に十台でも並んで通れるほどでした。もっとも自動車はめったに走っておらず、人はみんな車道を歩いていました。通りの両側にはプラタナスとアカシヤの大木が並んでいました。大きなビルもいくつかありましたが、よく見ると壁からコンクリートの塊がぼろぼろとはげ落ちていました。

私たちは街の中心から五キロほど離れた海へ向かいました。

大きな港が見えてきました。

九年前、私たちが降り立った港です。

母は墓を建てた場所を鮮明に憶えていました。

清津には大きな川が二筋ある。その北側の川の河口からさらに四キロほど歩くと半島の先に砂浜が切れた場所がある。その丘の上に生えた大きな松の木の下に墓を作ったというのです。

清津の港には工場がずらりと並んで、砂浜も林も消えていました。

父の墓が、北朝鮮の工場の敷地の下に埋まっている……。

絶望的な気分で、海沿いを歩きました。

墓を作ったという丘はいくら歩いても見えてきません。

あきらめて引き返そうと言おうとしたそのとき、母が、この風景に見覚えがある、と言い出したのです。

三十年前の半島の姿がそこだけ奇跡的に残っていたのです。

墓は大きな松の木の下にありました。

墓からかつて父と一緒に漁に来た東海の海を見て、母は泣きました。

東海。

かつて父と母が漁に漕ぎ出した海、母が私を連れて渡った海、夫の父が野球への夢を賭(か)けて渡った海、何万もの在日朝鮮人が、夢を賭けて渡った海……。

夫は、無言のままその海を見つめていました。

父の墓参りをすました母は、これまでの心の閊(つか)えが取れて安心したのか、翌年、亡くなりました。

私は再び「通行証」を申請し、墓をあの丘に建てました。母は父の隣りに眠りました。

その年に私は子供を身ごもり、翌年、男の子を出産しました。

「ぼくも父親になれたんだな」

夫は涙を流して喜びました。

名前を「朝日(チョイル)」と名づけました。

咸鏡北道での生活は前の生活よりはるかに大変でした。

北朝鮮の東北部の冬は南部よりもずっと寒く、長いのです。朝晩は零下二十度以下まで冷え込みます。

隙間（すきま）だらけの家の中で、息子は生まれて間もなく肺炎にかかりました。打ち捨てられた街には、一軒だけ病院がありましたが、薬はありませんでした。病院にできることはない、と言われ、泣きながら息子を抱いて帰りました。一週間後、息子は息を引き取りました。生後四ヶ月の命でした。清津の海をのぞむ墓は、三つになりました。

子供を亡くしてから、私は何もやる気が起こらなくなりました。夜になると、掘立て小屋の暗闇（くらやみ）の中で、暗く重く押し迫る悲しみにただ耐えるしかありませんでした。どうしても堪（こら）えきれず、ただ涙だけがこぼれてきました。こんな悲しみを味わうためだけに、私はこの世に生まれてきたのだろうか。まどろんだ眠りの中で、ときどき夢を見ました。

いつのまにか走り回れるぐらいに大きくなった息子が、夫と私に手をつながれて、のどかな春の河原を歩いています。息子は突然私たちの手を振りほどいて河原の土手を駆け上がり、土手の向こうに姿を消します。不安になった私は、あとを追って必死で土手を駆け上がります。息子の姿はどこにも見えません。

どこへ行ったの？　泣きながら叫んでいる私の背後から、息子の声がします。

「オモニ、こっちこっち。ちょっとびっくりさせただけ。オモニの前から消えるわけないよ。ずっと一緒だよ」

私はすっかり安心して息子を抱きしめます。

掘立て小屋の隙間から漏れる朝の光が、私をいつもの過酷な現実に引き戻しました。

あの晩は、その年ではじめてアカシヤの香りが漂った日でした。五月だったと思います。

夫が、散歩に行こうと私を誘いました。

もう夜の九時を回っています。

なんで今ごろ散歩？　私は訊きました。

北朝鮮の夜は、街灯などひとつもなく、真の暗闇です。

「昼間だと人の目がある。散歩していても、誰に何を言われるかわからないだろ」

家を出ると、ふたりはすぐに暗闇に呑み込まれました。

夫の手が、私の手に触れました。

真っ暗闇の中をふたり、手をつないで延々と歩きました。

北朝鮮では男と女が手をつないで歩くことはありません。

でも夜中なら、誰にも見られることはありません。

歩いている間、夫は何もしゃべりませんでした。

やわらかな土を踏みしめるふたりの足音だけが聴こえます。

その足の感触と風の匂いから、どうやら山の方に向かっているようです。

このひとは、私をどこに連れて行こうとしているのかしら。

不安になった頃、夫が立ち止まりました。

目を凝らしましたが、闇に包まれて何も見えません。

空を見上げました。夜空に、降るような星屑が広がっていました。

徐々に目が慣れてきました。

彼の輪郭がぼんやりと闇に浮かびました。

どうやらそこは、山の茂みに隠れた丘の上のようでした。

「あの歌、歌ってくれないか」

突然、彼が言いました。

「何の歌？」

「ほら、ぼくらが最初に出会った日、君が言ってた、アカシヤの歌」

それは、あの日、私が歌うことのできなかった歌でした。

「その歌を聴きたいから、ここまで来たんだ」

「どうして？」

「ぼくの大好きな君の、大好きな歌だから」

私は、目を閉じて、ゆっくりと歌いだしました。

静かに　静かに
手をとり　手をとり
あなたの　ささやきは
アカシヤの香りよ

アイラブユー　アイラブユー
いつまでも　いつまでも
夢うつつ

彼の手が私の手を強く握りました。

私の頰に涙が伝いました。

その涙を指で拭いながら、夫は私の肩を抱き寄せました。

「何か、話をして」

「どんな話を？」

「ここじゃない、どこか遠い場所の話。あなたが一番、好きな話」

夫はしばらく考えていました。そしてゆっくりと話しだしました。

「昭和三十四年……」

それは、私たちが北朝鮮へやってくる前の年でした。

「阪急ブレーブスのラインナップはね……」

一番　バルボン
二番　人見
三番　滝田
四番　中田
五番　岡本
六番　河野
七番　本屋敷
八番　山下
九番　梶本

彼はすらすらと選手たちの名前をそらんじました。

もちろん私は誰も知りません。

「当時の阪急は」彼の声ははずんでいました。久しく耳にしたことのない、張りのある声でした。「ピッチャー王国でね。いいピッチャーはいる、けど打線の援護がない。ぼくはね、梶本という投手が一番好きだった」

そして夫は立ち上がり、暗闇の中で、梶本という投手が投げるときのフォームを真似るのです。

「ゆったりと、全身を大きく使って、左腕をしならせる。こうしてね。フォームはとても美しくて優雅なのに、彼の投げる球はおそろしく速かった。そして、気持ちいいぐらいに、絶妙のテンポで投げるんだ」

夫は何度も何度も左腕を大きく振り下ろしました。

「そして野手では、一番を打った二塁手のバルボンが好きだった。ロベルト・バルボン。愛称はチコ。盗塁王を二年連続で取った、足の速い選手だったよ」

「バルボン……。外人選手？」

「ああ、バルボンは、キューバから来た黒人選手。そう、ぼくと両親が海を渡って十年間暮らした、あのキューバから日本へ来た。彼が日本に来たのは一九五五年。昭和三十年だ。ぼくは高校三年だった。その年の開幕前、休みの日に西宮球場へバルボンに会いに行ったんだ。練習を終えて球場から出て来たバルボンに、ぼくはスペイン語で話しかけた。バルボンはびっくりしてたよ。そりゃあ、そうだろう、日本の高校生が、スペイン語で話しかけるんだからな。『オーラ！　日本はどう？』バルボンは震えながらスペイン語で答えたよ。『とっても寒い（アセ・ムーチョ・フリオ）！』」

　夫はバルボンの口まねをして愉快そうに笑いました。

「そう。たしかにキューバはとってもあったかいところだった。バルボンは来日したとき、空港ではじめて雪を見て、すぐにでもキューバに帰りたいと思ったそうだ。あんなところから寒い日本の冬に来たら、誰だってすぐに帰りたくなるよ。ぼくも十年間、キューバにいたことがあるんだと言うと、バルボンは丸い目をいっそう丸くして驚いた。『信じられない（インクレイブレ）！』そしてぼくを抱きしめてくれた。ぼくはバルボンが大好きになった。その日からぼくは、バルボンのプレイを観（み）に、西宮球場に通ってたようなもんなんだ」

「私も一度だけ、西宮球場で試合、観たことあるよ」

「はじめて会ったとき、そう言ってたね。いつ？　どの試合？」

「いつなのかな？　帰国する前の年だから、昭和三十四年は間違いないけど……。そう、アキアカネが球場の近くにいっぱい飛んでた。もう夏が終わった、秋のはじめ。途中で夕立のような雨が降って……。そう、その年の最後の試合って言ってた。阪急の選手が打ったホームランボールが私の座ってる外野席に飛んで来たわ」

「九回の裏、最後の回のホームラン」

「うん。そのあとすぐに試合が終わったから、多分、そう」

「そのホームラン、バルボンが打ったんだよ！　ぼくもその試合、球場で観てたよ」

日本の野球もこれで見納めかもしれないと思い、夫はひとりで一塁側の内野席で観ていたのだというのです。

私も野球のことは何も知らなかったけど、あの日忠秋さんと一緒に観た、雨上がりの西宮の夜空をまるでスローモーションのようにゆっくりと飛んだ白いボールは、今でもはっきりと思い出せます。

あの夜の、あの球の行方を、夫も私たちと同じように、あの球場で追いかけていたのです。

夫は草の上に寝転がって満天の星を見つめながらつぶやきました。

「バルボン。元気かな。まだ阪急にいるのかな。それとももう、とっくにキューバに帰ったのかな」

私には、バルボンがどんな選手かわかりません。あの日、ホームランを打った選手と言われても、何も思い出せません。ただ、彼がベースを回っている間、なぜかお客さんみんなが笑っていたことをかすかに憶えています。

バルボンがはじめて日本に来た年から、もう二十年近く経っていました。そんなに長い間、日本にいるとは思えませんでした。

「バルボンが西宮の最終試合でホームランを打ったあの年はね、彼にとっては大変な年だった。年が明けてすぐに、ふるさとのキューバで革命があったんだ」

キューバが北朝鮮と同じ社会主義国になったというのは、当時ずいぶん新聞やテレビのニュースで流れていたので、私も知っていました。

「バルボンはあのシーズン、きっと祖国のことを心配しただろうな。たくさんの家族や親戚(しんせき)のいる祖国のことが心配で、すぐにでも帰りたかっただろうな。あの試合の後、球場から出てきたバルボンを見かけたぼくは声をかけた。『ふるさとは大丈夫？』そう訊くと『きっと大丈夫や思うワ！　おおきに』と笑って答えた。『キューバには帰るの？』『もちろん！　ボク、何があっても帰るワ。エア・チケットも、ちゃんと取ったるネンから』」

夫は、バルボンの言葉を朝鮮語ではなく、日本語の関西弁でしゃべりました。

私はそれがおかしくて笑いました。

「バルボン、関西弁しゃべるの？」私は訊きました。

「バルボンは完璧(かんぺき)な関西弁をしゃべったよ。必死で日本語を覚えたんだ。試合のないときは西宮北口の駅の売店の横に立って、行き交う人の言葉を耳で聴いて覚えたって。だから彼の日本語は関西弁なんだ。日本の生活に早く溶け込もうと、必死でがんばってたんだな」

「なつかしいなあ、関西弁」

私が言うと、彼は笑いました。

「ぼくも、ひさしぶりにしゃべったわ。バルボンが、思い出させてくれたんやな」

その言葉は、朝鮮語ではなく、なつかしい、あのはずむような関西弁でした。

「バルボンは、あの頃、いっつもキューバに帰りたいって言うとった。シーズンが終わったら、必ずキューバに帰っとったし、キューバ革命があったあの年でさえ、飛行機のチケット取ったくらいやもんな。バルボンはその後、どうしたんかな？　新しいシーズンが始まったら、また日本に戻ってきて、阪急でプレイしたんかな。それか、もう日本には戻らんと、革命のあったキューバで暮らしたんかな。もしそうやとしたら、バルボンは、キューバで幸せに暮らしてるんかな。キューバに帰ってしもて、もう日本には二度と戻らんかったとしたら……」

夫は草の上から上体を起こし、まっすぐ前を向いて言いました。

「ふるさとで、幸せに暮らしていることを祈るわ」

私も心の中で祈りました。

キューバが幸せな国になっていますように。

北朝鮮のようなひどい間違いを犯していませんように。

たとえ貧しくても、人に優しい国でありますように。

夫の大好きだったバルボンが、ふるさとで幸せに暮らしていますように。

きっと夫と私は、自分たちの境遇を、バルボンと重ね合わせていたのです。

そう。彼の人生に託していたのです。あったかもしれない、私たちの、もうひとつの人生を。

その夜から夫と私は、いつも辛いことがあると、暗闇の中を手をつなぎ、誰もいないこの茂みに隠れた丘の上へやってきました。

そして、私は歌を歌いました。

夫は私にいつも阪急ブレーブスの話をしてくれました。

日本で初めて朝鮮人でプロ野球の選手になった父親の話を、何度も熱心にしてくれました。

バルボンの話をするときだけ、彼は朝鮮語ではなく、関西弁に戻りました。

野球には何の知識もない私でしたが、夫から梶本やバルボンのプレイを聞くうち、野球のルールを覚え、梶本の投球フォームがいかに美しいか、バルボンの4－6－3のダブル・プレイがいかに美しいかをありありと頭に思い浮かべることができるようになりました。

不思議なものですね。実際にこの目で野球を観たときは、何も知らなかったのに、こんな遠いところに来て、野球を覚えるなんて。

私はそれまで、過酷な現実の生活の中で、過去に浸ることは危険なことだと考えていました。しかし、そうではありませんでした。過去の思い出が、生きる力を湧き出させることもあるのです。そしてもうひとつ、大事なことを覚えました。

帰る間際になると夫は必ず、キューバに帰ったバルボンの幸せを祈ることを忘れませんでした。

誰かの幸せを祈ることで、人は自分自身の苦しみから解放されるのかもしれません。

夫は毎日、不平を言わず、工場に出勤しました。

そしていつも変わらず私を愛してくれました。

ふたりで懸命に生きました。

気がつくと、私は五十歳を超えていました。

2

一九九四年の七月九日、金日成主席が亡くなったというニュースがラジオから流れてきました。街の人たちは山に行って花を摘み、五キロほども離れたところにある金日成の銅像へ拝みに行きました。私たちも十五日ほど、毎朝毎朝行きました。行かなければ処罰されるのです。

もともと北朝鮮には食糧が極端に不足していたのですが、金日成が死んだこの年あたりから、さらに深刻になってきました。

やがてこれまでかろうじて国民の命をつないでいた配給がぴたりと止まりました。配給が止まった最初のうちは、みんな配給が再開されることを信じて、何度も配給所に足を運びました。やがて、再開の見込みはないとわかって、誰も配給所に来なくなりました。工場は操業を停止して、一ヶ月で日本のお金にして二十円にも満たない額の給料も出なくなりました。

大きな工場では、社員みんなで薬草掘りや松茸掘り、山菜採りをして工場に持ち込んで中国に売り、その金でトウモロコシを買って飢えをしのいでいました。

でも、そんなことのできるのは大きい工場です。夫と私の勤めるような小さな工場ではとてもそんな力はありません。

農村部に暮らしている人たちは、畑があるので、まだ耐え忍ぶことができました。

都会で暮らしている私たちは、まっさきに食糧を得る術(すべ)を失いました。

生きてゆく道は、闇市場に出て商売をする以外にありませんでした。

北朝鮮では個人で物の売り買いをすることは禁じられています。しかし法を犯さなくては生きてはいけません。

そして闇商売を始めるのにも元手がいります。

元手を作るためには何かを売らなければなりません。

家の中にあるもので何が売れるのだろう?

服や靴、鍋(なべ)や釜(かま)などの家財道具をあるだけ持って農村を回り、トウモロコシや小麦粉と交換しました。忠秋さんからもらった赤いサンダルも売りました。それで、闇市でパンやそばを作って売ってしばらくは食べつなぎました。でも、売るものはすぐに何もなくなりました。

そこで山に入って木を切り、薪(まき)にして闇市場で売りました。

山には麻袋を持った貧しい風体の人がたくさんいました。みんな目的は同じです。最初のうちは売れましたが、みんなが同じことを始めると、競争相手が増えて、やがて売れなくなりました。

食べ物はほとんど毎日トウモロコシかおからに、野草を混ぜて炒(い)ったものでした。

それがやがてお粥(かゆ)になり、三食が二食、一食に減っていきました。

食糧不足はやがて飢饉(ききん)に変わりました。

このままでは、餓死してしまう。

食べ物を探すことが日々の戦いになりました。

川にいるカエルやヘビは大切な食べ物でした。はじめのうちは怖くて捕まえることができなかったけど、やがて平気になりました。

夫はバケツにヒモを付けてウサギを捕まえる罠(わな)を考案し、木と木の間に網をかけて鳥を捕まえようとしました。

捕まえられることは滅多になく、そのうち、野山には動物の姿さえ見られなくなりました。食べられるものは人間がほぼ食べ尽くしたのです。

周囲でもばたばたと人が死んでいきました。

盗みが横行し、捕まった人は見せしめに公開処刑されました。

私も二回、公開処刑を見に行かされました。

行かないと罰せられるのです。

彼らは木に縛られ、口を塞(ふさ)がれ、一人の罪人につき三人の兵士が一斉に撃つのです。

私はとても正視できず、ずっとうつむいていました。

餓死者が沢山出る一方で、闇市は人であふれていました。

闇市には、ないものがないのです。

でも、値段がべらぼうに高くて手が出ないのです。

そんな闇市にも、飢えた人々がいました。

物乞い、拾い食いのために来ている子供たちであふれていました。

闇市場には大量の穀物や食品が並んでいるのに、その前でやせ細った子供が何人も野良犬のように拾い食いしているのです。

闇市場のトウモロコシそばの売り場には、真っ黒に汚れた服を着た子供たちがいっぱいいて、そばを食べ終えた客に群がって「おじさん、そばの汁を捨てないで、私たちにちょうだい」と言って残り汁をごくごく飲むのです。

水たまりの泥水を飲んでいる女の子もいました。

路上で行き倒れた女の人の死体が片付けられもせず、何日も同じ場所、同じ姿勢でそのままだったのを見たこともあります。やがて誰がかけたのか、むしろが顔に被(かぶ)されていました。

冬になると飢饉はますます深刻になりました。

あれは九七年のはじめのことだったと思います。

駅に行ったときのことです。

駅の待合室は列車を待つ人や夜露をしのぐ人で足の踏み場もないほどあふれかえっていました。その中には動かない人が大勢います。行き倒れた人たちです。その死体を何体も、安全員が罪人に命じて引きずり出させ、荷車に積んでどこかに運んで行きました。凍傷のせいでしょうか、手足が腫(は)れ上がって歩けない四歳ぐらいの子供が、四つん這いになって『オンマー、オンマー（母さん、母さん）』と泣きながら母親を探していました。

私はいたたまれなくなってその場を離れました。でも、どうしても、どうしても、さっきの子供の泣き声が耳から離れません。私はもう一度駅に戻りました。

子供は、まだ同じ場所で泣いていました。

私はその子を抱き上げました。顔は真っ赤に腫れ上がって、男の子か女の子かわかりません。

「オモニの名前は？　アボジは？」

子供は泣いてばかりです。

すると近くにいた大人が声をかけてきました。

「両親は昨日死んだよ。その子も時間の問題だ」

私はその子を抱いて家に帰りました。

夫は何も言わず一緒に看病してくれました。

顔を拭いて白湯を飲ませました。女の子でした。

懸命に看護しても、やはり栄養が足りません。

五日後、女の子は死にました。

遺体を小屋の近くの樹の下に埋め、お墓を作りました。

女の子の亡骸を埋めた後、夫は言いました。

どんなにかわいそうな子がいたとしても、家に連れて帰ってはならない。

私たちのところに来ても助からないんだ。自分たちが生きてゆくことを考えよう。

悲しいけれどそれがこの国で生き延びてゆく術なのです。

飢饉はいよいよ深刻になりました。

そして、夫の身体にも不吉な兆候が現れました。

目のふちのあたりに、赤い斑点が浮き出したのです。

栄養失調の典型的な症状です。

私たちは経験上、知っていました。この症状が出ると、先は長くない……。

身体の筋肉はもうほとんどなく、骨と皮だけのようになりました。

夫は動けなくなり、ずっと床に臥していようになりました。

私は懸命に食べ物を探しましたが、何も手に入りません。

床に臥してからの夫は、日本にいた頃に食べた、美味しかった食べ物の話をよくするようになりました。しかし、日を追うごとに、話す気力も体力もなくなってきているのがはっきりとわかりました。

ある日のこと、珍しく夫が話しかけてきました。

「西宮の……話を……」

「美味しかった食べ物の話？」

「いいや……野球の話……バルボンの話を……」

「バルボンのどんな話？　思い出話？」

「いや……バルボンの……バルボンは……今……どうしてる……と、思う？」

「いつも一緒に祈ってたとおりよ。きっとふるさとのキューバで幸せに……」

夫は首を横に振りました。

そして、残った力をふりしぼるようにして、ゆっくりと、関西弁でしゃべりました。

「……バルボン……キューバには……帰らんかったんや……日本に……今も……今もな……あの球場で……阪急の……ユニフォーム着て……みんなの、人気者や……仕事は……コーチ……いや……通訳や……通訳や……日本語、上手やからな……関西弁やけど……日本まで来た、外人選手の……通訳……ときどきは……通訳に、うそも、混ぜて……外人選手、安心させたるんや……バルボン……やさしいからな……」

夫は、空想の中で、自分がこうであったらいい、と思うバルボンさんの姿を語っているのでした。

「バルボン、あんなに帰りたがってたのに、なんで故郷に帰らへんかったん？」

「……日本が……ほんまに……心から……好きになったんや……」

「生まれ故郷のキューバより？」

「……たぶん……いや……それは……判らへん……ただ……日本が……バルボンの……『コヒャン』……に……なったんや」

夫は『コヒャン』という言葉だけを、朝鮮語で言いました。

朝鮮語の『コヒャン』は、日本語の故郷という意味です。そこには生まれた土地という意味と、これまで暮らした愛しい場所、という両方の意味があります。

「そうやとしたらバルボン、ずっと好きな『コヒャン』で暮らせて、きっと幸せやね」

夫はほとんど力のない手で、私の手をかすかに握りしめました。

そして、消え入りそうな声でつぶやきました。

「……ぼくの……『コヒャン』……どこに……あったんかな……」

「あんたの『コヒャン』は、あんたの生まれた西宮球場。そして、きっと、あの丘。悲しいこと、苦しいことがあったら、いつも夜の小径を、手をつないでふたりで行った、あの丘。誰にも邪魔されることのなかった『コヒャン』、私たちだけの『コヒャン』……」

私は話しながら涙がこぼれるのを堪えることができませんでした。

私の手を握る夫の指に、ほんのわずかだけ力が戻りました。

「……おまえのこと、好きだった……」

彼の最後の言葉は、朝鮮語でした。

「勇気を……」

それだけ言うと、指は力をなくし、床に落ちました。

一九九九年、七月。夫は息をひきとりました。

私はひとりになりました。

3

夫が死んでから、私も死ぬのだ、と覚悟を決めました。

やせ衰えた脚をひきずり、夢遊病者のように家を出ました。何時間もあてどなく歩きました。

気がつくと清津駅の前まで来ていました。

駅は立派な石でできた巨大な建物で、二階分の高さのある細長い窓が並んでいます。正面の一番高いところには、金日成の肖像画が掛けられています。

満面に笑みをたたえた金日成が見下ろす駅の入り口や待合室の床には、いつものように、死んだ人や瀕死(ひんし)の人たちがあふれていました。

この国では、駅でたくさんの人が死んでゆきます。

正確に言うと、死ぬ以外に未来のない人間が、駅へとやってくるのです。

どうしてだかわかりますか？

こんな酷(ひど)い国で惨めに死んでゆくしかない人間にさえ、駅は、かすかな希望の道へとつながる脱出口のように見えるのです。

たまにやってくる列車の発着のざわめきが、人々の消え入りそうな命を揺らすのです。

今、やってきた列車は、食糧を運んで来た列車かもしれない……。

今、出発する列車に飛び乗れば、ここよりいい場所にたどり着けるかもしれない……。

今よりまだ少しはましだった、あの頃に戻れるかもしれない……。

どれも叶うことのない、幻です。それでも人は、死ぬ間際にその幻を求めて、この駅にやって来るのです。

かつては母と夫と一緒に、わずかばかりの希望を抱いて降り立ったこの駅にただひとり残され、孤独にうちひしがれながら、私はいつ聞こえてくるかもわからない列車の到着の音を待っていたのでした。

そのとき、一瞬、私の耳に、遠くの方からざわめきが聞こえたような気がしました。

列車が到着したのかもしれません。

死にかけた人々が寝そべる暗い駅の構内をふらふらと歩くと、そこだけひっそりと静まりかえった通路の奥に重たそうな鉄の扉があり、わずかな隙間からぼんやりと光が漏れているのが見えました。

普段は閉まっている秘密の扉のようでした。

私はその隙間に身体を入れました。

隙間の向こうには薄暗い階段が地下に続いていました。

何ひとつ物音がしません。

さきほどの列車の到着のざわめきは、空耳のようでした。

でもここには何か、食糧があるかもしれない。

ゆっくりと階段を下りました。

その瞬間、あまりの空腹のせいか、不意に身体の力が抜け、意識が遠のきました。

気がつくと、とても天井の高い空間に、私は佇(たたず)んでいました。

再び人々のざわめきが聞こえます。それは列車が到着するときのざわめきとは違うものでした。

真っ白の天井と壁が、どこも崩れていません。

北朝鮮でこんなにきれいな壁を見たのははじめてでした。

私は、決して入ってはいけない危険な場所にまぎれこんだのかもしれません。

明るい光が通路に漏れている部屋がありました。

そこにはぴかぴかに磨かれた鏡がありました。

北朝鮮では、鏡はとても珍しいのです。ましてや、ぼやけずにきれいに映る鏡など、これまで私が住んでいた町では一枚も見たことがありませんでした。

そのとき、鏡に映る自分の姿を見て、私は声をあげて驚きました。

私以外の誰かが、そこに映っているのです。目をこすってもう一度よく見ました。

どうやらそれは私のようでした。

三十年ぐらい若返った私がそこにいました。

私の前歯は、上も下も五十歳になる前に全部なくなっていました。

そして髪の毛はすっかり赤茶けていたはずです。本当に栄養がなくなると、髪の毛というのは白髪になるのではなく、赤茶けてくるのです。私の国では何も特別なことではありません。

なのに、鏡の中の私は、やせてはいるものの、髪にはまだ黒さが残り、抜け落ちたはずの前歯が何本か残っていました。たしかに三十年前の私です。

いったいどうしたというの？

そしてここは？

そのとき、大歓声が聞こえました。

歓声はひときわ明るい光が漏れる階段の向こうから聞こえます。

私は階段を上がりました。やせ衰え、失われていたはずの体力が、まだ身体の中に残っています。息も切れません。

階段の上までやってきたとき、息を呑みました。

私の目の前に、幻が広がっていました。

そこは、かつて忠秋さんと一度だけ一緒に行ったことのある、夜の西宮球場でした。

空腹がもたらした幻でしょうか？　きっとそうに違いありません。

いえ、たとえ幻でもいいのです。

どうせ死ぬのなら、最後に美しい幻に包まれながら死んで行きたい。

スコアボードを見ました。

「阪急」の選手の最後に「梶本」の名前がありました。

グラウンドに目をやると、左腕をしならせて球を投げる投手がいました。

あの丘の上の暗闇の中で、夫が真似ていたフォームと、まるで同じです。

ここは、忠秋さんと一緒に野球を観た、あの昭和三十四年の西宮球場だろうか……。

私はかつて忠秋さんと一緒に野球を観た席を探しました。

7段の17番と18番。もちろんもう憶えてはいないけど、たしか、このあたりでした。18番には知らない男の人が座っていました。

私は、変に聞こえないように、その人に訊きました。

「あの……すみません、今日は、バルボンは、試合に出場していないんですか？」

「バルボン？」

男の人は大笑いしました。

「バルボンは四年前に引退したで。ええ選手やったけどなあ」

「ああ……すみません、久しぶりに観に来たもので」

かたわらの座席にスポーツ新聞が捨てられているのが目に入りました。

手に取ってその日付を見ました。

……昭和四十四年。

私は忠秋さんと一緒に球場で野球を観た昭和三十四年の、十年後の西宮球場に「戻っていた」のです。

梶本はまだ現役を続け、バルボンは引退していました。

「バルボンは、キューバに帰ったのですか?」

「どうなんやろなあ。引退してからのことは知らんなあ」

私は隣りの空いている17番の席に座り、ぼんやりと試合を眺めていました。

そしてもう一度、自分に言い聞かせました。

(これは、幻なんだ……夫が見せてくれている、幻なんだ)

ふとこの球場のどこかに、死んだ夫がいて、私を見ているような気がしました。

夫も今、この球場のどこかで、あの梶本の投げる姿を見ている……。

阪急の最後のバッターが三振し、試合が終わりました。それでも私の幻は、まだ醒めそうにありません。

人ごみに交じって球場の外に出ました。

そこには、かつて住んでいた頃とほとんど変わらない西宮の街がありました。忠秋さんと一緒に歩いた風呂屋へと続く道。

阪急電車の線路沿いの道にひしめきあう観客相手の食堂や喫茶店。忠秋さんと一緒に歩いた風呂屋へと続く道。何もかもがあの頃と同じでした。

そのとき、恐ろしい考えがうかびました。この街に、まだ忠秋さんはいるかもしれない。忠秋さんの働いていた洗濯屋に行けば、忠秋さんに会えるかもしれない……。その恐ろしい考えを私はすぐに振り払いました。こんなみすぼらしい格好で、忠秋さんに会うわけにはいかない……。こんな惨めな姿になった自分を見ると、忠秋さんはどれほど失望するだろうか。

すると、もうひとりの自分がまたその考えを打ち消します。

どうせこれは幻じゃないか。幻の中で忠秋さんに会ったところで、何の問題がある？

私はふたつの答えの間でどうしていいかわからず、ただ立ち尽くすしかありませんでした。

傷痍軍人のアコーディオンの音が聞こえてきました。

どこか知らない遠くの世界へ連れて行かれそうな、物悲しい音色です。

私の目の前を、まるで影絵のような現実感のない人々が通り過ぎていきます。

そのときです。

私はたしかに見たのです。

忠秋さんが、八歳ぐらいの小さな子供と一緒に歩いているのを……。

私は声が出ませんでした。

傷痍軍人のアコーディオンが一層大きな音を鳴らしました。

あなたと、そしておそらくはあなたの息子さんの、ふたつの影を私は追いました。

ふたつの影は私たちがいつも行っていた「ひびき食堂」に入りました。

私は店の前で立ち尽くしました。

無一文の私は、店の中に入るわけにはいきません。

セロテープでつぎはぎした磨(す)りガラスの窓に耳を近づけると、かすかにふたりの会話が聞こえてきました。

私は、じっと耳を澄ませて、ふたりの会話を、あの窓の外から聴いていたのです。

「サイン、もろといたげよか？　ぼく、名前、何？」

「まさあき。正しいに季節の秋です」

正秋。それが、忠秋さんの、息子さんの名前……。

途中で、ふたりの会話はおかしな調子になりました。

息子さんが、なんと忠秋さんの未来を語りだし、死ぬ歳まで予言するのです。四十九歳。今の私の歳より若く忠秋さんは死ぬ？　この子は何をしゃべっているのだろう。

するとと忠秋さんは、息子さんに、私のことを話しだしたのです。まだ形のない夢を追っていた、西宮に住んでいた頃の、二十一歳の私の話を。あなたが語るその思い出のひとつひとつに、私は声を押し殺して泣きました。堪えきれず、あの交差する線路の上を電車が通り過ぎるときだけ、私はその音にまぎれて嗚咽を漏らしました。

ふたりで雨宿りをした夜がありましたね。「なんで、おれは言えんかったんや」と後悔した、忠秋さんが言えなかったその言葉を、私はあの窓の外で聴いていました。「安子、北朝鮮には行くな！　おれと一緒にずっと日本におれ。金日成より誰よりも、おれが日本で安子を幸せにしたる。たとえどんな差別を受けても、全部おれが守ったる。北朝鮮に行くより、ずっとずっと、幸せにしたる……」

忠秋さん、どうか自分を責めないでください。私があの国で、自由に野球を観ることができるようにと、あなたがひそかに祈ってくれていただけで、私は幸せです。

なぜなら私は、あの国で、自由に野球を観ることができたからです。そう、真夜中の、あの丘の上で。

そして忠秋さんは、あの夜、外野席に私がいるような気がして、ずっと見つめていたと言いましたね。

たしかに私は座っていたのです。

あの夜、あなたが見つめていたあの外野席に。


突然、交差する線路の上を走る電車の音が聞こえてきました。

耳をふさぎたくなるほどの大きな警笛が鳴り響きました。

私はめまいをおぼえ、思わずガラス窓に手をついてしまいました。

ガラス窓が揺れました。


気がつくと、私は、夜の清津駅の前に立ち尽くしていました。

4

私は、幻を見たのだ。ずっとそう思っていました。

すべては私の妄想の中での出来事。冷静になって振り返ってみると、そう考えた方がずっと納得がいくのです。

それから三年が過ぎた二〇〇二年の春でした。

この三年間を私がたったひとりで生き延びてこられたことは、まさに奇跡でした。

北朝鮮の飢饉は夫が死んだ頃に比べればいくらか峠を越えましたが、私には生きる術がありませんでした。私は闇市で売っている食べ物の、客が残した汁を恵んでもらいながら、なんとか生きながらえていたのでした。人々は私のことを物乞いの老女とみていたでしょう。夫と住んでいた家はとうの昔にひと月分ほどのトウモロコシをもらう代わりに人手に渡し、夜は清津の駅の構内で寝ました。

北朝鮮に来て、もう四十年以上の歳月が流れていました。

そんな私に、もう一度、奇跡のようなことが起こったのです。

ひもじい身体をひきずって清津の闇市を歩いていると、私に声をかける人がいました。

「お姉さん、もしかしたら、西宮にいたお姉さんじゃないですか？」

五十歳ぐらいのその女性には、まったく見覚えがありません。それに私はもう「お姉さん」と呼ばれる年齢でもありません。

でもこの女性は、私が西宮にいたことを知っている。

「あなた、誰ですか」

「武庫川の河原のマラソンのこと、憶えていませんか」

武庫川の河原のマラソン……ずっと昔、たしかにそんなことがありました。あの日私は、土手の陰から、こっそり忠秋さんが走るのを応援していたのでした。

「私は、あの日、お姉さんと一緒に土手の上から応援していた子供です」

「あの日は、私、ひとりで応援していたんだけど」

「はい。私はお姉さんが応援している人とは別の人を応援していました。アボジが走るのを、弟と応援していました」

思い出しました。

武庫川の橋の下に住んでいた、くず鉄拾いの男の娘でした。

そう、あの日、忠秋さんと、景品の自転車をかけて三位争いをした、あのくず鉄拾いの娘です。

「あなたも北朝鮮に帰っていたの？」

「はい。あれから父と弟と三人で。橋の下を抜け出して、なんとか生活していました。でも生活はやっぱり苦しくて、一九六二年に帰国船に乗ってやってきたんです」

それは私が北朝鮮にやってきた二年後でした。

彼女もまた四十年の歳月を、この国でなんとか生き延びていたのです。

「アボジと弟さんは？」

彼女は首を横に振りました。

ふたりの運命がこの国でどうなったのか。それは訊かずとも想像できました。

私たちはしばらく無言のまま抱き合って泣きました。

「あなた、どうして私がわかったの」

「泣きぼくろ。お姉さんの泣きぼくろは、とっても変わってるもん。涙の形してて、ほんとに泣いてるみたい」

どんなに老いさらばえても、左の目の下の泣きぼくろだけは残っていたようです。

「私、李安子です」

「私は姜花善（カンファソン）。不思議ですね。こんなに時が経って、お互いの名前を知るなんて」

「今、どうやって暮らしてるの？」

「生きるために、いろいろやってます」

彼女は言葉を濁しました。

「私、お姉さんにお礼がしたいんです」

「お礼？」

「だって、あのときの自転車、お姉さんが応援していたお兄さんが、私のアボジに譲ってくれたんだもの」

「どういうこと？」

あのマラソンは、忠秋さんが最後までくず鉄拾いの男……つまり、彼女の父親……と競って、ぎりぎりゴールの直前で追い抜かれたのでした。私も遠くから見ていてそのように見えました。

でも、彼女によると、真相は違うというのです。

「アボジはあのマラソンの後、ずっと言ってました。あいつは、脚がもつれたふりをして、わざとスピードを緩めたんだって。俺に自転車を譲るために、あいつはわざと負けたんだ、って言うんです」

忠秋さん、ほんとうはどっちなのですか？　でも、今さら真相はもうどうでもいいのかもしれませんね。大事なのは彼女が私にとても好意を持ってくれている、ということです。そしてそれは、忠秋さんのおかげだということです。

「私、自転車に乗れて、ほんとにうれしかった。一生の思い出です。あの自転車は、あのお兄さんが私にくれたものです。だから私、あのときの恩返しを、お兄さんの代わりに、お姉さんにしたいんです」

恩返しと言われても……。私は答えに困りました。

「何か、困ってることはありませんか？」

「もうひとりで生きていくのに精一杯。何も考えられないわ」

「お姉さん、ひとりぐらし？」

「そうよ、三年前に、夫を亡くしたの」

彼女は私に何かを言おうとして、あわてて口をつぐみました。私にはわかりました。

「あの日、マラソンを走っていた人とは、別の人よ」

彼女はそれ以上、私の身の上について訊こうとはしませんでした。

「今、どこに住んでいるの」

「清津駅の構内よ」

「そんな……」

駅に住んでいるというのが何を意味するのか、彼女は十分にわかっているようでした。

「お姉さん、私、きっと力になります」

そう言い残して、その日は私と別れました。

何日かすると、彼女は駅の構内にいる私を訪ねてやってきました。

「お姉さん、話があるの。誰もいないところで話をしましょう」

私はもちろん警戒しました。この国で誰も信用してはならないのは、昔も今も変わりません。

ただ、私はもう六十四歳でした。しかも物乞いのようなことをして生きながらえている、みすぼらしい老女です。

今さらこんな私をだまそうとしたり、陥れようとする人もいないだろうと思えました。

私は彼女のあとをついていきました。誰もいない工場跡で彼女は立ち止まりました。

「お姉さん、中国へ行く気はないですか？」

私は彼女の言葉に驚きました。

「私、この前、生きるためにいろいろやっているって言ったでしょ。実は私ね、この国の女性を中国に送るブローカーの仕事をしているの」

そんな仕事があるのは聞いたことがありました。

この北朝鮮という国から逃れるには、方法はふたつしかありません。

密航船で海を渡るか、内陸の国境線になっている豆満江（トマンガン）という川を渡り、中国へと逃れるかです。川を渡る方がはるかに現実的です。ただし、失敗すれば死が待ち受けています。

捕まれば死刑を覚悟しないといけないし、途中で川に流されて死ぬ人もたくさんいます。

それでも北朝鮮の多くの人々は、命を賭けて、この川を渡ります。その橋渡しをするブローカーがいるのです。

ただ、おそろしい噂がありました。

北朝鮮を脱出したいあまりに、悪質なブローカーの口車に乗った若い女性たちは、どこかいかがわしい店に売り飛ばされたり、中国人の男性と無理矢理結婚させられ、性の奴隷のように扱われ、捨てられる……。

彼女は言いました。

「中国はね、食べ物は豊富にあるの。北朝鮮の人々が食べているものより中国の犬のエサの方がはるかに豪華なぐらいよ。でもね、女性は不足しているの。中国は、家族の人数制限があるからね。だから女性の数は男性よりずっと少ないのよ。つまりは極端な嫁不足なの。農村部に行くと事情はずっと深刻よ。若い女性は農村には残らないからね。北朝鮮の女性はお嫁さんとしてとても人気があるわ。それに、中国人といっても、国境付近には朝鮮族の中国人もたくさんいるのよ。お姉さんが心配していることもわかるわ。悪い噂のことでしょう? そういうことも、ないとは言わないわ。でも、私は大丈夫。私を信用して」

「あなた、私の年齢が判ってるの? 六十四よ。なんで今さら、結婚なんてできるの?」

「お姉さんのような女性を必要としている人がいるの」彼女は言いました。「たしかに昔はね、若い女性しか中国人とは結婚できなかったわ。でもね、今は時代が変わってるの。長年連れそった連れ合いを亡くして寂しくひとりで暮らしている男の人もたくさんいるのよ。そんな人が、残りの人生を静かに一緒に暮らしてくれる女性を探しているの」

男性は、彼女のようなブローカーに、決して安くはないお金を払うはずです。代わりに女は、身ひとつで男のもとに「嫁ぐ」のです。もちろん国境を越えてくる北朝鮮女性との結婚なんか中国側は認めていませんから、この「嫁入り」は非合法です。

要は、人身売買です。どこの誰とも知れない男のもとに売り飛ばされることに変わりありません。

「ありがとう。でも、私にはそんな気はないの。何より、川を渡るのがとっても怖い」

「お姉さん。ほんとうにこの国で一生を終えていいの？　この国で物乞いのようなことをして一生を終えるの？」

「……………」確かに私の生活は、人間のものとは言えませんでした。

「お姉さんの出身はどこ？」

「済州島よ」

「もし北朝鮮を逃れて中国に渡れば、いつかお姉さんのふるさとの済州島にも戻れるかもしれないわ。実際、中国人の花嫁になってから、韓国に亡命した人たちもたくさんいるのよ。もちろん危険は伴うけど。でも、この国にとどまる限り、そのチャンスは永遠に訪れないわ」

済州島に帰る。そんなことは今まで思いも及びませんでした。たとえ帰っても、もうそこに誰も私を待つ人はいないのです。

「お姉さん、よく考えて」

私には、すぐに答えが出ませんでした。

私は清津の海をのぞむ丘に建つ、父母と夫と息子の墓の前にいました。

北朝鮮を脱出する。それを、あなたたちは、許してくれますか?

四人は答えません。ただ風だけが吹いていました。

そのとき、夫の最後の言葉が、風に乗って聞こえたような気がしました。

「勇気を……」

勇気を……。

私は、風に乗って聞こえてきたその言葉をあらためてかみしめました。決して忘れることのないように、しっかりと。

そして突然、この言葉を、あの夜も聴いたことを思い出しました。

私が幻を見た、あの不思議な夜です。

窓の向こうから、忠秋さんと正秋さんの、こんな会話が聞こえてきました。

「阪急のこと教えてくれた江藤のおっちゃんに、感謝せなあかんな」

「うん。江藤のおっちゃんは、勇気が欲しかったら、阪急の試合、観に行けって、ぼくに言うたで」

きっと正秋さんは「江藤のおっちゃん」に背中を押され、あの日、西宮球場までやってきたのですね。

「江藤のおっちゃん」が正秋さんに教えてくれた大切なもの。それは「勇気」だったのですね。

江藤とは、私の夫の日本名と同じです。

私に「勇気を……」と最後の言葉を残してくれた、夫。

その言葉は、夫が北朝鮮に渡るとき、父親から言われた言葉でもありました。

父親が息子に託した「勇気」という言葉。

北朝鮮にひとり残され、未来を問うために墓の前にひざまずいていたあの日の私は、まさに、その言葉に背中を押されようとしていました。

江藤のおっちゃん、と、夫の父。

もしもあの夜、私が見たものが、幻でないとしたら……。

ふたりは、同じ人ではないでしょうか。

5

北朝鮮との永遠の決別を決意して、豆満江に向かったのは、生温かい風が吹く六月の夕方でした。

彼女が用意したトラックに乗りこみ、清津の街を出ました。

荷物は何もありません。今、ほんとうに必要なもの……勇気だけが私の懐にありました。

それでも不安は消えず、すぐに私の心は挫(くじ)けそうになりました。

中国への越境は、「民族反逆罪」という重い罪です。

中国も越境者には神経質になっていて、見つかれば、北朝鮮へ強制送還され、死刑か、死を待つしかない「管理所」送りです。川を渡っている途中で北朝鮮の警備隊に見つかり、その場で銃殺された人もいるそうです。

「お姉さん、警備隊の一番手薄なところを渡るから、安心して。必ずうまくいくから」

彼女はトラックの荷台の中で、私に言いました。

夜の八時頃、恵山(ヘサン)という国境の町に着きました。町には彼女の知り合いの男性が待っていました。この人が一緒に川を渡り、中国側まで案内してくれるといいます。

決行は、夜の十時だと言います。

私はその時が来るまで、荷台の暗闇の中で待ちました。悪い考えが頭によぎらぬよう、ひざを抱え、ただひたすら十時になるのを待ちました。それでも私の顔には不安の表情がうかんでいたのでしょう。案内人の男性が話しかけてくれました。

「安心してください。私は今までたくさんの人を、あの川の向こうに渡してきました。一度だって失敗したことがないんです」

「スンニャンの仕事は完璧よ」彼女が口をはさみました。「日本にいた頃とは大違い」そう言って笑いをかみ殺すのです。

「スンニャンって、珍しい名前ですね」

「あだ名ですよ。このへんの方言で、オオカミという意味です」

「日本にいたことがあるんですか？」

「はい。私も、日本で生まれた朝鮮人です」

「どちらですか？」

「東京です」

「私は兵庫の西宮というところです。日本では、どんなお仕事を？」

「子豚を、追いかけ回していたんですよ」

「子豚？」

「ええ。三匹の、子豚をね。いろいろ作戦を練ってね。もっとも、一度だって成功したことはありませんでしたが。いつも吠(ほ)え面かいて、月を見ながら泣いていましたよ」

夜の十時になりました。

私はスンニャンと強く手を握り、一緒に川に入りました。

川面(かわも)にはきれいな満月が映り、ひとすじの月の道を作っていました。

「この光をたどって、まっすぐ行けばいい」

暗闇と区別のつかない真っ黒な川面に、月の光でそこだけ明るく照らされた光の道を、私はおそるおそるたどって川の中を進みました。

水深はすぐに腰の深さまでになり、やがて胸の深さにまで迫りました。

川の中ほどにさしかかると、急に流れが速くなりました。

水も急に冷たくなりました。

慌てて踏み出した足もとの石が崩れ、私は転倒して水を飲みました。

私は泳ぎができません。水の中でばたばたともがいているうちに私の手は握っていたスンニャンの手から離れてしまいました。

両足が川底から離れ、身体がどんどん川に流されていきます。

必死で水を掻(か)こうとしても、身体はただ沈んでいくばかりです。

もうだめだ。

あきらめたその時でした。スンニャンの手が私の身体を引き寄せました。

足の裏が川の床に着きました。

そこが、私がはじめて踏みしめた、中国の地でした。

「幸運を祈ります」

スンニャンは私に一言、そう言い残して再び川に入りました。

北朝鮮の荒々しい山影にかかる、銀貨のように美しい満月の神々しい光が、彼の濡(ぬ)れた背中を照らしていました。

川岸には、彼女が手配した別の男が待っていました。

私は着替えの服と下着をもらい、男の車に乗りました。

やがて街の灯が見えてきました。

延辺(イエンペン)朝鮮族自治州の延吉(イエンジー)市という街です。

中国の街に来てまず驚いたのは、街の喧噪(けんそう)です。なによりも車の多さに驚きました。

そして夜でも街が明るいことです。この街にあの北朝鮮の闇はどこを探してもありませんでした。

その夜は隠れ家として使われている朝鮮族の家族が住む家で一夜を明かしました。

翌日、また車に乗せられ、丸一日かけて延吉市から何百キロも離れた、ひなびた村にたどり着きました。

車が停まったのは村の一番はずれにある、藁葺き屋根の家でした。家から出て来た男は六十代半ばで、私と背丈が同じぐらいの小さな老人でした。にこやかに笑っているだけで、何もしゃべりません。

最初は中国語をしゃべれない私に遠慮しているのかと思いましたが、そうではありませんでした。彼は口がきけなかったのです。耳も不自由なようでした。

案内人によると、五年ほど前にやはり口のきけなかった妻と死別し、それからずっとひとりだったそうです。

私が着いた日に、彼は白米と野菜の料理を出してくれました。前に食べたのがいつだったか思い出せないぐらい、何十年かぶりに食べたコメはほんとうに美味しかった。私は犬のようにがつがつとほおばりました。何杯も何杯も、おかわりしました。その人はそんな卑しい私の姿を笑顔で見つめていました。

質素だけれども清潔な寝床で、その夜、私が見た夢は、飢え死にした夫と一緒に白米を食べている夢でした。

「よかったね。やっと白米を食べられるようになったね」

夫は、満足そうな顔で食べ終わると、

「じゃあ、行くよ」

と立ち上がり、戸口に手をかけて家を出て行こうとします。

「行かないで！」

泣きわめきながら叫ぶ私をそっと揺り起こしてくれたのは、新しい夫でした。


小さな畑の耕作と、ガチョウと牛とヤギの世話が次の日からの私の仕事になりました。夫は言葉をしゃべることはできませんが、同じように言葉を話せない動物たちを観察する力に長けていました。よく見ると、動物たちにも表情があるのです。なぜ元気がないのか、なぜ悲しそうな顔をしているのか、彼は動物たちの内面を読み取り、どう対処するのがいいのかを知っていました。私はそれを見よう見まねで覚えていきました。暮らしは決して裕福ではありませんでしたが、張りのある日々でした。

作業の合間、夫と一緒に藁の上に寝転んで流れる雲を眺めるのが好きでした。

いつしか、私の目には色を感じる力が戻っていました。

よく観察してみると、雲というのは太陽の光の加減で、刻一刻といろいろな色に変化するのです。私はそれを見て飽きることがありませんでした。

夫はとても私を大事にしてくれました。

静かな日々は、平和に過ぎてゆきました。

ある日、コメを炊こうと透明のビンに入ったコメを見ると、ビンの中に小さな黒い虫がうごめいていました。

「コクゾウムシ」です。

まだ日本にいた子供の頃、オモニに言われたことがありました。

「コクゾウムシを逃がしてやろうなんて思っちゃだめだよ。この虫はもう、そのコメの入っているビンの中でしか生きられないんだよ」

私もまた、このビンの中のコクゾウムシのように、この小さな村で一生を終えるのでしょう。たとえ今の夫と死別しても、私はここで骨を埋めるつもりです。

夜、私はときどき眠れなくなります。

夫の家には小さなラジオがありました。耳の聞こえない夫の家になぜラジオがあるのか不思議でしたが、北朝鮮がそうであったように、政府からの大事な放送を聴き逃さないよう、各家庭に配られているのかもしれません。

眠れない深夜、私はラジオのスイッチを入れてみました。

ボリュームを上げても寝息を立てて寝ている夫のことを気にする必要はありません。

政府の宣伝放送しか聴けない北朝鮮のラジオと違い、ダイヤルは固定されていませんでした。回してみると、いろんな言葉が聞こえてきました。中国語、朝鮮語……。そして、驚いたことに、日本語の放送も聞こえました。

そう、日本から千キロ以上も離れた、中国のこんな僻地(へきち)にも、海を越えて日本語の放送が聞こえてくるのです。

よく聞こえるのは、「ラジオなみはや」という、大阪のラジオ局の深夜放送でした。

注意深くダイヤルを合わせ、アンテナを南に向けると、まるで日本で聴いているように、よく聞こえるのです。ただしそれは真夜中だけで、ときどき、大きな雑音が入って音が途切れます。そんなときは、何をしゃべっていたか、聞こえなかった部分を想像しながらラジオを聴くのです。

ラジオで日本語の放送が聴けることを知ってから、私は深夜に日本のラジオを聴くのが楽しみになりました。

ビンの中のコクゾウムシが、ガラスの向こうの世界を知る魔法の箱を手に入れたのです。

北朝鮮に渡って四十年以上も、まったく耳にすることのできなかった日本の様子をラジオで聴いたときの私の戸惑いを、想像できるでしょうか?

まず驚いたのは、日本の最近の歌謡曲です。日本語で歌っているらしいことはなんとか理解できるのですが、速すぎて何を言ってるのか聴き取れません。まるで外国の歌です。

ほんのたまにですが、私が日本にいた頃に流行(はや)っていた歌がかかることがあります。

そんなときはラジオのボリュームをいっぱいにして、聴いています。

ニュースは、出て来る言葉の意味がほとんど理解できません。

私が日本にいた頃、まだ若くはつらつとしていた俳優さんや歌手が亡くなったというニュースを聴いて、あらためて自分が積み重ねてきた歳月に思いをはせることもあります。

日本のプロ野球の試合結果も入ってきます。

私はそのたびに何度も何度も耳をそばだてて聴くのです。でも巨人や阪神の名前は出てきても、阪急という名前やブレーブスという名前はニュースには出てきません。

阪急というチームは、もうなくなってしまったのですか?

だとしたら、西宮球場は、どうなったのでしょう。

もう野球はやらなくなって、競輪場だけになったのでしょうか?

梶本選手やバルボン選手は、どうしているのでしょうか。

もちろんラジオは四十年以上も前に活躍した選手のことなんかは教えてくれません。

ラジオから聞こえてくるおしゃべりはいつも断片的で、それを頭の中でなんとかつなぎ合わせて聴いている、私の中の「日本の姿」は、かなりいびつなものだと思います。

目の見えない人がゾウに触って、それがどんな生き物かを想像しているようなもので、きっと正確なことは何もわかってはいないのでしょう。ただ確実にわかるのは、日本はこの五十年で、大変な発展を遂げたということ、その間、戦争などはなく、ずっと平和だったということ、人が飢えるような悲惨なことは一度もなかったということ、みんなそれぞれいろいろな楽しみを持ちながら「自由」だということ、国の一番上の政治家のことでさえ、ラジオで悪口を平気で言える、北朝鮮からみれば信じられないほど幸せな国ということ、しょっちゅう殺人事件は起こるけど、それがわざわざニュースになるほど安全な国で、人はめったにおかしな死に方をしない国だということ、なのに、なんだかんだと心配ごともたくさんあって、あんまり未来は明るくないとみんなが思っていて、自分たちのことを幸せとは思っていない、ということ……。

たった一度だけ、「高倉健」という名前がラジオから聞こえてきたことがありました。それは、誰か知らない俳優の思い出話の中で出てきたのでした。学生の頃、健さんの映画に勇気づけられた。自分も高倉健さんのような俳優になるのが目標だ……。そんなことを話していました。

高倉健は、みんなから目標として目指されるほどの俳優になったのですね。

私が若かったあの頃から、後ろ姿がとてもかっこよかった高倉健。

日本の人たちは、五十年以上経った今もあの哀愁に満ちた、それでもすべてを背負って、まっすぐに背筋を伸ばした彼の後ろ姿を、追いかけているのでしょうか。

忠秋さんも、そして正秋さんも、誰かの背中を追いかけて、そしてときには誰かに背中を追いかけられて、懸命に生きてきたのでしょうか。

日本のラジオを聴いているうちに、私は忘れていた日本語をかなり思い出しました。
それが、この手紙を書くきっかけにもなったのです。
そして、もうひとつ、私がこの長い手紙を書くきっかけになったものがありました。
ある日、夫の机を整理していたときのことです。
今まで気づかなかった、一冊の本が目につきました。
それは、日本の国語辞典でした。
なぜ、中国人である彼が、日本の国語辞典を持っているのか。
私は不思議でなりませんでした。
私はその国語辞典を何気なくぱらぱらと開いてみました。
なつかしい日本の言葉がたくさん並んでいました。
その中に、一カ所、傍線が引かれている言葉がありました。
そこには、こう記されていました。

中国残留孤児

第二次世界大戦末期の混乱の中、主として旧満州（現・中国東北部）に家族と生き別れて残された日本人民間人の子供で、中国人の養父母らに育てられてきた人。


私はこの辞典を見つけたことを、まだ夫には知らせていません。

それは、触れてはほしくないことのように思えたからです。


そして私は、長い手紙を書くことを思いついたのです。


今、私のいる部屋の窓の向こうは何も見えない暗闇です。

暗闇を映す窓には、私の顔がうかんでいます。

老いさらばえた女の顔です。

この七十二年の私の人生は、何だったのでしょう。

あの清津の海の見える丘に眠る父と母、四ヶ月しか生きられなかった息子、餓死した夫の人生は、何だったのでしょう。

いったい「何」を追いかけて、私たちは生きて来たのでしょうか。

故郷とは何だったのでしょう。

生まれた土地を故郷とするなら、私の故郷は済州島です。育った土地を故郷とするなら、私の故郷は西宮です。選んだ土地を故郷とするなら、私の故郷は北朝鮮です。そして今、私は戸籍も何もない、その国からは国民としては認められていない、「存在しない人間」として中国で暮らしています。

人は自分の意思とは関係なくどこかに生まれ落ち、そこにない何かを求めて「故郷」を捨てる。そうして生まれた土地への望郷の思いを抱きながら、ある人はその地に根付き、ある人は新たな地を追い求めて再び荷物をまとめる。幸運な人は、いつしかそうして住んだ土地が「故郷」となる。

私には、結局どこにもその「故郷」を見つけることはできませんでした。

でも考えてみれば、それは当たり前のことなのかもしれません。

今になって私は思うのです。「故郷」とは、きっと追い求めるものではなく、ふりかえったときに、「ただそこにあるもの」なのかもしれない。

ふりかえったときに、ただそこにあるもの。

それは、西宮のアパートの日だまりで影絵をして遊んだ夕方。

日野神社でクスノキの葉の音に耳をかたむけた午後。

今津東映の破れた椅子（いす）の上で、高倉健の映画を観たあの日。

ヒット・パレードを観るために、大急ぎで風呂屋までの路地を走った夏の夕暮れ。

河川敷で、ユリカモメとあなたが走る姿を見ていた冬のあの日。

はじめて観に行った、西宮球場のナイターの光。

風に笑われて、ギターを持って裏山にでかけたあの夜。

アカシヤの花の香る並木道を夫と歩いた、静かな夕方。

暗闇の中、夫と手をつないでひたすら歩いた、五月の深い夜。

阪急の選手の思い出を熱心に語る夫の顔を見つめていた夜。

月の道をたどっておぼれそうになりながら、川を渡った満月の夜。

国境を越え、老いた夫と雲を眺めたあの昼下がり。

思い出したくもない辛い日々のほんの隙間に、ただそこにあった瞬間。

どこかで人が生まれ、生を営み、やがて通り過ぎてもその「土地」は決して消えることがないように、その思い出は、私が死んだとしても、きっと永遠に消えることはない。私はそう思いたいのです。

うまくは言えないけど、永遠というのは、終わりがない、ということです。終わりがないのならば、私の人生もまた、いつか繰り返されるのです。私の記憶は、きっとこの宇宙のどこかに、この世に生まれて来た人の数えきれない思い出と一緒に、そう、この宇宙のどこかに、永遠に漂っているのだと思います。私はその、どことも知れない「永遠に漂う場所」を、「ふるさと」と呼びたいのです。

忠秋さん
この手紙は、あなたのもとに届くでしょうか。

きっと、それは叶わないことなのでしょう。

もしもあの幻がほんとうであったとするなら、あなたは、もう、死んでいるのですから。

それでも私は、あなたに長い手紙を書きました。

なぜなら、こうして手紙を書いたというその事実が、私の、いえ、もっと大きな何かの記憶の中に刻まれ、その記憶は、永遠に宇宙を漂うと信じるからです。

忠秋さん
いつかまた、どこかで会いましょう。永遠という名の町の、交差した線路のどこかで。

あの空の向こうに

1

ロベルト・バルボンは自転車に乗ってやってきた。

「いつもは歩いて散歩するんやけどな。今日はなんでか、自転車に乗りたい気分でなあ」

よどみのない関西弁には人なつこいあたたかさがあった。

西宮北口の駅前で待ち合わせ、すぐ近くにあるという喫茶店の前まで自転車を押して歩く。

グレーのサマーセーターから伸びる腕はたくましく、まっすぐに伸びた背筋と長い脚は、七十八歳とはとても思えないしなやかさを保っていた。

今から半世紀ほど前、彼はパ・リーグの盗塁王の常連だったのだ。そんな彼が自転車を漕(こ)いでのんびりとやってきたのが意外だった。

喫茶店は、駅前から南へ数分のところにあった。すぐ近くに、西宮球場の跡地にできた例の巨大なショッピング・モールがある。

「この喫茶店、ぼくが阪急にいた時代からあったんや。このへんで残ってる店はここだけやな。あとはみんな変わってしもたな」

レモンティーを注文したバルボンさんは、そう言って店内を見渡した。

「ここは、あんまり変わってへんわ」

正秋は手短かに用件を説明した。今から五十年ほど前の、あなたと、阪急ブレーブスの話を聞きたい……。

「そんな古いこと、あんまり憶(おぼ)えてないけどなあ」

「バルボンさん、西宮球場のシーズン最後の試合で、ホームラン打ったことありませんでしたか」

「シーズンの、最後……ああ、たしか、そんなこと、あったなあ。あれはいつやったやろ。最後の試合でな、それも、九回の最後の打席で、ホームラン打ったことあるわ。ぼくは三塁打はものすご多かったけど、ホームランはめっちゃ少なかったんや。ほとんどフル出場したけど、ホームランは打っても、シーズンに一本か、二本いう年が多かった。あのときもそうやった。そやから球場のお客さん、ぼくが最後の最後にホームラン打ったんで、笑いながらえらい拍手してくれたわ。ベース回りながら、うれしいような、恥ずかしいような、けったいな気分やったなあ。結局、試合は負けたけどな」

バルボンさんの笑顔から白い歯がこぼれる。

「あの夜あなたが打った、シーズン最後のそのホームラン、ぼくはまだ生まれていませんでしたが、父が外野席で観ていました」

「へえ、そうやったん」

「父は、当時、西宮北口に住んでいたんです」

「ぼくも西宮北口に住んでたんや。球場から踏切渡った線路沿いの家やった。電車の音がうるそうてかなわんかったわ」

昭和三十四年。父とバルボンさんは、この西宮の町でそれぞれの人生を懸命に生きていた。

「バルボンさんが、最初に日本に来たのは、たしか、昭和三十年でしたね」

「そう。一九五五年。阪急にいてたのは、一九六四年までの十年間やね」

「はじめて日本に来た日のことは憶えてますか」

「もちろん！　忘れるわけないわ。ぼくは二十歳そこそこで、あの頃ドジャースのマイナーチームでメジャーを目指してた。突然、日本行きの声がかかった。ぼくはメジャーに行きたいていう夢があったから、寝耳に水や。日本てどんな国や？　そういうたらもう題名は忘れたけど、当時ジョン・ウエインが出てる戦争映画を観たことがあったんや。その映画に出てくる日本は、南の島のようやった。今から考えたら、あれは、単に戦場が南の島、というだけやったんやけどな。けど、日本が南の島やと思い込んだぼくは、それやったら、生まれ故郷のキューバとそうは変わらんと思て、二、三年のつもりで日本に行くことにしたんや」

バルボンさんが観た映画というのは、おそらく一九五一年に制作されたアメリカ映画の「太平洋作戦」だ。この映画には日本軍と戦うジョン・ウエイン扮する海兵隊のリーダーがサイパンやフィリピンに転戦するシーンがある。バルボンさんはこのフィリピンやサイパンを日本と思い込んだのだ。それほどに、キューバ生まれの彼には、日本は果てしなく未知の国だった。

「あの頃は、まだジェット機がなかったから、日本へ行くのに、三日かかった。その間、給油のために五回乗り換えや。マイアミ、シカゴ、カリフォルニア、ハワイ、ウェーク島。こっちは日本は南の国や思てるから、ハワイで買うたアロハ着て羽田空港に着いたら、なんや地面に白い粉みたいなんがいっぱい積もっとる。なんやこれ？　って訊いたら、雪や、て言いよる。生まれてはじめて見たわ。その途端、すぐにでもキューバ帰りたいて思た」

「そんなに寒かったですか？」

「寒かったなあ！　あの頃はホテルなんかあらへんから、遠征は旅館やった。グラウンドでも旅館でも、真夏以外は、いつも火鉢に当たってた。夜は湯たんぽ抱いて寝たわ。キューバが恋しいて仕方なかった」

「なのに、キューバには帰らなかったのですか？」

「いや、シーズン終わったら、飛んで帰っとったよ。一九五五年、五六年、五七年、五八年と、毎年ね。あと一年、あと一年と日本でプレイしているうちに、一九五九年の一月にキューバで革命が起こった。それでも、シーズンオフには帰国できると思てた。現に、東京からロス、マイアミ経由のハバナ行きのチケットも持ってたしな。ところがオフになったら、突然日本からキューバまで飛行機が飛ばんようになった。またまた寝耳に水や。びっくりしたで。けど飛行機が飛ばんのやから帰りようがないやん」

「そのとき、日本にずっといよう、と決心したんですか」

「いや、まだ未練はあった。いつかはキューバに帰ろう、と。本気で日本にずっといようと決めたんは、そやなあ、それから五年ほど経ってからやな」

「何があったんですか」

「結婚したんや。嫁はんは西宮の子で、阪急ファンやった。当時ぼくの住んでた家の、線路の反対側に住んでたんや。ずっと日本にいようと決心したんは、多分、嫁はんと結婚してからやなあ」

父と安子さんが未来を見ることのできなかった、あの交差する線路の向こうに、バルボンさんは新たな人生を見いだしたのだ。

入団十年目のこの年、彼は1000本安打を達成している。現役十一年間で通算安打1123。通算試合出場1353。これは外人選手としては歴代三位の記録だ。

「その翌年に近鉄に移籍して、その年に現役を引退されたんですね」

「うん。引退した六六年から、生活のために神戸でイタリアン・レストランを始めた。阪急のチームメイトが毎日のように来てくれて、それはうれしかったけど、野球から離れたのは、寂しかったな。阪急は六七年から六九年にパ・リーグで三連覇するんやけど、ぼくはそれを選手として経験できんかった。そのときはレストランのオーナーやった。現役の頃、一ぺんはシリーズに出たい、と、それだけを心の糧にがんばってきた。でも、ぼくがおった頃の阪急は、弱かった。ほんま一ぺんでええから、シリーズ、出てみたかったなあ。それが心残りといえば、心残りやね」

「そして、七四年に、阪急に復帰されたんですね」

「上田監督が呼んでくれたんや。もう一回阪急のユニフォーム、着ぃへんかって。レストランやってるぼくに声、かけてくれた。うれしかったなあ。二年コーチして、そこからはヴェネズエラから来たマルカーノのスペイン語の通訳、ウイリアムスやブーマーらの英語の通訳もやった」

「それから八八年の、阪急身売りですね」

「あれはびっくりしたなあ。これも寝耳に水。ぼくの人生、寝耳に水ばっかりや。家が球場の近くやったから、一回、取り壊される西宮球場、観に行ったことあるよ。フェンスの隙間から、こっそりのぞいてな。いたたまれんで、すぐに帰ったけどな」

「あの、跡地のショッピング・モールに行かれたことはありますか」

「二回ほど行ったかな。ぼくの守ってたセカンドはこのへんやったかな、バッターボックスはこのへんやったかな、と探して歩いたな」

それは正秋があの夏の夜とった行動と、同じだ。

多くの阪急の選手たちが、同じことをあの場所でしていたのかもしれない。

しかしバルボンさんは、西宮球場がこの世からなくなった後も、一度も野球から離れていない。復帰後は、阪急とオリックスの球団職員として勤務し、現在は本拠を大阪に移したオリックスの少年野球教室のコーチをしている。半世紀前の阪急時代から、今もこの球団の流れを引くチームで野球に携わっているのは、バルボンさんだけだ。

一番遠くから来た人が、一番長く、このチームに関わっている。

「バルボンさん、日本に来てから、ずっと西宮ですか」

「五十六年間、ずっと西宮に住んでる。結婚したとき、あの線路沿いの家から一ぺんだけ引っ越したけど、引っ越した先も西宮球場のあったところから歩いて十五分ほどのところや。今でもそこに住んでる。一九六五年に阪急から近鉄に移籍したときも、球場のある大阪の藤井寺まで西宮から、電車を何本も乗り継いで通った。遠かったなあ。まいったで」

「なんで西宮を離れないんですか」

饒舌(じょうぜつ)なバルボンさんがふと考え込む。そして口を開いた。

「やっぱりどこよりも、ここが好きなんやろなあ。歩いたり、自転車に乗って散歩するやろ。ちょっと行ったら武庫川の河川敷がある。夏はもちろん、冬はカモメなんかが飛んで来て、散歩してても飽きへんねん。あんなイヤやった日本の冬も、この街に住むうちに、いつのまにか慣れてきたわ。西宮球場はもうなくなったけど、武庫川の河川敷を南にずっと下った先に、阪神の二軍の練習場があるねん。そこまで歩いて、二軍の選手の練習試合、観るのも好きやね。やっぱりぼくは、野球が好きやからな」

「バルボンさん、キューバのこと、思い出すことないですか」

「もちろんあるよ。ふるさとやもん。ぼくはね、首都のハバナよりずっと田舎の、トウモロコシ畑の中で生まれたんや。十二人兄弟の末っ子でね。ぼくが十歳のとき、兄弟の友達の車に乗って、はじめてハバナに行った。そのとき、生まれてはじめて、海を見た。マレコンていう海沿いのアベニューを、海を見ながらずっと歩いた。あの海の向こうには何があるんやろ。いつか行ってみたいと思た。そこからやね、ぼくがメジャーリーグの野球選手になろうと決めたんは。ぼくが野球選手になったんは、あの海のせいやね」

「そして、あの日見た海の、ずっと先に、この西宮があったんですね」

正秋は、バルボンさんに少し意地悪な質問をしたくなった。

「ワールド・ベースボール・クラシックで日本とキューバが対戦したとき、バルボンさんはどちらを応援するんですか」

「どっちも応援なんかせえへんよ」

毅然(きぜん)とした口調で即座に答えた。

「ただ、プレイを観るんや。どっちにも肩入れしない。野球はね、応援するからおもろい。それもわかる。ただ、ほんまに野球を味わうんやったら、そのプレイ自体を楽しむ。それがぼくのスタイルや」

正秋は思った。それは、知らない外国でうまく生きて行く、ひいては人生を味わう、ひとつのコツなのかもしれない。

「ぼくはね、外国から来た選手たちにいつも言うんや。この国に長くいたいと思うんなら、比べるな。優劣を比べるな。前におったところとは、ここが違う、あれが違う、と、違うところを並べ立てるな。それは、あきらめるということとは違う。比べて、あれがいやこれがいやと行動を起こさんより、今ある条件で最善の努力をすることや」

それが、バルボンさんの言う、プレイを楽しむ、ということなのかもしれない。

バルボンさんにとってのふるさとはどこだろうか。

「今でもキューバに帰りたいと思うことはある。でもな、ぼくのふるさとのキューバは、ぼくの心の中にある。武庫川の長い長い河川敷を歩いている時、ぼくの心はハバナの、どこまでも続く海沿いのアベニューを歩いている。それでも今は、西宮がぼくのふるさとや、と言えるぐらいに、西宮を愛してる。キューバと西宮、どちらもかけがえのない、ぼくのふるさとなんや」

「ぼくの知り合いに、バルボンさんのことがずっと好きな夫婦がいました。その夫婦は、日本ではなく、外国にいましたが、バルボンさんの幸せを、いつも祈っていました」

「へえ。なんでなん?」

「きっと、バルボンさんの人生に、自分たちの人生を重ね合わせていたんだと思います。あなたの幸せが、自分たちの幸せだと。バルボンさん、今、日本にいて、幸せですか?」

「もちろん。日本に来てよかった。ぼくの人生は、ほんま、幸せやった」

「きっと、ふたりは喜んでいます」

「それやったらよかったわ」

正秋はバルボンさんをある場所に誘うことにした。

「バルボンさん、あのショッピング・モールの五階に、『阪急西宮ギャラリー』というのがあるのをご存知ですか」

「いやあ、そんなん知らん」

「今から一緒に行きませんか。お見せしたいものがあるんです」

「バルボンさんの『ふるさと』が、そこにあります」

「何があるの？」

バルボンさんとふたりで、巨大ショッピング・モールのエスカレーターを上がる。

そこはかつて、彼がいくつものファインプレーを見せた場所だ。

正秋は彼のプレイを観たことはない。しかし、正秋がはじめてこのショッピング・モールを訪れたとき、思い出の欠片(かけら)も見いだせなかったこの場所で、今、正秋はそのプレイをありありと思い描くことができた。この球場からはるか離れた、海の向こうのあの丘の上で、安子さんが思い浮かべたように。

着いた五階のその場所は、いつもと同じようにひっそりとしていた。

かつての西宮球場と、その周辺の街のジオラマの前に、正秋はバルボンさんと並んで立った。

「西宮球場か。ごっつ、なつかしいなあ」

どちらからともなくふたりはその場にしゃがみこんだ。

あの日の自分と同じように、バルボンさんは球場を仰ぎ見る。

その瞳には、キューバの空が映っているような気がした。

2

団長の今坂さんの連絡先はバルボンさんが知っていた。

正秋は大阪環状線大正駅前の喫茶店で団長と再会した。

今は阪急沿線を離れ、生まれ故郷に戻ってひとり暮らしをしているという。

「先日は失礼しました」

「ああ、こちらこそ。あんまり熱心にあのジオラマ眺めてるもんやから、お先に失礼したよ」

「ひとつ謝らなければならないことがあるんです。杖をお忘れになっていたんですが、実はあの杖、持って帰る途中に、ある場所に、置き忘れてしまいまして……」

「そんなん気にせんでええよ。あの杖は、もらいもんや。杖なんか無うても、おれはまだまだ元気や」

「今日は団長さんに、ひとつ伺いたいことがありまして」

「何かな」

「団長さんが高校を卒業して本格的に阪急の応援を始めた頃の話なんですが、当時、西宮の阪急電鉄の車両工場に勤めておられた、とおっしゃってましたね」

「ああ。毎日、工場から、夕方、仕事終わると西宮球場まで応援に通てたんや」

「その当時、同じ職場に、江藤さん、という方は、いらっしゃいませんでしたか？」

「江藤？　江藤さんか」

「ご存知ですか」

「よう知ってる。もともとは神戸線の西宮の車両工場で一緒に働いてたんやけど、工場の大きな配置転換があって、江藤さんもおれも京都線の工場に移ってきたんや。おれはね、あの人が大好きやった。どこか不思議なところのある人やったな。それにおれは、江藤さんのことを、ごっつい尊敬もしてた」

「なんでですか」

「江藤さんは、昔、阪急の前身のプロ野球団の選手やったんや。しかも、戦前に、朝鮮から渡ってきて、阪急の礎を築きはったんや」

西日を背に受けて堤防の階段を口笛を吹きながら下りてくる、江藤のおっちゃんの姿がうかんだ。

「職場のみんなはそのことを知っていたんですか？」

「いや。おそらく誰も知らんかったやろう。本人は、周囲にはそんなこと一切話さんかったみたいや。ただ、阪急を熱烈に応援してたおれとは気が合うてな。一ぺんだけ、仕事終わりに一緒に飲みに行ったとき、あんただけには言うけどなあ、て教えてくれたんや」

「朝鮮から渡ってきたということでしたら、江藤というのは日本の通名ですか」

「奥さんの苗字や（みょうじ）と言うてはったな。戦前、日本政府から創氏改名の指示を受けたときも頑として苗字は朴のまま通したけど、奥さんが亡くなってから、せめて名前だけにでも奥さんの生きてた証（あか）しを残そ、思て、改名したて聞いたわ」

「江藤さんの消息は、ご存知ですか」

「阪急が三連覇した昭和四十四年の秋やったかに、急に職場を辞めはった。そこからのことは、なにもわからん。その当時、なんで辞めはるんですか、と訊いたら、妻の墓があるところへ帰る、言うてはったな。どこですか、と訊いても、教えてはくれんかった」

そう、江藤のおっちゃんは、阪急の試合を観に行くように正秋の背中を押してくれたあの年の秋、突然町から姿を消した。

いろんな噂（うわさ）がたったが、誰もほんとうのことは知らなかった。

江藤さんはあの年、誰にも行き先を告げずに、キューバに帰ったのだ。

「江藤さんは、ぼくが住んでいた家の向かいの府営住宅に、ひとりで住んでました。実は、ぼくを阪急ブレーブスのファンにしてくれたのは、江藤さんなんです」

「そうか。あの江藤さんか」

「まだ勇気のなかったぼくに『勇気が欲しかったら、阪急ブレーブスの試合を観に行け』って」

「それで君は、勇気をもらったんか」

「はい。そして四十年以上経って、今、また、勇気をもらおうとしています」

「ひとつ、今度はおれが君に尋ねてもいいか」

「どうぞ」

「どうして君は、江藤さんのことを、調べているんや」

「今年の夏、ぼくは、江藤さんに、話しかけられた気がしたんです」

「え?」

団長は怪訝（けげん）な顔をした。

「すみません。変な話をして。もちろん、空耳です」

「空耳か。江藤さんは、なんて君に話しかけたんや」

「いつの日か来た道」

「いつの日か来た道?」

「今、その道をたどっているところです」

「健闘を祈るよ。おれはいつでも、勇者を応援しとる」

そうだった。彼は「勇者たち」の応援団長なのだ。

別れ際、握手を求めてきたその手は力強く、温かかった。肩車をしてくれた、あの日と同じように。

3

「片岡さん、お願いがあるんです。今日は、かけたい曲があるんです」

「いつだってあんたのかけたい曲をかけてるよね」

「もちろんそうなんですが、これまでは必ずリスナーから来たリクエストの曲をかけていました。今日はリクエストも何もありません。でもどうしてもかけたい曲があるんです」

「いったいどうしたっていうの？」

「曲を、届けたい人がいるんです」

「どこの、誰？」

「この番組を、千二百キロ離れたところで聴いている人です」

「千二百キロ？」

「北朝鮮と中国の国境に豆満江という川が流れています。北朝鮮からその川を渡ると、中国吉林省です。そしてすぐ北が黒竜江省です。昔、満州と呼ばれていたこの地域の、小さな村で、この放送を聴いている人がいるんです」

「そんなところで、日本の放送が聞こえるの？」

「普通には聞こえません。でも夜遅く、ラジオのアンテナを南に向けて、ていねいにチューニングを合わせれば、この番組が聞こえるんやそうです」

信じられない、という顔の片岡さんに、地図を見せた。

「ここです。確かに日本からは離れていますが、その間にあるのは、日本海だけです。知ってますか？　夏の終わり、トンボは、この日本海を越えて、大陸と日本列島との間を渡るんですよ。トンボが越えて行くんです。電波だっていとも簡単に海を渡るんやないですか」

「で、その村の、誰に曲を聴かせたいわけ？」

「北朝鮮から脱北してそこに住んでいる、李安子さんという女性です」

「あんたとどういう関係にあるの？」

「かつては日本に住んでいた人で……父の、初恋の人です」

片岡さんが首をすくめた。

「ロマンチックな話なんやね」

「もう七十歳を超えていますけど」

「曲は？」

「『星影の小径』。小畑実という人が歌っています」

「ずいぶん古い曲やねえ」

「今から彼女へのメッセージを書きます」

「それも読めって？」

「はい」

「スタッフが個人的に誰か伝えたい人に曲をかけてメッセージを読む。これ、明らかに職権乱用。わかってる？」

「はい。職権乱用です」

「プロデューサーの織田さんにはどう言うの？」

「確認を取るとNGが出るに決まっています。織田さんには黙ってお願いします。責任はぼくが取ります」

「強引なところは、昔のままやね」

彼女は大きなため息をついて指でペンを回した。正秋と結婚していた頃と変わらなかった。大きなため息をつくのも、指でペンを回すのも。

「そう、あなたと暮らしてた、あのときのままです」

「ところで責任は、どう取るの？」

「今の仕事を、ぼくはもう辞めようと思う。そして、安子さんのような、放っておけば歴史の中の闇に埋もれていく声を、何かの形に残していく。そういう仕事に就こうと思う」

彼女はもう一度、大きなため息をついた。

「幸運を祈るわ。もう私は、あんたに何もしてやれないけど」

4

なみはや放送が、大阪からお送りしています。「ラジオ・オン・フライト」。

時刻は深夜二時四十五分を回りました。

では、今夜、最後のリクエスト、おかけしましょう。

大阪市にお住まいの、工藤正秋さんからのリクエストです。

実はこのリクエストには、少し長いお便りがついています。

このお便り、私は読むべきかどうか、とても迷ったのですが、やはり読むことにします。

曲をおかけする前に、正秋さんのお便り、ご紹介しましょう。


こんばんは。

今日私がリクエストしたい曲は、ずいぶん古い曲です。今から六十一年前の一九五〇年、昭和二十五年に小畑実という歌手が歌った『星影の小径』です。

この曲をプレゼントしたい人がいます。

今、この放送を日本から千二百キロ離れた場所で聴いている、ある女性にプレゼントしたいのです。そして彼女に伝えたいメッセージがあります。

本当は長い長いメッセージを伝えたいのですが、時間に限りがあります。

最小限、ぜひ伝えたいことだけにします。

安子さん。

あなたが「ひびき食堂」に送った手紙、たしかに届きました。

ただ、とても残念なことですが、父はあなたの手紙を読むことはできませんでした。

あなたがあの夜、聴いたように、父は二十八年前に交通事故で亡くなりました。

しかし、父の気持ちは、あなたに届いたと思います。あの夜のことは、幻ではなかったからです。あなたに対する父の気持ちは、すべてあの夜、ガラス窓越しにあなたが聴いたとおりです。父はあの夜以外、あなたのことを一切私たち家族には語りませんでした。しかし心の中で最期まで、あなたが幸せになることを祈っていたと思います。

あなたが暮らした西宮のことについてもお知らせします。

五十二年前、あなたが父と試合を観た、そしてあなたの夫が生まれた西宮球場は、もうこの街にありません。今はそこに、大きなショッピング・モールが建っています。

阪急ブレーブスというチームは、二十三年前に消滅しました。

でも、悲しまないでください。ぜひともお伝えしたいことがあります。

ロベルト・バルボン選手のことです。

彼は、今も西宮にいます。日本を愛し、西宮を愛し、この街で家族と暮らしています。

あなたが北朝鮮で過ごした歳月より長く、彼は五十六年間を、この西宮で生きたのです。革命が起こったから、仕方なくキューバに帰らなかったのではありません。誰よりも野球を愛し、妻を愛し、西宮を愛したからこそ、彼はここで生きていく決意をし、今、とても幸せに暮らしています。

あなたとあなたの夫が夢見ていたことは、現実になったのです。

あの夜のホームランのことも、彼は憶えていました。その年の西宮球場の最終試合、バルボンの最後の打席で打った、ホームランです。そしてその年のシーズンオフから、彼はキューバには帰りませんでした。今から考えれば、あの夜、あなたと父が観たあのホームランは、彼の新しい人生への幕開けを知らせる号砲だったのかもしれません。

もうひとり、消息をお伝えしたい選手がいます。

梶本隆夫投手は五年前、七十一歳で亡くなりました。彼の生涯成績は二五四勝二五五敗でした。彼はひとつ負け越しのこの通算成績を、生涯誇りにしていたそうです。勝ちよりもひとつ多い負けを味わって生きた梶本隆夫を、ぼくは尊敬します。人生の思い出の中の喜びと悲しみの数を、勝ちと負けみたいに比べることは無意味なことかもしれません。

それでも、安子さんの思い出の中のいくつかが、ふりかえったときに味わいに満ちたものであったということに、ぼくはどれほど励まされたことでしょう。

「負けたけど、おもしろかった」

ぼくと父があの夏に観た、そしてあなたと父があの夜に観た「勇者たち」の試合のように、ぼくのこれからの人生もまた、そう言えるものであれば、と思います。

安子さん、そして梶本とバルボンを、心から愛した安子さんのご主人の魂に、そして、亡き父の魂に、今からかけるこの曲を捧げます。

あと、もうひとり、もし叶うのならば、ぜひともこの曲を捧げたい人がいます。

永山一夫さん。あなたも、もしかしたらどこかで、ラジオのアンテナを南に向けながら、この放送を聴いているかもしれません。

永山さん、ぼくはあなたのオオカミが大好きでした。

本当に泣いていた、あなたの声が好きでした。

今、あなたがいる場所から、月は見えていますか？

どうかお元気で。

この日本という国に、かつて希望を胸に北朝鮮に帰った九万三千もの「李安子」や「永山一夫」がおり、そして帰らなかった幾万もの「小畑実」がいたということを、ぼくは決して忘れずにいようと思います。

そして、自ら選んだその道で、懸命に生きたすべての人々が、人生の「勇者」であったことを。

安子さん、どうかお身体に気をつけて。

日本海を越え、この歌があなたの耳に届きますように。

ひとりでも多くの、日本から朝鮮に渡った人々の心に届きますように。

5

シートベルトのサインが点灯した。

ソウルの仁川(インチヨン)空港を飛び立った飛行機は、中国吉林省の延吉空港を目指して水平飛行に入った。

眼下に広がるのは北朝鮮の大地だ。正秋はこの地で懸命に生きた安子さんのことを思った。

そして江藤のおっちゃんのことを思った。

江藤のおっちゃんは正秋にブレーブスのことを教えた夏の終わり、忽然(こつぜん)と町から消えた。

まるで、魔法をかけ終えた魔術師のように。

子供の頃、江藤のおっちゃんとキャッチボールをしたことがある。

キャッチボールがとても上手で、野球に詳しい江藤のおっちゃんに、正秋は訊いた。

「おっちゃん、もしかして野球の選手やったん?」

江藤のおっちゃんは笑って答えた。

「まさか」


すべては、あの江藤のおっちゃんが仕組んだことではないだろうか。

一九六九年七月。阪急の試合を父と観に行くように正秋の背中を押してくれたのは、江藤のおっちゃんだった。

四十二年後、正秋は「いつの日か来た道」という誰かの声に誘われて、再びかつての西宮の街に迷い込み、父の恋人、安子さんのことを知った。

あの日はじめて見た高井選手のサインを求めて、ひびき食堂を訪ね歩くうちに安子さんの手紙を見つけた。

そしてあのときと同じ一九六九年七月、北朝鮮で生きることに絶望し、頑に心を閉ざしていた安子さんを守った男が現れた。

こうは考えられないだろうか。

おっちゃんは北朝鮮に渡った自分の息子を救うため、安子さんと引き合わせたのではないか。生きる勇気を与えるために。

一九六九年の「ふたつの夏」の一日に魔法をかけて、江藤のおっちゃんは愛する妻の墓があるキューバに帰ったのだ。

あまりに空想めいているだろうか。たしかにこれではまるで江藤のおっちゃんは魔法使いだ。しかし、この世に「運命」というものがあるとすれば、その別名を「魔法」と呼んでもよいのではないか。

正秋は目を閉じる。ひとつの風景が目にうかぶ。

そこはどこだか知らない外国の、白い道だ。

江藤のおっちゃんが笑いながらやってくる。横には、江藤のおっちゃんの奥さんがいる。

やあ、正秋くん、元気にやってたか？　おっちゃんは笑顔で話しかけ、正秋の傍らを通りすぎる。声だけが後ろから聞こえてくる。

「勇気を持って、生きてきたか？」

はっとして振り返る。そこにはもう誰もおらず、ただ白い道が続いている。

遠くでかすかに、アコーディオンとハーモニカの音色が聞こえる。

正秋は前を向き、江藤のおっちゃんが歩いて来た道をゆっくりと歩む。

正秋はジャケットの内ポケットに手を入れ、一通の封書を取り出した。

それはあっけないほど短い手紙だった。

「放送を聴きました。とても驚きました。『星影の小径』、かけてくださり、ありがとうございます。こんなに美しい歌だったのかと、心に沁みました。

私にとってのかけがえのない『コヒャン』、朝鮮と日本を思い、涙しました」

大事なのは封書の裏だった。そこには、彼女の住所が書かれていた。

座席の横に置いた正秋のショルダーバッグの中には、父と安子さんが一緒に埋めた野球ボールが入っている。バルボンが打ったホームランボールだ。

バルボンの人生の断面を、そして安子さんの、父の人生の断面を、雨上がりの西宮の夜空に鮮やかなアーチを描き、切り開いてみせた、ホームランボール。

飛行機が高度を下げた。

やわらかな緑の盆地が広がり、大きな川が街を横切っている。

盆地の向こうには折り重なるように山々が連なっている。

山々を分け入ったあの空のどこかに、安子さんが生きている。

車で何時間もかけてようやく彼女の家にたどりつく。

質素なたたずまいの木の扉を叩(たた)く。

扉が開き、小さな老婆が顔を見せる。

「いつの日か来た道をたどって、私はあなたに会いに来ました」

執筆にあたり多くの方々のご協力をいただきました。特に取材に応じてくださった高井保弘氏、ロベルト・バルボン氏、今坂喜好氏には深く感謝いたします。

●主な参考資料

「阪急ブレーブス五十年史」（株式会社阪急ブレーブス・阪急電鉄株式会社）
「阪急ブレーブス　黄金の歴史」（ベースボール・マガジン社）
「野球難民」吉岡悠（長崎出版）
「北朝鮮帰国事業関係資料集」金栄達・高柳俊男編（新幹社）
『平凡』の時代」阪本博志（昭和堂）
「在日一世の記憶」小熊英二・姜尚中編（集英社新書）
「北朝鮮へのエクソダス」テッサ・モーリス―スズキ著／田代泰子訳（朝日新聞社）
「密閉国家に生きる」バーバラ・デミック著／園部哲訳（中央公論新社）
「北朝鮮難民」石丸次郎（講談社現代新書）
「北朝鮮からの脱出者たち」石丸次郎（講談社＋α文庫）
「北朝鮮　隠された強制収容所」デビット・ホーク＋北朝鮮人権アメリカ委員会著／小川晴久＋依藤朝子訳（草思社）
「北朝鮮に嫁いで四十年」斉藤博子（草思社）
「帰国運動とは何だったのか」高崎宗司・朴正鎮編著（平凡社）

本書は二〇一三年十二月に小社より単行本として刊行されたものに加筆・修正いたしました。

日本音楽著作権協会（出）許諾第1512488－608号

ハルキ文庫

勇者たちへの伝言 いつの日か来た道

著者 増山 実

2015年11月18日第一刷発行
2016年 8 月 8 日第八刷発行

発行者 角川春樹

発行所 株式会社角川春樹事務所
〒102-0074 東京都千代田区九段南2-1-30 イタリア文化会館

電話 03（3263）5247（編集）
03（3263）5881（営業）

印刷・製本 中央精版印刷株式会社

フォーマット・デザイン 芦澤泰偉
表紙イラストレーション 門坂 流

ISBN978-4-7584-3962-6 C0193 ©2015 Minoru Masuyama Printed in Japan
http://www.kadokawaharuki.co.jp/［営業］
fanmail@kadokawaharuki.co.jp［編集］　ご意見・ご感想をお寄せください。